21 世纪高等学校计算机应用型本科规划教材精选

C 语言程序设计教学指导

高福成　主编

于　萍　王金伟　贺仁宇　顾玲芳　副主编

清华大学出版社

北　京

内 容 简 介

本书是《C语言程序设计》(ISBN 978-7-302-20392-6,高福成主编,清华大学出版社 2009 年版)的配套教材,包括实验指导和学习指导两部分。其中,实验指导篇本着面向应用、注重实用、读者好用的原则,安排了大量的实验编程练习题,既有模仿式的练习,也有创新式的探讨;学习指导篇本着突出重点、突破难点、重在编程的精神,剖析了 C 语言的重点和难点,提供了典型的疑难问题解析和大量方便读者自我测试的模拟试题。书中内容由浅入深、循序渐进,既有 C 语言知识方面的训练,又强调计算机算法的理解和程序设计思维方法的培养,基础和创新并蓄、普及与提高兼顾,可适合不同层次读者的需要。

本书可作为高等学校 C 语言程序设计课程的教学参考书,也可作为全国计算机等级考试培训班的教材和考试复习参考书,还可供相关工程技术人员参考。

图书在版编目(CIP)数据

C语言程序设计教学指导/高福成主编.—北京:清华大学出版社,2012.1
(21 世纪高等学校计算机应用型本科规划教材精选)
ISBN 978-7-302-27838-2

Ⅰ. ①C… Ⅱ. ①高… Ⅲ. ①C语言－程序设计－高等学校－教学参考资料 Ⅳ. ①TP312

中国版本图书馆 CIP 数据核字(2012)第 000053 号

责任编辑:索　梅　薛　阳
责任校对:白　蕾
责任印制:李红英

出版发行:清华大学出版社　　　　　　　地　　　址:北京清华大学学研大厦 A 座
　　　　　http://www.tup.com.cn　　　邮　　　编:100084
　　　社　总　机:010-62770175　　　邮　　　购:010-62786544
　　　投稿与读者服务:010-62776969,c-service@tup.tsinghua.edu.cn
　　　质　量　反　馈:010-62772015,zhiliang@tup.tsinghua.edu.cn
印　装　者:北京鑫海金澳胶印有限公司
经　　　销:全国新华书店
开　　　本:185×260　印　张:14.25　字　数:351 千字
版　　　次:2012 年 1 月第 1 版　　　印　　　次:2012 年 1 月第 1 次印刷
印　　　数:1～3000
定　　　价:29.00 元

产品编号:044922-01

21 世纪高等学校计算机应用型本科规划教材精选

编写委员会成员

(按姓氏笔画)

王鹏涛　　王慧芳　　刘学民　　孙富元

朱耀庭　　高福成　　常守金

序

PREFACE

"教育部财政部关于实施高等学校本科教学质量与教学改革工程的意见"（教高[2007]1号）指出："提高高等教育质量，既是高等教育自身发展规律的需要，也是办好让人民满意的高等教育、提高学生就业能力和创业能力的需要"，特别强调"学生的实践能力和创新精神亟待加强"。同时要求将教材建设作为质量工程的重要建设内容之一，加强新教材和立体化教材的建设；鼓励教师编写新教材，为广大教师和学生提供优质教育资源。

"21世纪高等学校计算机应用型本科规划教材精选"就是在实施教育部质量工程的背景下，在清华大学出版社的大力支持下，面向应用型本科的教学需要，旨在建设一套突出应用能力培养的系列化、立体化教材。该系列教材包括各专业计算机公共基础课教材；包括计算机类专业，如计算机应用、软件工程、网络工程、数字媒体、数字影视动画、电子商务、信息管理等专业方向的计算机基础课、专业核心课、专业方向课和实践教学的教材。

应用型本科人才教育重点是面向应用、兼顾继续深造，力求将学生培养成为既具有较全面的理论基础和专业基础，同时也熟练掌握专业技能的人才。因此，本系列教材吸纳了多所院校应用型本科的丰富办学实践经验，依托母体校的强大教师资源，根据毕业生的社会需求、职业岗位需求，适当精选理论内容，强化专业基础、技术和技能训练，力求满足师生对教材的需求。

本丛书在遴选和组织教材内容时，围绕专业培养目标，从需求逆推内容，体现分阶段、按梯度进行基本能力→核心能力→职业技能的培养；力求突出实践性，实现教材和课程系列化、立体化的特色。

突出实践性。丛书编写以能力培养为导向，突出专业实践教学内容，为有关专业实习、课程设计、专业实践、毕业实践和毕业设计教学提供具体、翔实的实验设计，提供可操作性强的实验指导，完全适合"从实践到理论再到应用"、"任务驱动"的教学模式。

教材立体化。丛书提供配套的纸质教材、电子教案、习题、实验指导和案例，并且在清华大学出版社网站（http://www.tup.com.cn）提供及时更新的数字化教学资源，供师生学习与参考。

课程系列化。实验类课程均由"教程＋实验指导＋课程设计"三本教材构成一门课程的"课程包",为教师教学、指导实验以及学生完成课程设计提供翔实、具体的指导和技术支持。

希望本丛书的出版能够满足国内对应用型本科学生的教学要求,并在大家的努力下,在使用中逐渐完善和发展,从而不断提高我国应用型本科人才的培养质量。

丛书编委会

2009 年 7 月

前 言

FOREWORD

程序设计是计算机科学教育的第一门专业性课程，它的主要目标首先是理解和掌握一门程序设计语言，其次是读懂别人已经编好的程序，从中体会和启发自己的逻辑思维能力，进而自行编制程序解决实际问题，为在计算机领域中的深入学习打下扎实的基础。

C语言是使用最广的程序设计语言之一，包含了程序设计需要的主要机制，它的实用性、灵活性以及可持续性都是人们公认的。因此，C语言一直是许多计算机专业课程的首选语言。

本书是与《C语言程序设计》（ISBN 978-7-302-20392-6，高福成主编，清华大学出版社2009年版）配套的教学指导书。全书分两篇。第1篇为实验指导部分，按教材先后次序安排了10个实验，每个实验含6～10个上机题，其中奇数编号的实验题提供了比较详细的编程方法指导，偶数编号的实验题则由读者发挥潜力自行完成。第2篇为学习指导部分，概括了C语言的主要知识点，剖析了其中的难点，以疑难问题解析的方式对重要的知识点和难点进行了实例化分析和解惑，力求重点突出、难点突破，最后通过一定数量的自我测试题帮助读者验证自己对课程的掌握程度，发现自身的长处和不足。本书涉及的内容有一定的深度和广度，既能满足初学者普及教育的需要，也能满足能力较强读者深入探讨的愿望。

参加本书编写的都是活跃在应用型本科院校计算机教育一线的教师，他们最了解学生的特点和需求，也最能有针对性地进行教学内容、教学方法和教学手段方面的改革。虽然本书凝聚了许多参编者的思考和经验，但难免包含许多不足乃至错误，敬请读者和同行不吝指正。

编　者

2012年1月

目 录

CONTENTS

第 1 篇　实验指导

第 2 篇　学习指导

第1篇

实 验 指 导

## CHAPTER 1

实验1

简单的 C 程序设计和 VC++ 集成环境的使用

【实验目的】

(1) 熟悉 VC++ 6.0 集成环境的使用。

(2) 了解用计算机解决实际问题的基本步骤。

(3) 掌握 C 程序的基本格式和 C 程序的运行过程。

【实验 1.1】 一个笼子里关有若干只鸡和兔。鸡和兔的头(用 t 表示)共 30 个,脚(用 f 表示)共 100 只。请编写程序计算笼子中的鸡和兔各多少只。

【指导】

(1) 建立问题的数学模型。

假设鸡为 x 只,兔为 y 只,则该问题的数学模型为:

$x + y = t$
$2x + 4y = f$

用克莱姆法则,不难求出

$x = (4t - f)/2$
$y = (f - 2t)/2$

(2) 编写程序。

```
# include < stdio. h >
void main()
  { int x, y, f, t;
    scanf(" % d % d", &t, &f);          /* t 为头数, f 为脚数 */
    x = (4 * t - f)/2;               /* x 为鸡的只数, y 为兔的只数 */
    y = (f - 2 * t)/2;
    printf("Chickens = % d, Rabbits = % d\n", x, y);
  }
```

(3) 启动 VC++ 6.0 集成环境,依次创建工程和文件,并输入源程序,如实验图 1.1 所示。

(4) 进行源程序的编译和链接,可以选择主窗口中的"编译"→"构建"菜单,使编译和链接同时完成。链接完成后,主窗口下部的输出窗口中显示如下所示的信息:

实验图 1.1　文件编辑窗口

```
Linking...
ex11.exe - 0 error(s), 0 warning(s)
```

表示编译和链接成功。

(5) 选择"编译"→"执行",进入如实验图 1.2 所示的运行窗口,从键盘输入"50 160"并按 Enter 键后,显示程序执行结果。

实验图 1.2　运行窗口

(6) 按任意键或关闭运行窗口,可以返回 VC++ 6.0 主窗口。关闭主窗口则可以返回操作系统。

【实验 1.2】　下面的程序中有几个语法错误,请调试纠正。

```
# include < stdio. h >
# include < math. h >
void main( )
  { int a;
    float b;
    double d;
    scanf(" % d % f",a,b);
    c = a + b
    d = sqrt(a - b);
```

```
    printf("a = % d,b = % f\n",a,b);
    printf("a + b = % d\n",c);
    printf("d = % f\n",d);
}
```

【实验1.3】　试编写一个程序,从键盘输入矩形的两条边长,计算该矩形的面积。

【指导】

(1) 定义变量 width、height 和 area 分别表示矩形的宽、高和面积(注意变量的类型)。

(2) 输入 width 和 height 的值。

(3) 计算面积。

(4) 输出矩形的宽度、高度和面积。

【实验1.4】　试编写一个程序,从键盘输入变量 a 和 b 的值,将它们打印出来;然后将二者的值进行交换,并打印交换后的 a、b 值。例如,a 和 b 的输入值分别是 5 和 8,交换后,a 的值为 8 而 b 的值为 5。

【提示】

要将变量 a 和 b 的值交换,应使用中间变量:先将 a 的值存放到中间变量中,然后将 b 的值存放到 a 中,最后将中间变量中的值存放到 b 中。

也可以用下面的方法实现变量 a 和 b 值的交换"a＝a＋b;b＝a－b;a＝a－b;"。

## CHAPTER 2

实验2

数据运算和顺序结构程序设计

【实验目的】

(1) 掌握 C 语言的数据类型和变量定义方法。

(2) 掌握算术、赋值、逗号和测试数据长度运算符的优先级和结合性。

(3) 掌握算术、赋值和逗号表达式的书写方法和求值规则。

(4) 掌握算术、赋值表达式计算中的自动类型转换和强制类型转换。

(5) 掌握不同类型数据的输入输出方法。

【实验 2.1】 编写程序,从键盘输入三角形的三条边 a,b,c(假设三条边满足构成三角形的条件),计算并输出该三角形的面积 area。

【指导】 算法分析:

计算三角形面积的公式为

$$p = (a+b+c)/2,$$
$$area = \sqrt{p(p-a)(p-b)(p-c)}。$$

在程序中,计算开平方要使用库函数 sqrt(),该函数要求 double 型参数,即

area = sqrt(p * (p-a) * (p-b) * (p-c))

使用该函数必须包含头文件 math. h。

【实验 2.2】 根据半径计算圆的直径、周长和面积。圆的半径从键盘输入,圆周率取 3.14159,输出保留 4 位小数的结果。

【提示】 圆周率可以定义为符号常数。

【实验 2.3】 输入一个由 4 位数字组成的整数,把它分解为单个数字,并求各位数字之和,最后输出每一位数字与和。例如输入了 1234,则输出结果为 1,2,3,4,和为 10。

【指导】 分解一个整数,通常使用除运算和求余运算相结合的方法。

某数对 10 求余可以得到最低位(也就是个位)的数字。例如:

1234%10=4;

123%10=3;

12%10=2;

1%10=1。

因此,每次分解之前,需要解决的问题是如何将要分解出的数字放在个位上。观察下面

的运算有如下规律：某整数除以 10,可以得到除了最低位以外的数字。

1234/10＝123(此时 3 在个位上)；

123/10＝12(此时 2 在个位上)；

12/10＝1(此时 1 在个位上)。

这样就有了基本的分解思路,如下：

(1) 1234％10＝4；

(2) 1234/10＝123,123％10＝3；

(3) 123/10＝12,12％10＝2；

(4) 12/10＝1,1％10＝1。

分解之后把分解得到的数字累加到某临时变量中,用于输出。

参考程序：

```
# include < stdio. h >
void main()
{
    int x, a, b, c, d, s = 0;
    printf("input a number(4 figures): ");
    scanf("%d", &x);
    a = x % 10; s = s + a;
    x = x/10; b = x % 10; s = s + b;
    x = x/10; c = x % 10; s = s + c;
    x = x/10; d = x % 10; s = s + d;
    printf("%d, %d, %d, %d,和为%d\n", d, c, b, a, s);
}
```

【实验 2.4】 输入一个 3 位正整数,分离出每一位数字,并用分离出来的 3 个数字组成一个最大数和一个最小数,最后输出这个最大数和最小数。例如,输入 172,则输出最大数为 721,最小数为 127。

【提示】 先分离出 3 个数字,然后通过比大小确定 3 个数字中的最大和最小,那剩下的就是中间排位。假定这 3 个数字 a,b,c 中最大是 a,最小是 c。则最大数为 a * 100＋b * 10＋c,最小数就是 c * 100＋b * 10＋a。

## CHAPTER 3

实验 3

选 择 结 构

【实验目的】

(1) 掌握 if 的单分支、双分支结构。

(2) 掌握 switch 多分支结构。

(3) 掌握选择结构的嵌套。

【实验 3.1】 输入一个正整数,若此数小于 100,则输出该整数对应的八进制数,否则输出其对应的十六进制数。

【指导】 如何输出一个八进制数、十六进制数? 用%d 来输出一个十进制数,用%o 来输出一个八进制数,用%x 来输出一个十六进制数。

参考程序:

```
# include < stdio. h>
void main()
{    int num;
     printf("input a number: ");
     scanf("%d", &num);
     if(num < 100)
         printf("%d 对应的八进制数为  %o\n", num, num);
     else
         printf("%d 对应的十六进制数为  %x\n", num, num);
}
```

【实验 3.2】 在书店买书,以 100 本为上限。如果买 1 本不打折扣;买 2 本打折 10%;买 3 本折扣为 15%;买 3 本以上折扣为 20%。设书本数为 x,单价为 20.00 元。请设计能实现该算法的 C 程序。

【提示】

算法要求是根据 x 的大小先计算出折扣后的单价,以便能计算出总价。

由于其中之一的条件是"买 3 本以上折扣为 20%",而上限又是 100,这样只能选择用 if 语句来实现。

【实验 3.3】 请编写一个数制转换程序,要求能进行如下数制转换:

十进制转换为十六进制;十六进制转换为十进制;

十进制转换为八进制;八进制转换为十进制;

效果如下：

请您选择进制转换菜单

1. 十进制转换为十六进制

2. 十六进制转换为十进制

3. 十进制转换为八进制

4. 八进制转换为十进制

请输入您的选择：

再输入转换数据：

【指导】

关键是如何从键盘接收八进制和十六进制数或者输出到屏幕上。用％d 来接收/输出十进制数，用％o 来接收/输出八进制数，用％x 来接收/输出十六进制数。

此题面对菜单有 4 种选择，所以可以用 switch-case 来实现。

参考程序：

```c
#include <stdio.h>
void main()
{   int option, data;
    printf("请您选择进制转换菜单\n");
    printf(" 1. 十进制转换为十六进制\n");
    printf(" 2. 十六进制转换为十进制\n");
    printf(" 3. 十进制转换为八进制\n");
    printf(" 4. 八进制转换为十进制\n");
    printf("请输入您的选择:");
    scanf("%d",&option);
    switch(option)
    {   case 1:
            printf("再输入转换数据:");
            scanf("%d", &data);
            printf(" 十进制%d 对应的十六进制为%x\n", data, data);
            break;
        case 2:
            printf("再输入转换数据:");
            scanf("%x", &data);
            printf(" 十六进制%x 对应的十进制为%d\n", data, data);
            break;
        case 3:
            printf("再输入转换数据:");
            scanf("%d", &data);
            printf(" 十进制%d 对应的八进制为%o\n", data, data);
            break;
        case 4:
            printf("再输入转换数据:");
            scanf("%o", &data);
            printf(" 八进制%o 对应的十进制为%d\n", data, data);
            break;
        default:
            printf("还没有实现其他功能\n");
    }
}
```

【实验 3.4】 某车间按每天工人完成的合格工件数发放奖金,奖金的比率如实验表 3.1 所示。

实验表 3.1 奖金的比率

工件数/个	奖金比率/%	工件数/个	奖金比率/%
小于 200	0	500 且小于 800	20
200 且小于 300	5	800 及以上	25
300 且小于 500	10		

设每个工件 0.4 元。输入一个工人的工作量,打印所得奖金数。

【提示】

工人完成工件数在不同范围内时,所得奖金的比率也不同,所以要根据工件数来确定奖金的比率。但由于奖金分为 5 级,如果采用分支结构进行判断的话,则分支嵌套过多,算法冗长。所以宜采用 switch 多分支结构。

接下来关键的问题是选择表达式,使得表达式的值与工件数范围对应起来,因为 switch 中的 case 条件只接收常量或常量表达。观察奖金比率表,可以发现工件数的变化是 100 或 100 的倍数时,奖金的比率才变化。因此可以用工件数整除 100 的运算,将奖金分档,如实验表 3.2 所示。

实验表 3.2 奖金分档

工件数/个	X/100	奖金比率/%
小于 200	0,1	0
200 且小于 300	2	5
300 且小于 500	3,4	10
500 且小于 800	5,6,7	20
800 及以上	$\geqslant 8$	25

这样,只剩最后一个范围没有与确定的常量对应起来,可以考虑使用"其他"。

【实验 3.5】 已知一数学分段函数:

$$f(x) = \begin{cases} 0 & x < 0 \\ x & 0 \leqslant x < 10 \\ x+10 & x \geqslant 10 \end{cases}$$

输入一个自变量(设 x 为整数),求函数值并输出。

【指导】

为了求函数值,先要判断自变量的取值范围,判断的过程由分支语句完成。

方法 1:先判断 x 是否小于 0;如果 x 大于或等于 0,再判断是否小于 10。此方法使用了在条件为"假"部分进行分支嵌套的方法。

方法 2:先判断 x 是否小于 10;如果 x 小于 10,再判断是否大于或等于 0。此方法使用了在条件为"真"部分进行分支嵌套的方法。

参考程序:

方法 1:

```
# include < stdio.h>
```

```
void main()
{   float x, y;
    printf("input x: ");
    scanf("%f", &x);
    if(x < 0)
    {   y = 0;
    }
    else
    {   if(x < 10)
            y = x;
        else
            y = x + 10;
    }
    printf("y = %.2f\n", y);
}
```

方法 2:

```
#include<stdio.h>
void main()
{   float x, y;
    printf("input x: ");
    scanf("%f", &x);
    if(x < 10)
    {   if(x >= 0)
            y = x;
        else
            y = 0;
    }
    else
    {   y = x + 10;
    }
    printf("y = %.2f\n", y);
}
```

【实验 3.6】　编写代码实现求一元二次方程 $ax^2 + bx + c = 0$ 的根。

【提示】

一元二次方程的根可能随 a, b, c 的不同而有以下几种情况:

(1) $a = 0$ 时

① $b \neq 0, bx + c = 0$, 则 $x = \dfrac{c}{b}$。

② $b = 0$, 方程无解。

(2) $a \neq 0$ 时

① $b^2 - 4ac > 0$, 有两个不相等的实根, $x_{1,2} = \dfrac{-b \pm \sqrt{b^2 - 4ac}}{2a}$。

② $b^2 - 4ac = 0$, 有两个相等的实根, $x_1 = x_2 = \dfrac{-b}{2a}$。

③ $b^2 - 4ac < 0$, 有两个共轭复数根, 其实部为 $d = -\dfrac{b}{2a}$, 虚部为 $\dfrac{\sqrt{4ac - b^2}}{2a}$。

## CHAPTER 4

实验 4

循环结构

【实验目的】

(1) 掌握 for、while 和 do-while 三种基本的循环结构。

(2) 掌握循环结构的嵌套,重点是双重嵌套。

【实验 4.1】 编写程序,计算 10!。

【指导】 这是一道累乘数字的题。一般的方法是:设 s 是保存结果的变量,步骤如下。

(1) 为 s 赋初值,s = 1。

(2) 将 n 与 s 相乘,并把结果送回 s,即 s = s * n。

(3) 重复步骤(2)直至 n 为 10。

这样就可以判断用循环结构来实现。由于循环次数也很确定,宜采用 for 循环。当然也可以用 while 循环实现。下面给出了 while 实现的参考代码。

参考程序:

```
#include <stdio.h>
void main()
{   int n = 1, s = 1;
    while(n <= 10)
    {   s = s * n;
        n += 1;
    }
    printf("10! = %d\n", s);
}
```

【实验 4.2】 请编写程序实现:从键盘输入若干个数字,直到输入 0 时结束,统计并输出正数和负数的个数。例如输入了 12 −3 56 −10 120 0,这样就共输入了 5 个数字,其中正数有 3 个,负数有 2 个。

【实验 4.3】 请编写程序实现:从键盘输入若干字符,直到按 Enter 键时结束,统计并输出英文字母(包括大写和小写,不包最后按的 Enter 键)的个数。

【提示】

此题指明输入的是字符,所以可以用 getchar() 函数来接收从键盘输入的符号。由于未指明输入多少个,所以还是可以用 while 或 do-while 实现。

现在考虑如何判断输入的符号是英文大小写字母中的一个。考虑用 ASCII 码值来比较。查找 ASCII 码表,得知大写英文字母对应的十进制 ASCII 码值范围为 65~90,而小写英文字母对应的十进制 ASCII 码值范围为 97~122。或者直接用'a'~'z'和'A'~'Z'这两个对应的范围表示即可。

类似地可以用'0'~'9'来表示数字对应的符号。这样就有了结束符,即遇到'0'时输入结束。

【实验 4.4】 计算 $1-3+5-7+\cdots-99+101$ 的值,并输出结果。

【提示】

(1) 先考虑 $1+3+5+7+\cdots+99+101$,这样可以看出步长为 2。

(2) 再考虑符号。将 $1-3+5-7+\cdots-99+101$ 看成 $1+(-3)+5+(-7)+\cdots+(-99)+101$,这样就可以归结到累加题。接下来考虑是否可以用一个临时变量 temp 来存放符号,初值 temp $=1$,每经过一次循环 temp 变号,这样第二次循环 temp $=-1$。也就是奇数次循环时 temp $=1$,偶数次循环 temp $=-1$。这样,将 temp 与 n 相乘就能得到参与累加的每一项。

每次累加之前:temp $=$ temp $*$ (-1) 即可解决变号问题。

【实验 4.5】 计算 π 的近似值,π 的计算公式为:

$$\pi = 2 \times \frac{2^2}{1 \times 3} \times \frac{4^2}{3 \times 5} \times \frac{6^2}{5 \times 7} \times \cdots \times \frac{(2n)^2}{(2n-1) \times (2n+1)}$$

【实验 4.6】 编写程序,计算 $1!+2!+3!+\cdots+10!$。

【提示】

由实验 4.1 可以得到 n! 的求法,再实现累加即可。

这里需要考虑双重循环结构。

【实验 4.7】 我国古代数学家在《算经》中出了一道题"鸡翁一,值钱五;鸡母一,值钱三;鸡雏三,值钱一;百钱买百鸡。问鸡翁、鸡母、鸡雏各几只?"意思是:公鸡每只 5 元,母鸡每只 3 元,小鸡三只 1 元;用 100 元买 100 只鸡,问公鸡、母鸡、小鸡各买多少只?

【指导】 此题用代数方法是无法求解的,因为 3 个未知数,只有两个方程,可能有多解或无穷多解。可以用"枚举法"来解此问题。所谓枚举,就是一一列举各种可能,判断出满足条件的那些可能的结果。

本题中可设公鸡数为 x 只,母鸡数为 y 只,小鸡数为 z 只。考虑到每一种鸡至少买一只,显然搜索范围为:$1 \leqslant x \leqslant 18$、$1 \leqslant y \leqslant 31$。搜索方法是依次变化 x、y,而 $z=100-x-y$,这样可以得到 x、y、z 的不同组合,并测试每组 x、y、z 是否满足 $5x+3y+z/3=100$ 和 z 能否被 3 整除这两个条件,并输出所有符合条件的组合,因此,用两重循环实现。

参考程序:

```c
#include <stdio.h>
void main()
  { int x, y, z;
    printf("cock hen chick\n");
    for (x = 1; x <= 18; x++)
      for (y = 1; y <= 31; y++)
        { z = 100 - x - y;
```

```
    if ((5 * x + 3 * y + z/3) == 100 && z % 3 == 0)
      printf("%d\t%d\t%d\n",x,y,z);
  }
}
```

【实验 4.8】 打印出所有"水仙花数"。所谓"水仙花数"是指一个三位数,其各位数字的立方和正好等于该数本身。例如:153 是一个"水仙花数",因为 $153 = 1^3 + 5^3 + 3^3$。

【实验 4.9】 一个球从 100 米高度自由下落,每次落地后反跳回原来高度的一半,再落下。求它在第 10 次落地时,共经过多少米? 落地 10 次后反弹高度是多少? 编写程序解决这一问题。

【指导】 这个问题可以用"递推法"解决。"递推法"也叫"迭代法",其基本思想是把一个复杂的计算过程转化为简单过程的多次重复。每次重复都从旧值的基础上递推出新值,并由新值代替旧值。递推法的主要步骤为:

(1) 确定初始值,这是循环开始的条件。

(2) 找出递推或迭代公式,这是反复递推的过程。

算法分析:

(1) 确定两个初始值,用 s 表示小球经过的距离,第一次落地时,s=100;x 表示小球落地后反弹的高度,第一次落地时,x=50。

(2) 递推公式为 s=s+2x 和 x=x/2,它们分别计算其后各次小球落地时经过的距离和反弹的高度,直到第 10 次为止。

参考程序:

```
#include<stdio.h>
void main()
    { float s = 100,x = 50;
      int i;
      for (i = 2; i <= 10; i++)
        { s = s + 2 * x;
          x = x/2;
        }
      printf("s = %.2f   x = %.4f\n",s,x);
    }
```

【实验 4.10】 求表达式:a+aa+aaa+…+aa…a 的值,其中 a 是一个数字。例如:2+22+222+2222+22222(此时 n=5),a 和 n 由键盘输入。

【提示】 本题是求多个数据项的累加和,解题关键是根据第 1 项,利用递推方法得到以后的各项,并将这些项累加起来。已知第 1 项为 x=a,则以后的每一项均为上一项乘 10 再加 a,即 x=x*10+a。

## CHAPTER 5

实验5

数组和字符串

【实验目的】

(1) 掌握一维数组和二维数组的基本操作(定义、初始化、输入、赋值、输出)。

(2) 掌握字符数组和字符串函数的使用。

(3) 掌握与数组有关的常用算法(排序、查找、数组元素的插入和删除)。

【实验 5.1】 实行学分制,学生的平均绩点是衡量学生学习的重要依据。成绩等级与绩点的关系如实验表 5.1 所示。

实验表 5.1 成绩等级与绩点的关系

等级	100~90	89~80	79~70	69~60	60 以下
绩点	4	3	2	1	0

$$平均绩点 = \frac{\sum 所学各课程学分 \times 绩点}{\sum 所学各课程的学分}$$

编写程序利用两个一维数组分别存放输入的某学生 20 门课程的学分和对应成绩,计算其平均绩点。

【指导】 本题是一个求数组元素累加和的问题。

参考程序:

```c
#include <stdio.h>
void main()
  { float score[20],sumscore = 0.0F,sumxf = 0.0F,aver;
    int i,jd,xf[20];
      for (i = 0; i < 20; i++)
      scanf("%f%d",&score[i],&xf[i]);
      for (i = 0; i < 20; i++)
        { sumxf = sumxf + xf[i];          //计算学分和
          if (score[i]>=90)               //由成绩确定绩点
            jd = 4;
          else if (score[i]>=80)
            jd = 3;
          else if (score[i]>=70)
            jd = 2;
```

```
      else if (score[i]>= 60)
        jd = 1;
      else
        jd = 0;
      sumscore = sumscore + xf[i] * jd;    //计算学分与绩点的乘积和
    }
  aver = sumscore/sumxf;                    //计算平均绩点
  printf(" %.2f\n",aver);
  }
```

【实验 5.2】　随机产生 10 个 1～100 的正整数存入数组 a,输出该数组的各个元素,并求最大值、最小值和平均值。

【提示】

(1) 产生 1～100 之间的随机数的方法如下。

```
# include < stdlib. h >
# include < stdio. h >
# include < time. h >
void main()
  { int a[10];
  …
  srand((unsigned)time(NULL));          // srand()按时间产生不同的随机数种子
  …
  a[i] = 100 * (rand() + 1)/32767;      //rand()产生 0～32767 之间的随机整数
  …
  }
```

其中,srand()和 rand()定义在头文件 stdlib. h 中,time()定义在头文件 time. h 中。

(2) 以 a[0]作为最大值、最小值及累加和的初始值,用数组的下标和循环相结合,可以方便地求出数组的最大值、最小值和平均值。

【实验 5.3】　编写程序自动生成如下 N×N 矩阵,然后将数组的第一行与倒数第一行的元素对调,将第二行元素与倒数第二行元素对调,并输出对调后的矩阵。

$$A = \begin{bmatrix} 1 & 2 & 3 & 4 \\ 5 & 6 & 7 & 8 \\ 9 & 10 & 11 & 12 \\ 13 & 14 & 15 & 16 \end{bmatrix}$$

【指导】

(1) 可以用 a[i][j]=i*4+j+1 自动生成上述矩阵。

(2) 为了实现第 i 行元素与第 j 行元素交换,令 i 从 1 变化到 N/2,使 a[i][j]与 a[N−1−i][j]交换。

参考程序:

```
# include < stdio. h >
  # define N 4
  void main()
    { int a[N][N],i,j,k;
      for (i = 0; i < N; i ++)
```

```
    for (j = 0; j < N; j++)
        a[i][j] = i * 4 + j + 1;
    for (i = 0; i < N/2; i++)
      for (j = 0; j < N; j++)
        { k = a[i][j]; a[i][j] = a[N - i - 1][j]; a[N - i - 1][j] = k; }
    for (i = 0; i < N; i++)
      { for (j = 0; j < N; j++)
          printf(" % 4d ", a[i][j]);
        printf("\n");
      }
  }
```

【实验 5.4】 编写程序利用初始化的方法生成如下 N×N 矩阵,然后将该矩阵的上三角部分(不含主对角线元素)所有元素置为 0。

$$A = \begin{bmatrix} 1 & 2 & 3 & 4 \\ 2 & 3 & 4 & 5 \\ 3 & 4 & 5 & 6 \\ 4 & 5 & 6 & 7 \end{bmatrix}$$

【提示】 矩阵的特点是:下三角部分元素的值为行下标+列下标+1,上三角部分与下三角部分是对称的,对称轴为主对角线。

【实验 5.5】 有一个已按递减顺序排列的数组 a,其中的数据为:19,17,15,13,11,9,7,5,3,1。将从键盘输入的数 k 插入到该数组中,使插入后的数组仍然有序。

【指导】 算法步骤:

(1) 输入要插入的数 k。

(2) 从数组末尾开始检查,凡是比 k 小的元素 a[i]均向后移动一个位置,如果 a[0]仍小于 k,则将 k 插在 a[0]位置上。

(3) 当遇到第一个大于 k 的元素 a[i]时,则将 k 插在其后的位置上。

参考程序:

```
# include < stdio. h >
void main()
  { int a[11] = {19,17,15,13,11,9,7,5,3,1},k,i;
    scanf(" % d",&k);
    for (i = 9; i >= 0; i--)
      { if (k >= a[i])
          { a[i + 1] = a[i];
            if (i == 0)
                a[i] = k;
          }
        else
          { a[i + 1] = k;
            break;
          }
      }
    for (i = 0; i < 11; i++)
      printf(" % d ",a[i]);
  }
```

【实验 5.6】 编写程序,从键盘输入 10 个字符串,要求用选择法和冒泡法将它们按从大到小的顺序排序。

【提示】

(1) 排序算法参考教材例 4.11 和例 4.12。

(2) 用 strcmp()进行字符串的比较,用 strcpy()进行字符串的交换。

【实验 5.7】 编写程序,其功能是:首先产生 n 个－10～10 的随机数,存放到数组 a 中,并显示该数组;然后将该数组中相同的元素只保留一个,并输出经过删除重复元素后的数组。

【指导】 删除一个元素要分两步完成,首先查找到要删除的元素,然后将其后所有元素依次向前移动一个位置,并将数组元素个数减 1。

算法步骤:

(1) 产生满足要求的数组 a;

(2) 在外层循环中,从第一个元素开始,依次检查每个 a[i]的后续元素 a[j]中是否有与之相同的元素,若有,将 a[j]后续所有元素顺序向前移动一个位置从而删除 a[j],这时,数组元素的总数将减少 1;

(3) 输出删除重复元素后的数组。

注意:在第二重循环中,当某个 a[j]被删除后,原 a[j+1]被移到 a[j]位置上,这时,不修改循环变量 j,以便能将连续出现的相同元素均删除掉。

参考程序:

```
# include < stdlib. h>
# include < stdio. h>
# include < time. h>
# define N 20
void main()
  { int a[N], i, j, k, n = N;
    srand((unsigned)time(NULL));          //按时间产生不同的随机数序列
      printf("Original series:\n");
      for (i = 0; i < N; i ++ )            //生成并输出随机数组
        { a[i] = 20 * (rand() + 1)/32767 - 10;
          printf(" % d ", a[i]);
        }
      printf("\nSeries after erasing:\n");
      for (i = 0; i < n - 1; i ++ )        //查找并删除相同元素
      { j = i + 1;
          while (j < n)
            { if (a[i] == a[j])            //删除与 a[i]相同的元素 a[j]
                { n -- ;                    //数组元素总数减 1
                for (k = j; k < n; k ++ )   //数组元素顺序前移
                  a[k] = a[k + 1];
                }
              else
                j ++ ;
            }
        }
```

```
    for (i = 0;i < n;i + + )                //输出删除重复元素后的随机数组
        printf(" % d ",a[i]);
    }
```

注：也可以用另一种算法，即将不相同的元素保存下来，而相同的元素则不予保存，输出最后保存的元素。

【**实验 5.8**】 请编写程序，其功能是接收从键盘输入的一个字符串，然后接收输入的一个指定的字符作为插入字符的位置，再接收输入的一个需要插入的字符，要求将字符串中所有的指定字符前均插入一个指定的字符。

例如从键盘输入的字符串为"abccdcce"，要求在所有的字符'c'前插入字符'x'，程序运行结果应为：abxcxcdxcxce。

【**提示**】 插入字符实际上是将该字符及其后续字符均向后移动一个位置，在空出的位置上放置要插入的字符。例如，要在字符串"abcd"中的字符'b'前插入一个字符'e'，只要将字符'b'、'c'、'd'顺序后移一个位置，在腾出的空位上放入字符'e'即可。

## CHAPTER 6

实验6

函　数

【实验目的】

(1) 掌握函数的定义及函数的调用方法。

(2) 掌握函数间参数传递和返回值传递的方法。

(3) 掌握递归程序设计的方法。

(4) 学会使用模块化程序设计方法解决比较复杂的问题。

【实验6.1】　请编写程序,功能是接收从键盘输入的两个整数,求它们的最大公约数和最小公倍数。要求在 main( )函数中输入两个整数,gcd( )函数求这两个数的最大公约数,lcm( )函数求这两个数的最小公倍数,main( )函数调用 gcd( )函数和 lcm( )函数。

【指导】　求最大公约数使用"欧几里得算法"(也称"辗转相除法")。该算法如下:

给定两个正整数 u,v(u>v)。

(1) 用 u 除以 v,余数为 r;

(2) 若 r 为 0,算法结束,u 为结果;

(3) 若 r 不为 0,则 v→u,r→v,返回(1)。

参考程序:

```
# include < stdio. h >
int gcd( int u, int v)
{
    int r;
    if (u < v)
    { r = u; u = v; v = r;}
    while(v! = 0)
    { r = u % v;
      u = v;
      v = r;
    }
    return u;
}
int lcm( int u, int v)
{
    return u * v/gcd(u, v);
}
void main( )
```

```
{
    int x, y, result;
    printf("input x,y:\n");
    scanf("%d%d",&x, &y);
    result = gcd(x,y);
    printf("The gcd of %d and %d is %d\n",x,y,result);
    printf("The lcm of %d and %d is %d\n",x,y,lcm(x,y));
}
```

【实验 6.2】　编写程序,在主函数中接收从键盘输入的一个整数,并调用子函数判断该整数是不是素数,然后在主函数中输出判断结果。

【提示】　通过变量值传递的方式将整数传递到子函数,在子函数中判断该整数是不是素数,若是素数,则返回 1;否则返回 0。

【实验 6.3】　编写程序,要求主函数自动生成一个包含 20 个元素的一维数组,每个元素的值在 50~100 之间(含 50,但不含 100),子函数 mymin()能求一维数组的最大值,并将最大值返回。

【提示】　产生 50~100 之间的随机数的方法。

```
# include < stdio. h>
# include < stdlib. h>
# include < time. h>
void main()
    { int a[20];
    …
    srand((unsigned)time(NULL));        //srand()按时间产生不同的随机数种子
    …
    a[i] = 50 + 50 * (rand() + 1)/32767; //rand()产生 0~32767 之间的随机整数
    …
    }
```

其中,srand()和 rand()定义在头文件 stdlib. h 中,time()定义在头文件 time. h 中。

【实验 6.4】　编写程序,子函数 trans()的功能是将一个 n×n 的二维数组转置(即将二维数组的列变成行,行变成列),主函数用来输入二维数组元素的值,接收子函数传递过来的转置后的数组,并打印出来。

【提示】　数组的行数和列数用宏定义确定,函数间用数组名进行参数传递。

【实验 6.5】　请编写程序,功能是接收从键盘输入的一组数,用二分法查找指定的数是否在这一组数中。要求在 main()中输入原始数据和待查数,search()用来进行二分查找,main()先调用数据排序函数 sort(),再调用二分查找函数 search()。

【指导】　二分查找算法(也称做"折半查找")用于有序数据的查询。它要求待查询数据是有序的,且与数据的排序顺序有关。因此,该算法与排序程序配合使用。算法思路如下。

先将整个数组(存放待查询数据)作为搜索区间,取该区间的中点,看其是否为待查询数。若是,查找结束;否则,检查待查询数是在搜索区间的上半部分还是下半部分,从而将搜索区间压缩一半,继续采用折半查找的方法。当搜索区间的上界和下界重合时,如果仍未找到待查询数,可判定待查询数不在原始数据中。

参考程序:

```
# include < stdio. h >
# include < stdlib. h >
int search(int a[ ], int n, int key) //a 为待查数组,n 为原始数据的个数,key 为待查的关键字
  {   int low, high, mid;
      low = 0;
      high = n − 1;
      mid = (low + high)/2;
      while(low < high && key! = a[mid])
          { if (key < a[mid])
                high = mid − 1;
            else
                low = mid + 1;
            mid = (low + high)/2;
          }
      if (key == a[mid]) return 1;
      else return 0;
  }
void bubblesort (int a[ ], int n)
  { int i, j,t;
    for(i = 0; i < n − 1; i + + )
        for(j = 0; j < n − 1; j + + )
            if(a[j] > a[j + 1])
               {t = a[j]; a[j] = a[j + 1];a[j + 1] = t;}
  }
void main( )
  {   int a[20], i, n, k, x;
      printf("请输入数据数量(1~20 之间)\n");
      scanf(" % d", &n);
      if(n > 20 || n < 0)
         { printf("数据数量大于 20 或小于 0\n");
            exit(1);
         }
      printf("请输入数据\n");
      for(i = 0;i < n;i + + )
      scanf(" % d", &a[i]);
      printf("请输入查询数据\n");
      scanf(" % d", &x);
      bubblesort(a,n);
      k = search(a, n, x);
      if(k) printf("has been found\n");
      else printf("hasn't been found\n");
  }
```

【实验 6.6】　请编写程序,功能是从键盘接收输入的一组字符串,用二分法查找指定的字符串是否在这一组字符串中。

【提示】

(1) 使用二维字符数组存放多个字符串。数组行下标代表每个字符串的首地址。

(2) 读入字符串时可使用 gets()函数,因为 scanf()函数遇空格就结束。

(3) 对字符串的操作可使用字符串处理函数,要在程序开头使用 # include＜string. h＞

命令。

【实验 6.7】 编一个程序，用递归方法求 C_m^n。

【指导】 算法分析：

C_m^n 的递归形式为 $C_{m-1}^n + C_{m-1}^{n-1}$

递归条件为

$$
\begin{cases}
C_m^0 = 1 & n = 0 \\
C_m^1 = m & n = 1 \\
C_m^n = C_m^{m-n} & n > \dfrac{m}{2}
\end{cases}
$$

参考程序：

```
# include < stdio. h>
int cmn( int m, int n)
  { if (n == 0)
        return 1;
    else if (n == 1)
        return m;
    else if (n > m/2)
        return cmn(m, m - n);
    else
        return cmn(m - 1, n) + cmn(m - 1, n - 1);
  }
void main()
  { int m, n;
    scanf(" % d % d", &m, &n);
    printf("m = % d, n = % d, cmn = % d\n", m, n, cmn(m, n));
  }
```

【实验 6.8】 请编写递归程序计算 $s_n = 1 + 2 + 3 + \cdots + n$。

【提示】

(1) 求累加和问题的递归数学模型为：

$$
s_n = \begin{cases}
0 & (n = 0) \\
1 & (n = 1) \\
s_{n-1} + n & (n > 1)
\end{cases}
$$

(2) 函数 s() 的形式参数为 n，接收主函数指定的累加和的上界值，其返回值即为累加和。

## CHAPTER 7

实验 7

指　针

【实验目的】

(1) 掌握指针的概念,会定义及使用指针变量、指针数组、行指针。

(2) 掌握指针的运算,会采用指针方法访问一维、二维数组;理解指针和数组的关系。

(3) 掌握用指针作为函数参数,设计通用的函数;实现对一维数组的排序、查找,矩阵运算;掌握常用的字符串处理函数;熟悉动态分配内存方法。

【实验 7.1】　在 10 个元素的数组中找出与平均值最接近的元素,并输出该元素的值(要求用数组指针访问一维数组)。

【指导】

本题要解决两个问题:

(1) 计算 10 个元素的平均值;

(2) 找出与平均值最接近的数组元素。

对于第(2)个问题,可以将第一个元素与平均值的差作为基准,然后依次计算其余各个元素与平均值的差,并与基准进行比较(注意要按绝对值进行比较),从而找出最小值,它所对应的元素就是与平均值最接近的元素。

参考程序:

```c
# include < math. h >
# include < stdio. h >
void main()
  { int i,k;
    float a[10],aver = 0,b,diff, * p = a;
    for(i = 0;i < 10;i ++ )
      scanf(" % f",p + i);            //输入原始数据存入数组
    for(i = 0;i < 10;i ++ )
      aver += p[ i];                  //计算累加和
    aver/ = 10;                       //计算平均值
    k = 0;
    diff = fabs(p[0] - aver);         //计算第一个元素与平均值的差的绝对值
    for(i = 1;i < 10;i ++ )
      { b = fabs(p[ i] - aver);
        if(b < diff)                  //寻找最接近于平均值的元素及其位置
          { diff = b; k = i; }
```

```
    }
    printf("%f  %f\n",diff,p[k]);
}
```

【实验 7.2】 请编写程序,利用行指针,找出二维数组 a[M][N]每一行中的最大值,然后从中找出最小值 min。

【指导】

(1) 先定义数组 a[M][N],s[M]及指向数组 a 的行指针(*p)[N],将每一行的最大值存放在数组 s 中,然后在数组 s 中找出最小值。

(2) 为了求出数组 a 第 i 行的最大值 s[i],先令 s[i]=a[i][0],然后将 s[i]依次与 a[i][1]、a[i][2],…,a[i][N−1]比较,凡是比 s[i]大的 a[i][j]就赋给 s[i],经 N−1 轮比较后,s[i]中存放的就是该行的最大值。

(3) 根据题目要求用行指针操作,数组元素 a[i][j]的地址可用 p[i]+j、*(p+i)+j 或 &p[i][j]表示,数组元素 a[i][j]的值可用 p[i][j]、*(p[i]+j)或 *(*(p+i)+j)表示。

参考程序:

```
#define M 5
#define N 5
#include <stdio.h>
void main()
    { int s[M],i,j,min;
      static int a[M][N],(*p)[N] = a;
      for (i = 0;i<M;i++)
        for (j = 0;j<N;j++)
          scanf("%d",p[i]+j);              //输入原始数据存入二维数组
      for (i = 0;i<M;i++)
        { s[i] = p[i][0];
          for (j = 1;j<N;j++)              //求每行最大值分别保存在数组 s 中
            if (s[i]<p[i][j])
              s[i] = p[i][j];
        }
      min = s[0];
      for (i = 1;i<M;i++)                  //求 s 中的最小值
        if (min>s[i])
          min = s[i];
      printf("Min = %d\n",min);
}
```

【实验 7.3】 请编写函数 calc,其功能是对传送过来的两个实数求出和值与差值,并通过两个指针形参分别将这两个值传送回调用函数。该函数原型为:

```
void calc(float x,float y,float *add,float *sub)
```

它用来计算 x+y 和 x−y 并将计算结果分别存入 add 和 sub 所指的存储单元中。

【提示】 参照教材例 6.11,理解指针作函数参数时,形参和实参的使用,将以下程序补充完整。

参考程序:

```
#include <stdio.h>
void calc(float x,float y,float * add,float * sub)
  {
    /* 请补充代码 */
      ⋮
  }

void main()
  { float x,y,add,sub;
    printf("Enter x,y:");
    scanf("%f%f",&x,&y);
    /* 请补充代码,调用函数 calc() */
      ⋮
    printf("x+y=%f,x-y=%f\n",add,sub);
  }
```

【实验 7.4】　请编写一个函数 fun(char * str),其功能是将 str 所指向的字符串中的所有小写字母前加一个下划线。例如,若 str 指向的字符串为 aBdEF3@♯g,则执行 fun(str)后,str 指向的字符串被修改为_aB_dEF3@♯_g。

【指导】

扫描两遍字符串,先计算出小写字母的个数 numLower,然后将字符串分成 numLower 段,分别向后移动不同的步长 pace。例如:对"aBdEF3@♯g",分成 3 段,"aB"、"dEF3@♯"、"g",然后,将子串"g"移动 3 个字符位置后,插入下划线,将子串"dEF3@♯"移动 2 个字符位置后,插入下划线,依此类推,完成操作。

参考程序:

```
#define N 80
#include <stdio.h>
#include <string.h>
#include <stdlib.h>
#include <ctype.h>

void fun(char * str);                     //函数声明

void main (void)
  { char buffer[N] = "aBdEF3@♯g";
    fun(buffer);                          //函数调用
    puts(buffer);                         //输出结果
  }

/* 函数实现 */
void fun(char * str)
  { int i, numLower, len, pace;
    numLower = 0;                         //numLower 表示小写字母个数
    len = strlen(str);                    //len 表示字符串长度
    for(i=0; i<len; i++)                  //统计小写字母的个数
      { if( islower( * (str + i)))
        numLower ++ ;
      }
```

```
        if (len + numLower > N - 1)              //定义的数组长度不足
          { printf("Do nothing: having risk of buffer overflow!");
            exit( - 1);
          }
        i = len;
        pace = numLower;                         //pace 表示移动的步长
        for( ; pace > 0; pace -- )
          { do                                   //从字符串尾部开始,后移 pace 个字符位置
            { * (str + i + pace) = * (str + i);
            }while(!islower( * (str + i -- )));
            * (str + i + pace) = '_';            //插入一个下划线
          }
}
```

【实验 7.5】 编写一个函数 filter(char * str),将 str 所指向的字符串中由"/ * "和
" * /"包含的子串(包括"/ * "和" * /")的部分删除。并编写程序测试该函数。

例如,对字符串"this is a test line, / * please delete the part of comment * / no
comment part should be included.",调用函数处理后,字符串被修改为:

"this is a test line, no comment part should be included."

【提示】 该函数可用于删除 C 语言源程序中形如"/ * … * /"的注释,有两种方法。

(1) 直接在原字符串上查找,删除。

(2) 利用一个工作数组,将非注释部分按顺序复制到该数组中,最后将其复制到原字符
串空间。

【实验 7.6】 将下面的参考程序补充完整,要求编写如下一组函数,分别完成整型数组
的数据输入、数据输出、取最大值、最小值、排序、查找和删除操作。主函数中定义一个足够
大的整型数组 bufferInt[N],作为数据缓冲区,用来存放非负整数,并调用以下这组函数实
现相应的功能。其中,pBuffer 指向数据缓冲区,n 表示数据个数。

void initData(int * pBuffer, int n)为初始化模块,将 pBuffer 所指的缓冲区中的 n 个
整数全部初始化为 -1,表示该位置尚未被使用。

void inputData(int * pBuffer, int n)为输入模块,将从键盘读入的 n 个整数存入
pBuffer 所指的缓冲区中。

void printData(int * pBuffer, int n, int col)为输出模块,将 pBuffer 指向的 n 个整数,
按每行 col 个元素显示出来。

int maxData(int * pBuffer, int n)为求最大值模块,返回 pBuffer 指向的 n 个整数中的
最大值。

int minData(int * pBuffer, int n)为求最小值模块,返回 pBuffer 指向的 n 个整数中的
最小值。

void sortData(int * pBuffer, int n, int flag)为排序模块,对 pBuffer 指向的 n 个整数
进行排序,flag=1,按升序排列,flag=-1,按降序排列。

int searchData(int * pBuffer, int n, int data)为查找模块,对 pBuffer 指向的 n 个整
数,查找值等于 data 的元素。如查找成功,返回该元素相对于 pBuffer 的偏移值(下标值);
如未查找到,返回 -1。

void deleteData(int ＊ pBuffer，int n，int pos)为删除模块，删除位置 pos 处的数据，并将其后的数据按顺利向前移，最后一个位置置－1。

```c
# include < stdio. h >
# include < stdlib. h >
# define N 80

/＊  函数声明 ＊/
void initData(int ＊ pBuffer, int n);              //初始化模块
void inputData(int ＊ pBuffer, int n);             //输入数据模块
void printData(int ＊ pBuffer, int n, int col);    //输出数据模块
int maxData(int ＊ pBuffer, int n);                //求最大值模块
int minData(int ＊ pBuffer, int n);                //求最小值模块
void sortData(int ＊ pBuffer, int n, int flag);    //排序模块
int searchData(int ＊ pBuffer, int n, int data );  //查找模块
void deleteData(int ＊ pBuffer, int n, int pos);   //删除模块

void main (void)
  { int bufferInt[N];
    int num;                                        //实际需要处理的整数个数
    int data,pos,n;                                 //data 为要查找的数,pos 为要插入数据的位置
    printf("input number = ");
    scanf(" ％ d", &num);

    initData(bufferInt, num);                       //缓冲区初始化
    inputData(bufferInt, num);                      //输入 num 个整数
    printData(bufferInt, num, 5);                   //按每行 5 个输出缓冲区中的 num 个整数

    printf("Max = ％ d\n", maxData(bufferInt,num)); //输出最大值

    printf("Min = ％ d\n", minData(bufferInt,num)); //输出最小值

    sortData(bufferInt, num, 1);                    //升序排序
    printData(bufferInt, num, 10);                  //按每行 10 个输出排序后 num 个整数

    printf("input number to be searched\n");
    scanf(" ％ d",&data);                           //输入需要查找的数据
    n = searchData(bufferInt, num, data );          //查找模块
    if (n! = － 1)
      printf(" ％ d is in ％ d position\n",data,n);
    else
      printf(" ％ d is not been searched. \n",data);

    printf("input position of data to be deleted\n");
    scanf(" ％ d",&pos);                            //输入需要删除的数据的位置
    deleteData(bufferInt, num, pos);                //删除模块
    printData(bufferInt, num, 10);                  //按每行 10 个输出删除后的结果

  }
```

```
/*   函数实现  */
void initData( int * pBuffer, int n)
  { int i;
    if (n > N || n < 0)
      { printf("参数 n 不合法!");
        exit( - 1);
      }
    for(i = 0; i < n; i ++ )
      { * (pBuffer + i) = - 1;
      }
  }


void inputData( int * pBuffer, int n)
  {
    /* 请补充代码 */
    ⋮

  }


void printData( int * pBuffer, int n, int col)
  { int i;
    for(i = 0; i < n; i ++ )
      { if (i % col == 0 )
          printf("\n");
        printf(" % d\t", * (pBuffer + i));
      }
  }


int maxData( int * pBuffer, int n)
  {
    /* 请补充代码 */
    ⋮

  }


int minData( int * pBuffer, int n)
  {
    /* 请补充代码 */
    ⋮

  }


void sortData( int * pBuffer, int n, int flag)
  {
    /* 请补充代码 */
    ⋮


  }


int searchData( int * pBuffer, int n, int data )
  {
```

```
        /* 请补充代码 */
        ⋮

    }

void deleteData(int * pBuffer, int n, int pos)
    {
        /* 请补充代码 */
        ⋮

    }
```

【实验 7.7】　利用动态内存存放键盘输入的两个长度不超过 20 的字符串（不允许使用字符数组），并将这两个字符串中对应位置相同的字符显示出来。例如，第一个字符串为 Language，第二个字符串为 Programe，应输出 gae。

【指导】

（1）申请动态内存可以用 malloc()函数。

（2）申请到的内存起始地址是 void 型的，不能存放数据，必须经过强制类型转换后才能赋给类型相同的指针变量。

（3）为了显示两个字符串中对应位置相同的字符，应对这两个字符串的字符进行逐一比较，将相同的字符显示出来。比较到较短字符串的末尾为止。

参考程序：

```
# include < stdlib. h >
# include < stdio. h >
void main()
  { char * p1, * p2;
    int k;
      p1 = (char * )malloc(sizeof(char) * 20);
      p2 = (char * )malloc(sizeof(char) * 20);
      gets(p1);
      gets(p2);
    for(k = 0;p1[k]&&p2[k];k + + )
        if(p1[k] = = p2[k])
            printf(" % c",p1[k]);
    free(p1);
    free(p2);
  }
```

【实验 7.8】　申请一段能存放三个整数的连续动态内存，其中先存放两个由键盘输入的整数，然后存放这两个整数的和。

## CHAPTER 8

实验8

复合数据类型

【实验目的】

(1) 熟练掌握结构类型定义及对结构类型变量进行操作的各种方法。

(2) 综合运用函数、数组、指针、结构类型及链表知识,掌握设计动态链表数据结构的方法以及对动态链表进行建立、插入、删除、检索的方法。

【实验 8.1】 选票统计程序。设有 3 个候选人和 10 个选举人,选举人只要在自己的选票上书写自己选中的候选人的名字,程序据此能输出每个人的得票结果。

【指导】

(1) 设计一个结构类型数组 leader,结构类型包含两个成员 name(姓名)和 count(得票数)。

(2) 通过循环将选中的候选人名字依次与数组 leader 中的三个元素的 name 成员比对(用 if(strcmp(name,leader[j].name)==0)实现),若相等,则该候选人的得票数加 1。循环结束后,即可输出每个候选人的得票数。

参考程序:

```c
#include <stdio.h>
#include <string.h>
struct person
  { char name[20];
    int count;};
struct person leader[3] = {"li",0, "zhang",0, "wang",0};      //候选人信息
void main()
  { int i,j;
    char name[20];
    for(i = 1;i <= 10;i ++)
    { scanf("%s",name);                                      //选中的候选人姓名
      for(j = 0;j < 3;j ++)
            if(strcmp(name,leader[j].name) == 0)
                  leader[j].count ++ ;                       //选中的候选人的票数加 1
    }
    printf("\n");
    for(i = 0;i < 3;i ++)
          printf("%5s:%d\n",leader[i].name,leader[i].count); //输出计票结果
  }
```

【实验 8.2】 设计一个含有两个成员（职工号和产量）的结构类型，编写一程序能对 5 名职工在规定时间内完成的产品数量进行累计。每输入一个职工号，该职工的产量加 1，最后输出每名职工的编号及完成的产量。

【提示】

此实验与实验 8.1 相似，可以设计一个含 5 个元素的数组来存放每位职工的信息。统计时，可以用一个循环，每完成一件产品，即输入对应职工的职工号，该职工的产量将加 1。当输入的职工号为 0 时代表统计结束，最后输出每名职工的编号和已完成的产量。

【实验 8.3】 编写程序，用结构数组存放 10 名学生的考试成绩，包括姓名、英语、数学和两门课程的平均成绩。要求程序能够自动计算出每名学生的平均成绩，并输出平均成绩最高的学生姓名及其平均成绩。

【指导】

（1）结构数组中每个元素含 4 个成员，即姓名、两门课程的成绩及这两门课程的平均成绩。其中，表示成绩的三个成员可以用一个 float 型数组描述。

（2）程序的功能应包括接收输入的每个学生的信息，然后计算每位学生的平均成绩，进而找出平均成绩最高的学生，并输出其信息。

参考程序：

```c
# include < stdio. h >
# define N 10
struct stu
  {  char name[20];
     float score[3]; };
int max(struct stu * p);
void main()
  { int i,j,num;
    struct stu student[N];
    for(i = 0;i < N;i ++ )                   //输入学生信息
      {  student[i]. score[2] = 0;           //score[2]存放平均分
        printf("\n 输入第 % d 个学生信息:\n",i + 1);
        scanf(" % s", student[i].name);      //输入姓名
        for(j = 0;j < 2;j ++ )
          scanf(" % f", &student[i].score[j]);   //输入两门课的成绩
        student[i]. score[2] = (student[i]. score[2] + student[i]. score[j])/2;//计算平均分
      }
    num = max(student);                      //查找平均成绩最高的学生
    printf("第一名: 姓名\t 成绩\n\t");
    printf(" % s\t", student[num].name);
    printf(" % .1f\n", student[num].score[2]);
  }
int max(struct stu  * p)                      //查找平均成绩最高的数组元素的位置
  { int i,j;
    for(i = 0,j = 1;j < N;j ++ )
        if(p[i]. score[2]< p[j]. score[2])
            i = j;
    return i;
  }
```

【实验 8.4】　在实验 8.2 的基础上编写 sort()子函数,其功能是用冒泡排序方法对 5 名职工的产量按从大到小排序,并在主函数中调用 sort()子函数,按照名次输出每位职工的编号及其产量。

【提示】

该题目主要是对结构类型数组进行简单算法应用的一个训练,可参考教材中对数组进行冒泡排序的方法,需注意的是排序的关键字并非数组元素本身而是数组元素的成员。另外,如果实验 8.2 中定义的结构数组为局部数组,则在设计本函数时注意参数传递的形式,以及是否需要返回值。讨论什么情况下不需要返回值。

【实验 8.5】　建立一个用于记录职工年龄信息的链表,每位职工均包含姓名和年龄两个基本信息。要求链表中各结点要按照职工年龄由小到大的顺序链接,并且链表建立后能依次输出链表各结点中的数据。

【指导】

(1) 首先依题目要求定义链表中结点的类型。其次,链表中插入新结点,至少需要两个指针:①指向新建结点的指针 q;②指向当前结点(插入位置)的前一个结点的指针 p。二者配合完成。另外,头指针 h 用于标识整个链表的首地址。

(2) 依题目要求建立一个链表,但建链表的方法实际上有多种,如:不断将新结点插入到链表末尾或者是表头,这两种插入方案插入位置相对固定。而本题要求各结点按职工年龄的顺序链接,就是说每一个新结点的插入位置是待定的,需要程序来确定其插入位置。因此,设计程序流程如下:①建立空表;②循环建立新结点、查找新结点插入位置、插入新结点,直至无新结点插入,退出循环并输出链表。

参考程序:

```
# include < stdio. h >
# include < string. h >
# include < stdlib. h >
struct stu
{   char name[20];                          //姓名
    int age;                                //年龄
    struct stu * next;
};
void main( )
{   struct stu * h, * p, * q;
    //建空表
    h = (struct stu * )malloc(sizeof(struct stu));    //为头结点分配空间并用头指针指向该空间
    if(h == NULL)                           //如果 h 中记录的地址为空,则前一步内存分配失败
    {   printf("assign memory space error!");
        exit(0);
    }
    h -> name[20] = NULL;                    //'\0'的 ASCII 码为 0
    h -> age = NULL;
    h -> next = NULL;
    //链表中插入元素
    while(1)
    {   if((q = (struct stu * ) malloc(sizeof(struct stu))) == NULL)
        {   printf("分配内存失败!");
```

```
            exit(0);
        }
        //待插入结点各成员赋值
        printf ("请输入姓名：\t");
        scanf (" % s",q->name);
        if(strcmp(q->name, "NULL") = = 0) break;
        printf ("请输入年龄：\t");
        scanf (" % d",&q->age);
        q->next = NULL;
        //寻找插入位置
        for(p = h;p->next! = NULL&& p->next->age < q->age;p = p->next);
        //将结点插入链表
        q->next = p->next;
        p->next = q;
    }
    //链表输出
    for(p = h->next;p! = NULL;p = p->next)          //若当前结点非空
        printf ("\n姓名： % s\t年龄： % d\n",p->name,p->age);
}
```

【实验 8.6】　在实验 8.5 的基础上，编写一个 del( )子函数，其功能是按照用户输入的年龄在链表中检索，找到第一个年龄与输入年龄相同的结点，将它删除并输出被删除结点中的信息。如果未找到符合条件的结点，则输出查无此年龄职工。

【提示】

此题目与上一题目的共同点在于，都需要确定插入结点或删除结点的位置。而寻找指定结点、删除指定结点的方法在教材中均有详细介绍，此处不再赘述。强调删除结点时应注意释放被删除结点所占用的空间。

## CHAPTER 9

实验 9

文 件

【实验目的】

（1）掌握文件与文件类型指针的概念，熟练掌握文件的打开、关闭、读、写等文件操作函数的使用方法。

（2）学会文件的基本操作，包括用字符读写、字符串读写、格式读写和二进制读写方式进行文件操作。

（3）掌握顺序文件和随机文件的操作。

【实验 9.1】 下面据说是包含 26 个字母的最短的英文句子：

The quick brown fox jumps over a lazy dog.

请编写程序先将上面的句子写入文本文件 abc.txt 中，然后从文件中读出并显示出来。

【指导】

（1）先写后读的文件用"w+"方式打开。

（2）用 putc() 和 getc() 将字符串以字符为单位写入或读出。

（3）为了以后能正确读出文件，应在文件结束时写入一个 EOF（其值为\xFF 或 0xFF）。

参考程序：

```c
# include < stdio. h >
# include < stdlib. h >
void main()
  { char a, str[80] = "The quick brown fox jumps over a lazy dog.";
    FILE  * fp;
    int i = 0;
    if ((fp = fopen("abc.txt","w + ")) == NULL)
      {  printf("Cannot open the file!\n"); exit(0); }
    while(str[i])
       { putc(str[i],fp); i ++ ; }
    putc(0xFF,fp);
    rewind(fp);
    a = getc(fp);
    while(a! = EOF)
       { putchar(a); a = getc(fp); }
    fclose(fp);
  }
```

【实验 9.2】 请编写程序,其功能是先建立两个文本文件:f1. txt 中写入'A'、'B'、'C'和 EOF,f2. txt 中写入'X'、'Y'和'Z',然后将 f1. txt 的内容追加到 f2. txt 的末尾。

【实验 9.3】 先将下列字符串写入文本文件 wb. txt,要求每个字符串占 11 个字节;然后读取该文件的各个字符串,并在屏幕上显示出来:

London, Paris, Bon, Rome, Tokyo, Detroit, Moscow, Jerusalim, Bomgey, Beijing, Washington

【指导】

(1) 在用 fputs()向文件写入一个字符串时,字符串末尾的'\0'不会被写入文件。例如:

```
fputs("London",fp); fputs("Paris",fp);
```

写入文件的一串字符为:

```
LondonParis
```

再读入时,已无法分辨出这两个字符串。解决的办法是在写入一个字符串后,再写入一个换行符'\n'。例如:

```
fputs("London",fp); fputs("\n",fp); fputs("Paris",fp); fputs("\n",fp);
```

这样,在用 fgets()函数读入时,只要将指定的字符个数 n 设定得大一些,就能在 n-1 个字符之前遇到换行符而使读入终止。

(2) fgets()函数从文件读入一串字符后,会自动在末尾增加一个'\0'字符,形成字符串。例如,可以用下面的方法读入前面的两个字符串:

```
char s[2][11];
fgets(s[0],11,fp);
fgets(s[1],11,fp);
```

这时,s[0]中的字符串为"London\n\0",s[1]中的字符串为"Paris\n\0"。

参考程序:

```
# include < stdio. h >
# include < stdlib. h >
void main()
  { FILE * fp;
  char st[ ][11] = {"London","Paris","Bon","Tokyo","Detroit",
      "Moscow","Jerusalim","Bomgey","Beijing","Washington"};
  char s[10][11];
  int i;
  if ((fp = fopen("wb. txt","w + ")) = = NULL)
     { printf("Cannot open the file!\n"); exit(0); }
  for (i = 0;i < 10;i + + )
     { fputs(st[i],fp); fputs("\n",fp); }
  rewind(fp);
  printf("\nresults:\n");
  for (i = 0;i < 10;i + + )
```

```
        { fgets(s[i],11,fp);
          puts(s[i]);
        }
      fclose(fp);
  }
```

【实验 9.4】 将键盘输入的 10 行文字以行为单位(每行不超过 80 个字符)写入文本文件 text.txt,然后从文件中读出,并显示在屏幕上。

【实验 9.5】 编写程序自动生成如下形式的矩阵 A,并将该矩阵按格式写入文本文件 matrix.txt 中。

$$
A = \begin{bmatrix}
1 & 2 & 3 & 4 & \cdots & n \\
n & 1 & 2 & 3 & \cdots & n-1 \\
n-1 & n & 1 & 2 & \cdots & n-2 \\
n-2 & n-1 & n & 1 & \cdots & n-3 \\
\vdots & \vdots & \vdots & \vdots & \vdots & \vdots \\
2 & 3 & 4 & 5 & \cdots & 1
\end{bmatrix}
$$

【指导】

(1) 该矩阵的特征为:

① 对角线元素为 1。

② 上三角元素为 $a_{ij} = j - i + 1$。

③ 下三角元素为 $a_{ij} = n + 2 - a_{ij}$。

(2) 用 fprintf()函数可以将一批数据写入文本文件,这时,必须正确设计输出格式,以便以后可以用 fscanf()函数正确读出数据。例如,下面的语句将结构变量 x 的值写入文件:

```
struct abc
{ int a;
  char ch[3];
  float b[2]; }x = {25,"tre",{3.6,4.8}};
fprintf(fp,"%2d%3s%3.1f%3.1f",x.a,x.ch,x.b[0],x.b[1]);
```

向文件写入的数据是

```
25tre3.64.8
```

这些数据无法再用 fscanf()正确读出。解决的方法是在每个输出项后面多输出一个空格,即将 fprintf()语句改写成

```
fprintf(fp,"%2d %3s %3.1f %3.1f ",x.a,x.ch,x.b[0],x.b[1]);
```

写入文件的数据变成

```
25 tre 3.6 4.8
```

这样,就可以用

```
fscanf(fp,"%d%s%f%f",&x.a,x.ch,&x.b[0],&x.b[1]);
```

将文件中的数据正确读出并存入结构变量 x。

（3）为了正确读出数据，还应将矩阵行数 n 写在文件开头。

参考程序：

```
#include<stdio.h>
#define M 20
#include<stdlib.h>
void main()
  { FILE *fp;
    int a[M][M],n,i,j;
    scanf("%d",&n);
    for(i=0;i<n;i++)                        //产生对角线元素
      a[i][i]=1;
    for(i=0;i<n;i++)                        //产生上三角元素
      for(j=1;j<n;j++)
        a[i][j]=j-i+1;
    for(i=1;i<n;i++)                        //产生下三角元素
      for(j=0;j<i;j++)
        a[i][j]=n+2-a[j][i];
    if ((fp=fopen("matrix.txt","w+"))==NULL)
      { printf("Cannot open the file!\n"); exit(0); }
    fprintf(fp,"%d",n);                     //将矩阵行数写入文件
    for(i=0;i<n;i++)                        //将矩阵写入文件
      for(j=0;j<n;j++)
        fprintf(fp,"%d",a[i][j]);
    fclose(fp);
  }
```

【实验 9.6】　编写程序将实验 9.5 建立的文本文件 matrix.txt 中的数据读入内存，并按矩阵形式显示出来。

【实验 9.7】　先建立一个学生四、六级英语考试成绩的文件 score.dat（未参加考试的学生的成绩标记为 0）。每个学生的记录含准考证号、姓名、四、六级英语成绩和考试时间共 5 个字段，学生数 30 人（数据从键盘输入），然后读取文件，将数据记录显示在屏幕上。

【指导】

（1）将学生记录组织成结构数组，其中的数据从键盘输入。这时，就应该用二进制文件来保存数据，即用"wb+"或"r+b"方式打开二进制文件 score.dat，以便先写后读。

（2）用 fwrite()函数将结构数组或结构数组元素作为一个数据块写入二进制文件中。

（3）用 fseek()函数将文件指针定位到数据块开头，然后用 fread()函数从文件中读取数据块，并用格式输出函数 printf()将读入的数据显示在屏幕上。

（4）使用 fwrite()函数和 fread()函数可以读写一个或多个数据块，数据块可以是单个数据，也可以是一个数组、一个结构或结构数组，因此，应注意数据块的单位。例如：

```
float sam[100];
fwrite(sam,sizeof(sam),1,fp);
```

若以整个数组作为一个数据块写入文件，要用 sizeof(sam)获得数据块的长度，只要写入一个数据块就能将数组中的所有数据写入文件；若以数组元素作为一个数据块，就要用 sizeof(float)获得数据块的长度，一次需要写入 100 个数据块，才能将数组的全部数据写入文件，

即用如下形式的 fwrite()。

```
fwrite(sam,sizeof(float),100,fp);
```

参考程序：

```
#include <stdio.h>
#include <stdlib.h>
struct stu
  { char kh[10];
    char xm[30];
    int s[2];
    char sj[8]; };
void main()
  { FILE * f1;
    struct stu student1[30],student2[30];
    int i;
    if ((f1 = fopen("score.dat","w + b")) = = NULL)
      { printf("can not open file!\n");exit(0);}
    for (i = 0;i < 30;i + + )                    /* 输入学生记录 */
      { printf("\nEnter KH XM S1 S2 SJ:\n");
        scanf(" % s % s % d % d % s",student1[i].kh, student1[i].xm,
            &student1[i].s[0], &student1[i].s[1], student1[i].sj);
      }
    if(fwrite(student1,sizeof(student1),1,f1)! = 1)
      { puts("Write file error."); exit(0); }      /* 写入数据块 */
    fseek(f1,0L,SEEK_SET);
    if (fread(student2,sizeof(student2),1,f1)! = 1)
      { puts("Read file error."); exit(0); }      /* 读取数据块 */
    for (i = 0;i < 30;i + + )                    /* 输出数据记录 */
      printf(" % s   % s   % d   % d   % s\n", student2[i].kh, student2[i].xm,
                student2[i].s[0], student2[i].s[1], student2[i].sj);
    fclose(f1);
  }
```

【实验 9.8】 请编写程序,其功能是建立一个二进制随机文件 bin.dat,将键盘输入的 5 个浮点数分别写入第 1,3,5,7,9 条记录中,然后再从文件中读出这 5 条记录,在屏幕上输出。

## CHAPTER 10

实验10

编译预处理

【实验目的】

(1) 掌握宏定义的功能和使用。

(2) 掌握文件包含的功能和使用。

(3) 了解条件编译的作用和使用。

【实验 10.1】 三角形的面积公式为:

$$area = (s(s-a)(s-b)(s-c))/2$$

其中,s=(a+b+c)/2,a,b,c 为三角形的三条边长。定义两个带参数的宏,一个用来求 s,另一个用来求 area。编写程序,输入三角形的三条边长,然后使用带参数的宏求三角形的面积,并输出。

【指导】

本题考查带参数的宏定义和使用方法。这里需要定义两个宏 S(a,b,c)和 AREA(a,b,c)。其中 AREA(a,b,c)宏嵌套使用 S(a,b,c)宏。注意求平方根需要使用一个数学函数 sqrt()。

另外,对于用户输入的三条边需要检验是否能构成一个三角形,检验方法是判断两边之和是否大于第三边。

参考程序:

```
#include<math.h>
#include<stdio.h>
#define S(a,b,c) (a+b+c)/2
#define AREA(a,b,c) sqrt(S(a,b,c)*(S(a,b,c)-a)*(S(a,b,c)-b)*(S(a,b,c)-c))
void main()
{   float a,b,c;
    //提示输入三角形的三条边
    printf("Input a,b,c of triangle:");
    scanf("%f,%f,%f",&a,&b,&c);

    //检验三条边是否能构成一个三角形,能则求出面积,不能则显示错误提示信息。
    if(a+b>c && a+c>b && b+c>a)
        printf("Area is %8.2f.\n",AREA(a,b,c));
    else
        printf("It is not a triangle!");
}
```

【**实验 10.2**】　输入菱形的边长和一个角度值,求菱形的面积,并输出。

【**提示**】

(1) 参考实验 10.1 的程序;

(2) 菱形的面积公式为: $s = a * a * \sin b$,其中 a 是菱形的边长,b 是一个角度值。

【**实验 10.3**】　定义一个宏 DEBUG,和另一个带参数的宏 DEBUG_PRINT(x),若定义了 DEBUG,则定义 DEBUG_PRINT(x)为输出 x 的值,输出格式为"x＝x 的值\n",否则定义 DEBUG_PRINT(x)为空。编写程序,对一个整型数组中的数据进行排序,采用选择排序法,定义一个数组大小的宏 NUM 和交换两个变量的宏 SWAP,并利用前面定义的 DEBUG _PRINT(x)输出外层循环变量的值。

【**指导**】　本题考查带参数的宏定义以及条件编译的使用,注意 DEBUG_PRINT(x)的定义,需要采用 ♯ 号运算符。

选择排序算法的思想是:首先找到值最小的元素,然后再把这个元素与第一个元素互换,这样值最小的元素就放到了第一个位置,接着,再从剩下的元素中找值最小的,把它和第二个元素互换,使得第二小的元素放在第二个位置上,直到所有的值按由小到大顺序排列为止。

参考程序:

```
# define NUM 10
# define SWAP(x,y,t) {t = x;x = y;y = t;}
# define DEBUG
# ifdef DEBUG
# define DEBUG_PRINT(x) printf(♯x" = % d\n",x);
# else
# define DEBUG_PRINT(x)
# endif

void main()
{    int a[NUM],i,j,r,temp;
    printf("Please input % d numbers:\n",NUM);
    for(i = 0;i < NUM;i ++ )
        scanf("% d",&a[i]);
    for(i = 0;i < NUM - 1;i ++ ){
        r = i;
        for(j = i + 1;j < NUM;j ++ )
            if(a[j]< a[r])
                r = j;
            if(r! = i)
                SWAP(a[i],a[r],temp)
        DEBUG_PRINT(i);
    }
    printf("The array after sort:\n");
    for(i = 0;i < NUM;i ++ )
        printf(" % 5d",a[i]);
    printf("\n");
}
```

【实验 10.4】 用宏和条件编译实现以下功能。

编写程序,提示输入一行电报文字,可以任选两种输出:一种为原文输出;另一种为加密输出,即将字母变成其下一字母(如'a'变成'b','b'变成'c',…,'z'变成'a',其他字符不变)。

【提示】

(1) 定义一个宏 CRYPTO 和另一个带参数的宏 CRYPTO_PRINT(x),若定义了 CRYPTO,则定义 CRYPTO_PRINT(x)为加密输出 x 的值,否则定义 DEBUG_PRINT(x)为原文输出 x 的值。

(2) 定义一个表示数组大小的宏 NUM 为字符串的大小。利用前面定义的 CRYPTO_PRINT(x)输出字符串中每个字符。

第2篇

学习指导

第1章

C语言程序设计基础知识

1.1 主要知识点

1. C程序的组成

(1) 一个C程序是由一个或多个函数组成的,其中必须有一个以main命名的主函数。函数是完成某个整体功能的最小单位。

(2) C函数由数据类型、函数名、形式参数和函数体组成,其一般格式为

```
数据类型函数名([形式参数])
  {
      函数体
  }
```

数据类型指的是函数返回值的类型。

函数名代表该函数在内存中的首地址。因此,每个函数都有自己的函数名。其中,主函数的固定名称为main,其他函数则可以根据标识符的命名方法任意取名。

形式参数用于进行函数间的数据传递。当不需要进行数据传递时,形式参数为空。

函数体是函数的主体,从左花括号开始,到与之匹配的右花括号结束。函数体主要有两大部分,第一部分是本函数内部用到的局部变量类型定义(C语言中,所有的变量都要先定义后使用);第二部分是语句序列,完成本函数的功能。

(3) main()函数可以在程序的任何位置上,但C程序执行时,总是从main()函数开始。

2. 关键字、标识符和C语句

关键字、标识符和C语句是学习C语言的起点,也是重要的基础。

1) 关键字

关键字也叫保留字,是C语言中有特定意义和用途且不得作为他用的字符序列。C99标准规定的关键字有37个,比C89标准多了5个。关键字用作数据类型声明、存储类型声明和流程控制等。所有的C关键字都必须小写。

2) 标识符

标识符是C语言中用来表示变量名、数组名、函数名、指针名、结构名、联合名、枚举常

量名、用户定义的数据类型名及语句标号等用途的字符序列。标识符的第一个字符必须是字母或下划线,后面的字符可以是字母、数字或下划线,长度不超过 32 个字符(C99 标准扩展到 63 个字符)。标识符不能与 C 关键字相同,并区分大小写。

3) C 语句

C 语句是组成 C 程序的基本单位,具有独立的程序功能。所有的 C 语句都以分号结尾,分号是 C 语句的组成部分。C 语句包括简单语句、复合语句和空语句。

- 简单语句:即表达式语句。任何 C 表达式或函数调用,末尾加上分号后就构成一条 C 语句。
- 复合语句:一组 C 语句用花括号括住,就构成复合语句。复合语句被视为一个整体,通常用在条件分支或循环语句中。有时为了数据隐藏的目的,用复合语句形成一个代码块,块中定义的局部变量不会对程序的其他部分发生副作用。
- 空语句:只有一个分号的语句称为空语句。空语句用作循环语句的循环体,表示什么也不做。有时,空语句也被用作转向点(与 goto 联合使用)。

4) 注释

注释不是 C 语句,注释既不被编译也不被执行,使用注释主要是为了增加程序的可读性。注释可以出现在程序的任何位置。单行注释一般以"//"开始,后跟注释内容(这是 C99 标准新增的注释方式);多行注释通常以"/ * "开始,以" * /"结束,其间的内容均视为注释,"*"和"/"之间不能有空格。

3. C 程序的开发步骤

C 语言是一种编译型的程序设计语言,开发一个 C 程序要经过编辑、编译、链接和运行 4 个步骤。

(1) 编辑阶段完成源程序的录入和修改工作,生成以 . c 为扩展名的源程序文件。

(2) 编译阶段完成源程序的翻译工作,最终生成以 . obj 为扩展名的目标程序文件。

(3) 链接阶段将目标程序和程序中用到的库函数连接装配在一起,形成以 . exe 为扩展名的可执行的目标程序。

(4) 运行阶段将可执行程序投入运行,最后获得程序的运行结果。

4. VC++ 6.0 集成环境的使用

在 VC++ 6.0 中,一个 C 应用程序被称为一个项目或工程(Project),它是由应用程序中所需要的所有文件组成的一个有机整体,一般包括源文件、头文件、资源文件等。项目能自动将其包含的文件进行分类和管理,从而大大减轻程序员的负担。同时,项目被置于项目工作区(Workspace)的管理之下。一个项目工作区可以包含多个项目,甚至是不同类型的项目。这些项目之间相互独立,但共用一个项目工作区的环境设置。

在 VC++ 6.0 中开发一个 C 应用程序的大致步骤是:

(1) "开始"菜单→"程序"或直接双击桌面上的 VC++ 图标,启动 VC++ 6.0 环境,进入 VC++ 6.0 主窗口;

(2) 在 VC++ 6.0 主窗口选择"文件"→"新建",弹出"新建"对话框,选择"工程"标签和项目类型"Win32 Console Application",创建项目(Project)和项目工作区(Workspace);

（3）在 VC++ 6.0 主窗口选择"文件"→"新建"，弹出"新建"对话框，选择"文件"标签和文件类型"C++Source File"，创建源程序文件；

（4）选择"编译"→"构件"对源程序进行编译和链接，生成可执行目标文件；

（5）单击"编译"→"执行"主窗口工具栏上的"！"按钮运行可执行目标文件。

1.2　难点分析

1. C 语言关键字和标识符的识别

关键字是 C 语言本身规定的有特殊用途的单词，专门用来表示数据类型、存储属性、程序流程控制语句等特殊字符序列；标识符是由用户自行定义的单词或字符序列，用来表示变量、符号常量、数组名、函数名、结构类型名、枚举类型名、联合类型名等。

C 语言中使用的关键字和标识符是区分大小写的。其中，关键字和库函数名都使用小写字母，而标识符既可以使用小写字母，也可以使用大写字母，而大写和小写字母表示的是不同的标识符。

至于 C 语言使用的编译预处理动词（如 include、define 等）并不属于关键字，这些单词可以作为标识符使用。

2. printf()和 scanf()函数中格式控制符的使用

C 语言为了与硬件兼容的目的，不提供输入输出语句。C 程序中的输入输出主要是通过调用库函数实现的，其中使用最广泛的是 printf() 和 scanf() 函数。调用这两个函数时，必须包含头文件 stdio.h。

printf()函数的调用需要注意的问题主要是"格式控制"与输出表的对应匹配问题，scanf()函数的调用需要注意的问题主要是"格式控制"与地址表的对应匹配问题，以及表达式的书写形式是否符合函数的要求。

"格式控制"中包含两类字符，一类是格式转换字符，由"％"后跟特定字符组成，用来进行格式转换，它们必须与输出项或输入项在类型、个数和顺序上一一对应；另一类是普通字符（包括可显示字符和不可显示字符），它们在输出时照原样显示，在输入时照原样输入。

1.3　疑难问题解析

（1）下面属于 C 语言关键字的是＿＿＿＿＿。

　　A) Int　　　　　　B) typedef　　　　　C) ENUM　　　　　D) unien

解析：答案为 B。C 语言规定所有的关键字必须小写，本题中只有选项 B 和 D 全部由小写字母组成，其中，typedef 是关键字，unien 不是关键字（正确的关键字应为 union）；而选项 A 和 B 均含有大写字母，都不是关键字。

（2）下面不属于 C 语言关键字的是＿＿＿＿＿。

　　A) short　　　　　B) ELSE　　　　　　C) extern　　　　　D) for

解析：答案为 B。选项 A、C、D 都是关键字，虽然 else 也是关键字，但 ELSE 则不再视为关键字。

（3）以下叙述中错误的是_____。

　　A）计算机不能直接执行由 C 语言编制的源程序

　　B）C 程序经 C 编译程序编译后，生成扩展名为.obj 的文件是一个二进制文件

　　C）扩展名为.obj 的文件，经链接程序生成扩展名为.exe 的文件是一个二进制文件

　　D）扩展名为.obj 和.exe 的二进制文件都可以直接运行

　　解析：答案为 D。计算机只能执行用机器语言（也叫指令系统）编制的程序代码，用汇编语言或高级语言（例如 C 语言）编制的程序代码（称为源程序）都不能被计算机执行。为此，要经过编译程序或解释程序把源程序翻译成机器语言程序后才能被计算机执行。另外，在编译过程中，C 语言源程序首先被翻译成扩展名为 obj 的目标程序，然后再对目标程序进行进一步加工（如嵌入函数库等）最终形成可执行的目标程序（扩展名为.exe），才能由计算机执行，虽然.obj 和.exe 程序都是二进制文件，但计算机只能执行.exe 文件而不能执行.obj 文件。因此，选项 A、B、C 都是正确的，选项 D 则是错误的。

（4）对于一个正常运行的 C 程序，以下叙述中正确的是_____。

　　A）程序的执行总是从 main 函数开始，到 main 函数结束

　　B）程序的执行总是从程序的第一个函数开始，到 main 函数结束

　　C）程序的执行总是从 main 函数开始，到程序的最后一个函数结束

　　D）程序的执行总是从程序的第一个函数开始，在程序的最后一个函数中结束

　　解析：答案为 A。在 C 程序文件中，各个函数书写位置的先后没有限制。但 C 程序在执行时总是从 main() 函数开始，到 main() 函数结束。其他函数只有在被 main() 函数调用或嵌套调用时才被执行。

1.4　测　试　题

一、选择题

1. 一个 C 程序由若干个 C 函数组成，各个函数在文件中的书写位置为_____。

　　A）任意

　　B）必须完全按调用的顺序排列

　　C）其他函数必须在前，主函数必须在最后

　　D）第一个函数必须是主函数，其他函数任意

2. 下列四个叙述中，正确的是_____。

　　A）C 程序中的关键字必须小写，其他标识符不区分大小写

　　B）C 程序中的所有字母都不区分大小写

　　C）C 程序中的所有字母都必须小写

　　D）C 语言中的所有关键字必须小写

3. 下列四个叙述中，错误的是_____。

　　A）C 源程序的基本结构是函数

　　B）在 C 源程序中，注释说明必须位于语句之后

　　　C) 一个 C 源程序必须有且只能有一个主函数

　　　D) 一个 C 源程序可以含零个或多个子函数

4. 以下叙述不正确的是_____。

　　　A) 分号是 C 语句的必要组成部分

　　　B) C 程序的注释可以写在语句的后面

　　　C) 主函数的名字不一定用 main 表示

　　　D) 函数是 C 程序的基本单位

5. 下列叙述中正确的是_____。

　　　A) C 语言编译时不检查语法

　　　B) C 语言的子程序有过程和函数两种

　　　C) 一个 C 程序必须有且只能有一个名为 main 的主函数

　　　D) 一个 C 函数中只允许一对花括号

二、填空题

1. 开发 C 程序应经过的四个阶段是_____、_____、_____和_____（按开发顺序填写）。

2. 在 VC++ 6.0 中,C 源程序文件应使用的扩展名是_____。

3. 在 VC++ 6.0 中,C 源程序经过编译后生成的文件的默认扩展名是_____。

4. 在 VC++ 6.0 中,C 源程序经过编译和链接后生成的文件的默认扩展名是_____。

5. 下面的程序用 scanf 函数从键盘接收一个字母,用 printf 函数显示其十进制 ASCII 代码值,请将程序填完全。

```
# include < stdio. h >
void main()
  {    【1】    }
    scanf(" % c",&ch);
    printf(    【2】    );
  }
```

1.5　测试题答案

一、选择题

1.	2.	3.	4.	5.
A	D	B	C	C

二、填空题

1.	编辑、编译、链接、运行
2.	. c
3.	.obj
4.	.exe
5.	【1】char ch; 【2】"％c",ch

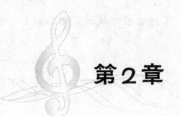

第2章

基本数据类型与数据运算

2.1 主要知识点

1. 基本数据类型和复合数据类型

数据类型是所允许的数据及其操作的集合。C 语言提供了三大数据类型，即基本数据类型、复合数据类型和地址类型。

(1) 基本类型不可再分，只代表单个数据。

(2) 复合类型由基本数据类型组合而成，代表一批数据。

(3) 地址类型(指针类型)可直接表示内存中的地址。

VC++ 6.0 数据类型、长度和取值范围如表 2.1 所示。

表 2.1　VC++ 6.0 数据类型、长度和取值范围

类 别		名　称	关　键　字	长度/字节	取值范围（十进制数）
基本数据类型	整型	短整型	short [int]	2	$-32\,768 \sim 32\,767$
		整型	int	4	$-2\,147\,483\,648 \sim 2\,147\,483\,647$
		长整型	long [int]	4	$-2\,147\,483\,648 \sim 2\,147\,483\,647$
		无符号短整型	unsigned short [int]	2	$0 \sim 65\,535$
		无符号整型	unsigned [int]	4	$0 \sim 4\,294\,967\,295$
		无符号长整型	unsigned long [int]	4	$0 \sim 4\,294\,967\,295$
	浮点型（实型）	单精度浮点型	float	4	$-3.4 \times 10^{38} \sim 3.4 \times 10^{38}$
		双精度浮点型	double	8	$-1.7 \times 10^{308} \sim 1.7 \times 10^{308}$
		长双精度浮点型	long double	8	$-1.7 \times 10^{308} \sim 1.7 \times 10^{308}$
	字符型	字符型	[signed] char	1	$-128 \sim 127$
		无符号字符型	unsigned char	1	$0 \sim 255$
无值类型		无值类型	void	—	—

类 别		名 称	关 键 字	长度/字节	取值范围(十进制数)
复合数据类型	数组	—	—	—	—
	结构类型	—	struct	—	—
	联合类型	—	union	—	—
	枚举类型	—	enum	—	—
地址类型	指针类型	—	—	—	—

注:方括号内的关键字可省略。

2. 变量的定义及初始化

变量是指在程序运行过程中其值可以改变的量。变量是用标识符表示的,代表内存中的一个位置。变量的值为最后一次被赋予的值。

1) 变量的定义

C 语言规定,变量必须先定义后使用。定义变量必须确定变量的名称、数据类型和存储类型,一般格式为:

[存储类型] 数据类型 变量清单;

说明:

(1) 变量的存储类型可以缺省,也可以取 auto,static,extern 或 register,缺省时默认为 auto,详见第 5 章。

(2) 变量的数据类型可以是 int,char,float,double 或 void。其中,void 只用于指针变量。变量的数据类型决定了变量存储的数据的含义,即某个类型的变量只能存放同一类型的数据。变量的数据类型是在定义变量时给定的,与变量名无关。

(3) 变量清单中可以有多个变量,变量间用逗号隔开,这些变量具有相同的数据类型。

2) 变量的初始化

变量初始化是指在定义变量的同时赋予初值。例如:

```
auto char ch = 'a';
register int a = 2, b = 3;
static double pi = 3.1416, circle;
```

变量的存储类型会对变量的初始化产生影响,详见第 5 章。

(1) auto 和 register 型变量的初始化是在程序执行期间完成的,static 和 extern 型变量的初始化是在编译期间完成的。

(2) auto 和 register 型变量若未初始化,其值是不确定的;static 和 extern 型变量若未初始化,其值为 0。

(3) auto 和 register 型变量可以用常数、常数表达式和已经初始化的变量进行初始化;static 和 extern 型变量只能用常数或常数表达式进行初始化。

3．常量分类、常量的类型及表示方法

常量是指在程序运行过程中保持不变的量。

1）常量分类

C语言的常量有两种：直接常量和符号常量。

2）直接常量的类型

直接常量分为四种类型：整型、实型、字符型和字符串型。

（1）整型常量在取值范围内可以准确表示。C语言能识别十进制、八进制和十六进制整数。

（2）实型常量在计算机中是近似表示。C语言中，实型常量只能用十进制表示，有两种书写形式，即小数格式和指数格式。实型常量为double型。

（3）字符常量是指仅包含单个ASCII码字符的常量。字符常量有两种表示形式，即撇号表示和转义字符表示，每个字符常量占一个字节。

（4）字符串常量是用双引号括起来的0个或多个字符的序列。字符串常量存储每个字符的ASCII码值，每个字符占一个字节，编译系统自动在字符串常量末尾加一个0字符（'\0'）作为字符串结束标记。字符串的长度不包括其末尾的0字符。

直接常量的例子如表2.2所示。

表2.2　直接常量举例

类　　型		说　　明	举　　例
整型常量	十进制数	数字0～9组成	0，12 345，65 535
	八进制数	数字0开头，0～7组成	00，0123，057
	十六进制数	数字0和字母x开头，0～9和A～F(a或f)组成	0x0，0x39，0x2A，0xFFFF
	长整数（三种进制）	在整数后加后缀 u(U)　无符号整数 l(L)　长整数 ul(UL) 无符号长整数	123U 15 000L 65 536UL
实型常量	小数格式	正负号、小数点、数字0～9组成	0.5，−15.0
	指数格式	mEn,m必须有数字，n必须是正负整数	1.5E3，2E−5
	实型常量后加后缀l(L)为long double型		0.5L，1.5E3L
字符常量	用撇号表示（包含转义字符）	用一对撇号包含一个字符	'a'，'1'，'*'
		转义字符由"\"开头，后跟1～3位八进制数或1～2位十六进制数	'\101' '\xff'（十六进制表示前加x）
字符串常量	—	用一对双引号包含一个或多个字符	"a"，"def"

3）符号常量的表示方法

符号常量是用标识符表示的常量。因为使用标识符，看上去像变量，但实质上是常量，

其值在程序运行时不允许被修改。

使用符号常量的目的有两个,一是符号常量能清晰表达所代表的数据的意义,增强程序的可读性;二是当一个程序中多次使用某一常数,可用较短的符号代替长字符串,避免多次书写,减少输入错误,修改时可以做到"一改全改"。

符号常量有两种表示方法。

(1) 宏定义

宏定义是用指定的标识符代表一串字符,一般形式为:

＃define 标识符 字符串

例如:

＃define PI 3.14159

定义一个符号常量 PI,它代表字符串 3.14159。其中 PI 为宏名(宏名中不能包含空格),3.14159 为宏体,它没有类型和值的含义。编译系统在对源程序进行编译前,将程序代码中出现 PI 的地方都用 3.14159 来替换。

使用宏定义时应注意以下几点。

- 必须以 ＃define 开头,行末不加分号,因为它不是 C 语句。
- 每个 ＃define 独占一行,且定义一个宏。
- 宏定义时允许使用已定义的宏,即宏定义可嵌套;例如:

＃define PI 3.14
＃define RRDIUS 2.0
＃define CIRCLE 2 * PI * R

- 编译系统只对程序中出现的宏名用定义的字符串做简单替换,不做语法检查。

(2) 用 const 定义

用 const 定义的符号常量与宏定义不同,它既有类型也有值,一般形式为:

const 数据类型 标识符＝常量表达式;

例如:

const int max = 10;
const float min = max - 1.5;

第一条语句定义了一个整型常量 max,其值为 10;第二条语句定义了一个单精度浮点型常量 min,其值为 8.5。

使用 const 定义时应注意以下几点。

- 以 const 开头,行末加分号。
- 每个 const 可以同时定义多个类型相同的符号常量,各符号常量间用逗号隔开。
- const 定义是在编译程序时完成对标识符的赋值,而宏定义是在预编译时进行宏替换的。

4. 运算符的优先级和结合性

C 语言中使用运算符连接运算量实现数据访问和数据运算功能。按运算量个数分为一目运算、二目运算(双目运算)和三目运算。

运算符的优先级是指在不同的运算符同时出现时运算的优先次序。除括号外,C语言共有42个运算符(其中"一"按一个符号统计,在一目运算符中为"负"运算符;在二目运算符中为"减法"运算符),分15个优先级,即1~15级,级数越小,优先级越高。

运算符的结合性是指同一优先级的运算符同时出现时运算的优先次序。也就是说,只有在优先级相同的情况下,才考虑结合性。

对运算符的优先级和结合性不必死记硬背,总结规律方便记忆。

(1) 运算符优先级分为三组:

① 第一组为数据访问运算符,优先级最高。包括数组的下标运算符[ ]、结构和联合的成员运算符.和一>。

② 第二组为单目运算符,次于第一组的优先级。

③ 第三组次于第二组优先级,按顺序为算术运算符、关系运算符、逻辑运算符(不包含逻辑非)、条件运算符、赋值运算符和逗号运算符。

④ 位运算符分为两部分,左移和右移运算符介于算术运算符和关系运算符之间,按位与、按位或和按位异或运算符介于关系运算符和逻辑运算符之间。

其中关系运算符、逻辑运算符和条件运算符详见第3章,位运算符详见第7章。

(2) 结合性分为两种情况:

① 一目运算和三目运算为自右向左。

② 二目运算符中除赋值运算是自右向左以外,其余为自左向右。

5. 表达式的书写规则及求值规则

将代数表达式写成C语言表达式时,要注意两者表达式中的运算符的不同。如代数式中的等号为=,乘号为×,而在C语言表达式中分别为==和*等。另外,为保证结果的正确性,应适当地使用圆括号改变优先级。

1) 算术表达式及其求值规则

算术表达式是用算术运算符连接数值型运算量构成的式子,用来完成数值计算。算术运算符包括加(+)、减(一)、乘(*)、除(/)、求余(%)、自增(++)、自减(--)和正负号(+,-)。

(1) 算术表达式的书写规则

乘法运算符" * "在表达式中不能省略,也不能用"."或"×"代替;除法运算符"/"也不能用其他符号代替。

算术运算符中不包含乘方运算符,若需要进行乘方运算,可使用连乘表达式或编译系统提供的数学函数实现,如 pow(x,y) 表示 x^y。

自增和自减运算符的运算量只能是单个变量。

恰当使用圆括号改变运算符的优先级或防止出现二义性。例如,表达式 a/(b * c),将乘法运算优先级提高,改变了运算顺序。又如,+++i中三个连续加号,由于编译系统不同,会有多种解释,为防止二义性,使用圆括号正确表示表达式 +(++i)。注意,圆括号要成对使用,不能使用方括号或花括号。

（2）算术表达式的求值规则

对于算术表达式来说，括号的优先级最高，其次是一目运算符（包括正负号、自增和自减），然后是乘、除和求余，最后是加减。当多个运算符优先级相同时，按它们的结合性确定运算次序。

算术表达式中如果包含不同类型数值量，编译系统会自动进行类型转换；若表达式中含有强制类型转换运算，则按强制类型转换规则计算。关于自动类型转换和强制类型转换见 2.2 难点分析 2。

2）赋值表达式及其求值规则

赋值表达式是由赋值运算符连接变量和表达式构成的式子，用来完成存放值的功能。赋值运算符包括"＝"和 10 个复合赋值运算符，复合赋值运算符由赋值号"＝"和算术运算符中的 5 个运算符、位运算符中的 5 个运算符组成，分别为 ＋＝、－＝、＊＝、/＝、％＝、&＝、|＝、^＝、<<＝和>>＝。

（1）赋值表达式的书写规则

赋值运算符都是二目运算符，要连接两个运算量，赋值运算符左边是单个变量，右边是任何表达式。正确的表达式如：x＝y，a－＝a＊a，b＝c－＝c＊c；错误的表达式如：a＝b＋c＝d，x＝1＝y，m＝n＋＋＝j。

（2）赋值表达式的求值规则

赋值运算符的优先级在所有 C 语言运算符集中处于倒数第二位，仅高于逗号运算符，该组内的 11 个运算符优先级无差别，结合性均为自右向左。

复合赋值运算符兼有赋值和计算的双重功能。如 x＋＝a 等价于 x＝x＋a；x＊＝y＋1 等价于 x＝x＊(y＋1)。

在赋值表达式中，当被赋值变量的类型与表达式类型相同时，直接赋值；当类型不同时，编译系统将自动将表达式结果的类型转换为变量的类型，再赋给变量。此时类型转换可能会由低精度转换成高精度，也可能由高精度转换为低精度。关于类型转换见 2.2 难点分析 2。

3）逗号表达式及其求值规则

逗号表达式是由逗号运算符与多个表达式连接起来构成的式子，把它们作为一个整体来处理。逗号表达式的运算符为","，每个逗号连接两个表达式。

逗号表达式通常应用于赋值语句，如语句"x＝1,y＝2,z＝3;"可代替"x＝1;y＝2;z＝3;"三条语句。还可在一个逗号表达式中计算多个表达式，达到计算多个结果的目的，如语句"a＝1,b＝(a＋＝2,a－3);"或"for(i＝0,j＝0；i<5,j<5;i＋＋,j＋＋)"。

逗号运算符的优先级和结合性在所有的运算符中最低，结合性为自左向右。逗号表达式的功能是从左向右依次计算各个表达式的值，将最右边的表达式的值作为整个逗号表达式的值。

6. 不同类型数据的输入与输出

C 语言没有输入输出语句，其输入输出功能是由编译系统提供的输入输出函数完成的，其中常用的输入输出函数包括格式输入输出函数、单字符输入输出函数和文件输入输出函数（见第 8 章）等。

1) 格式输入函数

(1) 格式输入函数 scanf( )

scanf( )函数可用于所有类型数据的输入,可指定格式说明符将不同类型数据从标准输入设备读入内存。其一般格式为:

scanf("格式控制字符串",地址表列);

其中,格式控制字符串指定输入数据的类型(表 2.3),可同时说明多个数据;地址表列要求输入数据必须是地址形式,可以为变量的地址、指针变量、数组名等,多个输入项之间用逗号隔开。

表 2.3　scanf( )函数和 printf( )函数常用格式说明符

格式说明符	功　能	
	scanf( )函数	printf( )函数
%c	读入一个字符	输出一个字符
%d 或 %i	读入一个十进制整数	按实际位数输出一个十进制整数
%f	读入一个浮点数	输出一个浮点数,整数部分按实际位数输出,小数部分保留 6 位
%e 或 %E	读入一个浮点数	按指数格式[−]m.ddddddE±nnn 输出浮点数(规格化表示)
%g	读入一个浮点数	根据实际数值大小,输出浮点数,宽度选择 %f 和 %e 中较小的
%s	读入一个字符串,遇到空格、制表符或换行符时结束	按实际位数输出一个字符串
%u	读入一个无符号十进制整数	按实际位数输出一个无符号十进制整数
%o	读入一个八进制整数	按实际位数输出一个八进制整数
%x	读入一个十六进制整数	按实际位数输出一个十六进制整数
%p	读入一个指针值	输出一个指针值

(2) 使用 scanf( )函数的几点说明

* 格式控制字符串中的格式说明符的顺序和数据类型必须与输入项一一对应和匹配。
* 格式控制字符串中包含的非格式说明符的字符,在输入时要照原样输入。例如:

scanf("%d, %d", &x, &y);

其中控制字符串中除包括两个格式说明符 %d 外,还有一个逗号,所以输入第一个数据后,输入一个逗号,再输入第二个数据,如输入 5,6✓,程序能正确接收数值 5 和 6,分别存储到对应的变量 x 和 y 中。

* 至少包含一个输入项,且输入项必须是地址形式。
* 输入多个数据时,分隔符为空格、制表符和 Enter 键。

(3) scanf( )函数的几种特殊控制

* 抑制赋值

在百分号之后、控制字符之前加一个"∗"号,表示 scanf( )函数正常读入对应的数据,但不赋值。例如:scanf("%d%∗d%d", &a, &b);

若从键盘输入 1 3 5 ↙

变量 a 接收 1,b 接收 5,3 被跳过不再接收。

- 限制接收字符个数

在百分号之后,控制字符之前加一个整数来限制从输入数据中接收的字符个数。如果连续输入的字符个数超过指定长度,则截断字符接收;若连续输入的字符个数少于指定长度而提前遇到分隔符,则只接收分隔符之前的字符。例如:scanf("%3d%5d", &a, &b);

若从键盘输入 123456789 ↙

则变量 a 接收的值为 123,变量 b 接收的值为 45678。

若从键盘输入 12   3456789 ↙

则变量 a 接收的值为 12,变量 b 接收的值为 34567。

注意:在 scanf( )函数中,控制字符串不能出现%m.n 的形式,该函数只能指定输入数据的宽度,不能指定精度。例如,scanf("%5.2f", &a)是错误的。

2) 格式输出函数 printf( )

(1) 格式输出函数 printf( )

printf( )函数可用于所有类型数据的输出,可指定格式说明符将不同类型数据输出到标准输出设备上。其一般格式为:

printf("格式控制字符串",输出表列);

其中,格式控制字符串指定输出项的显示格式;多个输出项之间用逗号隔开。

格式控制字符串中可使用转义字符来控制数据显示的位置,如换行、换页、间隔长度等。

格式控制字符串中除格式说明符和转义字符外,其他字符视为普通字符,输出时照原样显示。

例如:int a=3; float b=2.5; printf("a=%d, b=%f\n", a, b);

输出结果为:a=3, b=2.500000(输出该行后换行)

其中,格式控制字符串中的"a=",","和"b="都照原样输出。

(2) 使用 printf( )函数的几点说明

- 格式控制字符串中的格式说明符的顺序和数据类型必须与输出项一一对应和匹配。
- 当有多个输出项表达式时,按自右向左的顺序计算各表达式的值。
- %u 格式输出无符号整数,若输出的是有符号数,则将符号位视为数的一部分。

(3) printf( )函数的几种特殊控制

指定输出项的宽度、对齐方式、小数位数、输出无符号数和长整数。

- "%[−][0]m. nd"

该格式用于整数的输出。

m 指定输出总宽度,若输出的实际位数大于 m,则忽略该宽度,照常输出;若实际位数小于 m,则左端补足空格达到 m 位。n 指定输出的最小有效位数,原则同 m。m 前的一和 0 是可选项,0 表示在补位时用 0 填充空位,若无 0,则用空格填充;一表示补位的方向为左对齐,即在右边补位,若无一,则在左边补位,右对齐。

- "%[−][0]m. nf"

该格式用于实数的小数形式的输出,末位小数自动完成四舍五入。

m 指定输出总宽度,输出宽度包括数值及其正负号和小数点;n 指定输出的小数位数。

若输出的实际位数大于 m,则忽略该宽度,照常输出;若实际位数小于 m,则左端补空格达到 m 位。若不指定 n 值,默认为 6。[—]和[0]与%[—][0]m.nd 中的—和 0 规则相同。

　　• "%[—][0]m.ne"

该格式用于实数的指数形式的输出,规格化的指数输出标准形式为 x.xxxxxxE±xxx,末位小数自动四舍五入。

　　m 指定输出总宽度,输出宽度包括数值及其正负号和小数点;n 指定输出的小数位数。若输出的实际位数大于 m,则忽略该宽度,照常输出;若实际位数小于 m,则左端补空格达到 m 位。[—]和[0]与%[—][0]m.nd 中的—和 0 规则相同。

　　• "%[—]m.ns"

该格式用于字符串的输出。m 指定输出总宽度,n 指定输出字符串的前 n 个字符。若输出的实际位数大于 m,则忽略该宽度,照常输出;若实际位数小于 m,则左端补空格达到 m 位。若输出项的实际长度小于 n,则 n 不起作用;否则输出前 n 个字符,多余的字符被截断。—表示补位的方向为左对齐。

　　• 类型修饰

在类型转换字符 d,i,o,u,x 前加字母 l 或 h,分别表示 long 和 short 类型。

在类型转换字符 f,e,g 前加字母 l 表示 double 或 long double 类型。

3) 单字符输入函数 getchar( )

单字符输入输出函数只进行一个字符类型数据的输入输出,比使用 scanf( )和 printf( )函数更简洁。

调用 getchar( )函数的一般格式:

```
getchar( );
```

此函数是一个无参函数,函数名后圆括号内为空,但括号不能省略。函数功能是从标准输入设备中接收一个字符。注意使用该函数时,Enter 键也作为一个有效字符接收。例如:

```
# include < stdio.h >
void main( )
{
 char ch1,ch2;
 ch1 = getchar( );
 ch2 = getchar( );
 printf(" % c\n % d\n",ch1,ch2);
}
```

程序运行,通过键盘输入 a↙后,a 被变量 ch1 接收,Enter 键被变量 ch2 接收。结果显示为:

```
a              (变量 ch1 以 % c 字符格式输出)
10             (变量 ch2 以 % d 整数格式输出)
```

4) 单字符输出函数 putchar( )

调用 putchar( )函数的一般格式:

```
putchar(c);
```

其中 c 是一个字符型常量或变量,或者是一个值不大于 255 的整型常量或变量。它的功能是向标准输出设备输出一个字符。

getchar( )函数可作为 putchar( )函数的参数,例如:

```
putchar(getchar( ));
```

其功能是将用户从键盘输入的字符显示输出。

```
# include < stdio. h>
void main( )
{
 char ch1 = 'A';
 int ch2 = 65;
 putchar(ch1);
 putchar(ch2);
 putchar('\n');                //输出控制字符
 putchar('\101');              //输出转义字符
 }
```

程序运行结果:

```
AA
A
```

2.2　难点分析

1. ++和--运算符的使用

对变量进行自增(++)或自减(--)运算。例如表达式 i++,表示 i=i+1,它也是一个赋值表达式。这两个运算符的运算对象只是单个变量,不能是常量或表达式。

若++写在变量前,称为前缀;若写在变量后,称为后缀。当表达式中只有++运算符时,表达式 i++和++i 的值相同。当表达式中包含除++以外的运算时,++作为前缀和后缀时会影响表达式的运算结果。例如:

```
int i = 3, j;
```

"j=i++;"与"j=++i;"结果不同,前者表达式 i++计算结果为 3(先取变量 i 的值)赋值给 j,j 值为 3,变量 i 的值再自增 1,i 值为 4;后者表达式++i 计算结果为 4(变量 i 先自增 1),i 值为 4,再赋值给变量 j,j 值为 4。无论++作为前缀或后缀,i 的值都会自增 1。

以上计算过程同样适用于--运算。

当带有++或--运算的同一变量连续出现时,由于各种不同的编译系统为程序的优化允许改变表达式或参数表的计算顺序,++和--运算符在不同编译系统的副作用是使表达式有二义性。例如以下程序段:

```
int a = 3, b;
b = a + a + +;
printf(" % d\n", b);
```

程序段中表达式中各运算数据顺序是自左向右的,则输出结果 b 值为 6;若各运算数据顺序是自右向左的,则输出结果 b 值为 7。

为避免出现上述二义性问题,将表达式进行修改:

```
b = a + + ;
b = a + b;
```

修改后,无论在哪个编译系统下,输出结果均为 7。

2. 算术和赋值表达式中的数据类型的自动转换和强制转换

数据类型转换分为两类,一是为满足算术表达式的计算精度和赋值表达式中变量定义的类型要求,由编译系统自动完成的类型转换称做"自动类型转换";二是为根据计算需要,指定转换类型,通过"强制类型转换"运算符完成类型转换,称做"强制类型转换"。

1) 自动类型转换

类型精度的高低取决于类型的长度和取值范围,长度越长,精度越高;表示数的范围越大,精度越高。

(1) 算术表达式计算中的自动类型转换

算术表达式中可能含有多个不同类型的数值量运算,在遵循优先级和结合性规则外,还要遵循数据类型转换规则,即将低精度类型转换成高精度类型,运算结果为高精度类型,转换规则见表 2.4 所示。

表 2.4　低精度值转换为高精度值(VC++ 6.0)

低精度类型	高精度类型	转 换 规 则
char	unsigned char	将 char 的符号位视为数值位
char	int	将 char 的 8 位作为 int 的低 8 位,高 24 位符号扩展
unsigned char	int	将 char 的 8 位作为 int 的低 8 位,高 24 位补 0
int	unsigned int	将 int 的符号位视为数值位
int 或 long	float	将 int 型用浮点表示
float	double	将 float 的尾数和阶码分别作为 double 的尾数和阶码

在算术表达式计算中自动类型转换的目的是在转换过程中不损失数据的精度。但在负数转换成无符号整数时,由于符号位变成了数值位,其值会发生变化。例如,int a = −1 转换成 unsigned 类型时将变成 65 535。

混合运算中的自动类型转换举例。

```
# include < stdio. h >
void main( )
{ char ch = 'a';
  int i = 5;
  unsigned int j = 6;
  long int k = 10;
  float f = 1.0;
  double d = 2.0;
  printf(" % lf\n",ch/i + i * k - (j + k) * (f * d)/(f + i));
}
```

图 2.1 中标有变量的类型说明符表示对应的数据进行了自动类型转换,标有带圈数字为运算顺序。表达式 ch/i+i*k-(j+k)*(f*d)/(f+i) 的类型就是计算结果值的类型,即 double 类型。

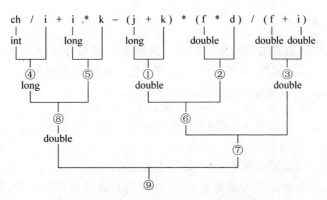

图 2.1 数据的自动类型转换和运算顺序

(2) 赋值表达式计算中的自动类型转换

在计算数值型的赋值表达式时,要将赋值号右边的表达式转换成左边变量的类型。这种转换可能将低精确度类型转换成高精度类型,也可能相反。由高精度转换成低精度类型的规则见表 2.5 所示。

表 2.5 高精度值转换为低精度值(VC++ 6.0)

高精度类型	低精度类型	转 换 规 则
unsigned char	char	将符号位视为数值位
int	unsigned char	截去 int 的高 24 位,低 8 位按无符号数处理
int	char	截去 int 的高 24 位,低 8 位按有符号数处理
unsigned int	int	将符号位视为数值位
long int 或 int	char	截去 long int 的高 24 位
float	int	截去 float 的小数部分
double	float	将 double 的多余小数部分四舍五入

赋值表达式中类型转换举例。

```
# include < stdio. h >
void main( )
{   int i = - 1;
    char c;
    unsigned int d;
    float f = 3.5;
    d = i;
    i = f;
    c = i;
    printf(" % d, % d, % u, %.2f \n",i, c, d, f );
}
```

程序运行结果为:

3,3,4294967295,3.50

2）强制类型转换

根据运算的需要,可强制表达式临时转换为指定类型,称为"强制类型转换",其一般格式为:

(类型说明符)(表达式)

其中,类型说明符必须用圆括号括起来。强制类型说明符与定义变量时的类型说明不同,其本身是一个一元运算符,与其他一元运算符优先级和结合性相同。

例如：(double)x　　　将变量 x 的值强制转换为 double 型
　　　(int)(x + y)　将表达式(x + y)的值强制转换为 int 型
　　　(int)x + y　　将变量 x 的值强制转换为 int 型,再与变量 y 相加

强制类型转换注意以下几点。

（1）强制类型转换运算必须将类型说明符用括号括住。

（2）强制类型转换的运算对象若是表达式,应将表达式用括号括住,否则运算对象为单个变量。如表达式(int)(a+b)和(int)a+b 的强制转换对象分别为(a+b)和 a。

（3）强制类型转换是一种运算,参与运算的表达式原类型不变。

（4）高精度类型转换为低精度类型时会丢掉一些位,造成值改变。例如：int 型整数 65 535 转换成 short int 型整数时会变为 −1。

强制类型转换举例。

```
# include < stdio. h>
void main( )
  { int a = 1, b = 2, c = 3;
    float x = 2.5, y = 3.2, z = 4.7;
    printf(" % d\n", (b + c) % 3 + (int)x/(int)z);
    printf(" % f\n", x + a % 3 * (int)(x + y) % 2/3);
  }
```

程序运行结果：

```
2
2.500000
```

3. scanf( )和 printf( )中格式控制和输入输出项之间的对应关系

在调用 scanf( )和 printf( )函数时,格式说明符必须与输入项、输出项在顺序和数据类型上一一对应。

例如：

int a; char b; float c;

scanf("%d , %c%f", &a , &b , &c);的输入项与格式说明符的控制关系为：

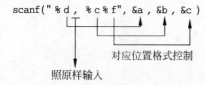

对应位置格式控制

照原样输入

scanf( )的格式字符串中包含格式说明符和普通字符。变量 a 为整型变量,b 为字符型变量,c 为单精度浮点型变量,对应的输入格式说明符依次为%d、%c 和%f。其中%d 后面的逗号要照常输入。输入变量值只有三种分隔符,分别为空格、换行和制表符。

程序运行时从键盘输入:

3, A 5.2(空格分隔)

或

3,(换行分隔)
A
5.2

或

3, A 5.2(制表符分隔)

"printf("a=%d, b=%c\t c=%f \n" , a , b , c);"的输出项与格式说明符的控制关系为:

printf( )的格式字符串中包含格式说明符、转义字符和普通字符。其中格式说明符与上例 scanf( )函数的格式说明符相同。其中"\t"是转义字符,表示下一个字符显示在下一个制表位的起始位置(每个制表位占 8 个字符位置);"\n"表示下一个输出项在下一行显示。普通字符"a="、"b="和"c="照原样输出。输出结果为:

a=3, b=A   c=5.200000(光标转到下一行的起始位置)

2.3 疑难问题解析

一、选择题

1. 表达式(int)((double)9/2)-(9)%2 的值是_____。
   A) 0   B) 3   C) 4   D) 5

解析:本题目主要考查算术表达式中强制类型转换运算。按照优先级由高到低的规则,先计算子表达式(double)9,将 9 强制转换为 double 类型,再计算 9.0/2=4.5,将结果强制转换为 int 型,值为 4;最后计算 4-1,结果为 3。因此本题正确答案是 B。

2. 若有定义语句"int x=10;"则表达式 x-=x+x 的值为_____。
   A) -20   B) -10   C) 0   D) 10

解析:本题目考查表达式中运算符的优先级。表达式 x-=x+x 中有两个运算符,"-="和"+",其中"+"优先级高于"-=",所以先计算"x+x"结果为 20;再计算"x-=20",该表达式相当于"x=x-20",结果为-10。因此本题正确答案是 B。

3. 有以下程序

```
# include < stdio. h >
void main( )
  { int a1,a2; char c1,c2;
    scanf("%d%c%d%c",&a1,&c1,&a2,&c2);
    printf("%d, %c, %d, %c",a1,c1,a2,c2);
  }
```

若想通过键盘输入,使得 a1 的值为 12,a2 的值为 34,c1 的值为字符 a,c2 的值为字符 b,程序输出结果是:12,a,34,b,则正确的输入格式是(以下‿代表空格,<CR>代表回车)_____。

　　A) 12a34b<CR>　　　　　　　　B) 12‿a‿34‿b<CR>
　　C) 12,a,34,b<CR>　　　　　　　D) 12‿a34‿b<CR>

解析:本题目考查 scanf( )函数格式输入控制字符串。根据格式输入字符串"%d%c%d%c"指定的形式输入变量的值,按顺序分别为 int 型、char 型、int 型和 char 型,scanf( )函数根据输入内容的类型为对应位置变量输入值,其中 B、C、D 三个选项中包含空格或逗号,都是字符型变量可接收的值,因此无法满足题目要求,所以本题正确答案是 A。

4. 设 k 和 m 均为 int 类型,有以下语句

```
k = 8567; m = 1234; printf("|%-06d|, %2d\n", k, m);
```

则程序_____。

　　A) 输出格式描述不合法　　　　　B) 输出|008567|,12
　　C) 输出|8567 |,1234　　　　　D) 输出|-8567|,34

解析:本题目考查 printf( )函数格式输出控制字符。格式控制字符串"|%-06d|,%2d\n"中,"|"是普通字符,要照常输出,"%-06d"表示左对齐输出 6 位整数,8567 占 4 位,补 2 位空格;"%2d"表示右对齐输出 2 位,因 1234 的实际宽度为 4 位,要按实际宽度输出,所以本题正确答案是 C。

5. 以下程序的运行结果_____。

```
# include < stdio. h >
void main( )
  { int x = 011;
    printf("%d\n", ++x);
  }
```

　　A) 12　　　　　　B) 11　　　　　　C) 10　　　　　　D) 9

解析:本题目考查整型常量和++运算符的运算规则。011 为八进制整型常量,%d 格式要求输出十进制整数,因此 x 的初值为十进制 9,表达式++x,先计算 x 加 1,结果为 10,再输出。所以本题正确答案是 C。

6. 以下合法的赋值表达式是_____。

　　A) a=5+b--=3+k　　　　　　　B) a=b=a*b
　　C) 5++　　　　　　　　　　　D) c=int(a+b)

解析:本题目考查表达式的书写方式。赋值表达式要求赋值号左边为单个变量,右边

可以为任意类型表达式。其中 A 选项，b－－是表达式，不得在赋值号左边；C 选项中 5 为常量，不能进行自增运算；D 选项中 int 为强制类型转换，应用（　）包含 int 类型说明符。所以本题正确答案是 B。

二、填空题

1. 设变量 i 和 n 已定义为 int 型，则表达式 n＝i＝2,＋＋i,i＋＋的值为　_____　。

解析：该表达式为逗号表达式，其运算规则为从左至右依次计算每个表达式的值，将最后一个表达式的值作为整个表达式的值。其中 n＝i＝2，分别给变量 i 和 n 赋值为 2；＋＋i，使得变量 i 自增 1；i＋＋，将当前变量 i 的值作为表达式的值，i 再自增 1；即逗号表达式的值为 3，变量 i 的值为 4。所以表达式的结果为 3。

2. 设 m 是一个 3 位正整数，百位、十位、个位上的数字可分别表示为　【1】【2】【3】　。

解析：本题目考查算术运算符。通过整数除法，用 m 除以 100 取整数部分，得到其百位上的数字，所以【1】处应填入 m/100。通过求模（取余）运算，用 m 对 10 取余数，得到其个位上的数字，所以【3】应填入 m%10。求 m 的十位数字，先把它转换为 2 位数。可以先用 m 除以 10 取整，去掉个位，再取余数部分，【2】可填入 m/10%10；或先减去 m/100 * 100，再做整数除法，取其整数部分，【2】处或填入(m－m/100 * 100)/10。

3. 求 $ax^2＋bx＋c＝0$ 的根，从键盘上输入 a,b,c 的值，设 $d＝b^2－4ac＞0$。将程序空白处补充完整。

```
# include< stdio. h>
# include< math. h>
void main( )
  { float a, b, c, r,q, x1, x2;
    printf("a,b,c = \n");
    scanf("% f % f % f",  【1】  );
    r = - b/(2 * a);
    q =  【2】 ;
    x1 = r + q;
    x2 = r - q;
    printf("x1 = % g\tx2 = % g \n",  【3】  );
  }
```

解析：根据 scanf( ) 函数的参数要求，第二个参数为输入项，该语句上一行提示输入变量 a,b,c 的值，且格式说明符为%f，与变量定义类型一致，因此【1】处应填入 &a, &b, &c。题目要求输出二次方程的根 $x＝(－b±\sqrt{b^2－4ac})/2a$。已知 r＝－b/(2 * a)，x1＝r＋q，x2＝r－q，所以【2】处应填入 sqrt(b * b－4 * a * c)/(2 * a)。【3】应填入 printf( ) 函数的输出项,x1,x2。

4. 若想通过以下输入函数将 3 赋给 x，将 2 赋给 y，则输入数据的形式是　_____　。

```
int x, y;
scanf("x = % d, y = % d", &x, &y);
```

解析：本题目考查 scanf( ) 函数的格式控制字符。其中"x＝"，"，"和"y＝"都是普通字符，要照常输入，所以输入数据的形式为 x＝3,y＝2。

5. 以下程序的运行结果_____。

```
# include< stdio.h>
void main( )
  { int i, j;
    float a, b;
    long m, n;
    i = - 5; j = 3;
    a = 25.5; b = 3.0;
    m = a/b;
    n = m + i % j;
    printf("% d\n", n );
  }
```

解析：整数除法运算要求两个运算对象必须是整数，已定义变量 a 和 b 为 float 型，先自动转换为整型（截去小数部分），再计算，则 m = 25/3，因此 m 值为 8；% 运算结果的符号与被除数相同，因此 i%j 的值为 -2；n = 8 + (-2)，程序运算结果输出 n 值为 6。

6. 有以下程序，若从键盘上输入 15，程序运行结果为_____。

```
# include< stdio.h>
void main( )
  { int i, j;
    char c1, c2;
    c1 = getchar();
    c2 = getchar();
    i = c1 - '0';
    j = c1 * 10 + (c2 - '0');
    printf("% d\n", j );
  }
```

解析：变量 c1 和 c2 均为字符型变量，从键盘上输入 15，通过 getchar( ) 函数分别接收 1 和 5 赋值给 c1 和 c2。c2 - '0' 即为 '5' - '0'，结果为 5；程序结果以十进制整数形式输出变量 j 的值，j = c1 * 10 + 5，其中 c1 的 ASCII 码值为 49，所以程序运行结果为 495。

2.4　测　试　题

一、选择题

1. C 语言中要求运算对象必须是整型的运算符是_____。
   A) /　　　　　　　　B) ++　　　　　　　C) !=　　　　　　　D) %

2. sizeof(double)是_____。
   A) 一种函数调用　　　　　　　　B) 一个双精度表达式
   C) 一个整型表达式　　　　　　　D) 一个不合法的表达式

3. 有以下程序

```
# include< stdio.h>
void main( )
  { int a = 1,b = 0;
```

```
    printf("%d,",b=a+b);
    printf("%d\n",a=2*b);
}
```

程序运行后的输出结果是_____。

    A) 0,0   B) 1,0   C) 3,2   D) 1,2

4. 有以下定义语句,编译时会出现编译错误的是_____。

    A) char a='a';   B) char a'\0';

    C) char c='aa';   D) char a='\x2d';

5. 有以下程序

```
#include<stdio.h>
void main()
  { char c1,c2;
    c1='A'+'8'-'4';
    c2='A'+'8'-'5';
    printf("%c,%d\n",c1,c2);
  }
```

程序运行后的输出结果是_____。

    A) E,68   B) D,69   C) E,D   D) 输出无定值

6. 以下选项中合法的标识符是_____。

    A) 1_1   B) 1-1   C) _11   D) 1__

7. 若函数中有定义语句"int k;",则_____。

    A) 系统将自动给 k 赋初值 0   B) 这时 k 中的值无定义

    C) 系统将自动给 k 赋初值-1   D) 这时 k 中无任何值

8. 以下选项中,能用作数据常量的是_____。

    A) o115   B) 0118   C) 1.5e1.5   D) 115L

9. 设有定义"int x=2;",以下表达式中,值不为 6 的是_____。

    A) x*=x+1   B) x++,2*x   C) x*=(1+x)   D) 2*x,x+=2

10. 程序段"int x=12;double y=3.142593;printf("%d%8.6f",x,y);"的输出结果是_____。

    A) 123.141593   B) 12 3.141593

    C) 12,3.141593   D) 123.1415930

11. 表达式 3.6-5/2+1.2+5%2 的值是_____。

    A) 4.3   B) 4.8   C) 3.3   D) 3.8

12. 设变量已正确定义并赋值,以下正确的表达式是_____。

    A) x=y*5=x+z   B) int(15.8%5)

    C) x=y+z+5,++y   D) x=25%5.0

13. 以下定义语句中正确的是_____。

    A) int a=b=0;   B) char A=65+1,b='b';

    C) float a=1,"b=&a," c=&b;   D) double a=0.0; b=1.1;

14. 有以下程序段

```
char ch; int k; ch = 'a'; k = 12;
printf("%c,%d,",ch,ch,k); printf("k=%d\n",k);
```

已知字符 a 的 ASCII 十进制代码为 97,则执行上述程序段后输出结果是_____。

　　A) 因变量类型与格式描述符的类型不匹配输出无定值

　　B) 输出项与格式描述符个数不符,输出为零值或不定值

　　C) a,97,12k=12

　　D) a,97,k=12

15. 以下关于 long、int 和 short 类型数据占用内存大小的叙述中正确的是_____。

　　A) 均占 4 个字节

　　B) 根据数据的大小来决定所占内存的字节数

　　C) 由用户自己定义

　　D) 由 C 语言编译系统决定

16. 当用户要求输入的字符串中含有空格时,应使用的输入函数是_____。

　　A) scanf( )　　　　B) getchar( )　　　　C) gets( )　　　　D) getc( )

17. 若有代数式 $\sqrt{|n^n+e^x|}$(其中 e 仅代表自然对数的底数,不是变量),则以下能够正确表示该代数式的 C 语言表达式是_____。

　　A) sqrt(abs(n^x+e^x))　　　　　　B) sqrt(fabs(pow(n,x)+pow))

　　C) sqrt(fabs(pow(n,x)+exp(x)))　　D) sqrt(fabs(pow(x,n)+exp(x)))

18. 设有定义"int k=0;",以下选项的四个表达式中与其他三个表达式的值不相同的是_____。

　　A) k++　　　　B) k+=1　　　　C) ++k　　　　D) k+1

19. 有以下程序,其中%u 表示无符号整数输出。

```
#include<stdio.h>
void main( )
  { unsigned int x = 0xFFFF; /* x 的初值为十六进制数 */
    printf("%u\n", x);
  }
```

程序运行后的输出结果是_____。

　　A) -1　　　　B) 65535　　　　C) 32767　　　　D) 0xFFFF

20. 已知大写字母 A 的 ASCII 码是 65,小写字母 a 的 ASCII 码是 97,以下不能将变量 c 中的大写字母转换为对应小写字母的语句是_____。

　　A) c=(c-'A')%26+'a';　　　　　　B) c=c+32;

　　C) c=c-'A'+'a';　　　　　　　　D) c=('A'+c)%26-'a';

二、填空题

1. 设变量 a 和 b 已正确定义并赋初值。请写出与 a-=a+b 等价的赋值表达式_____。

2. 若变量 x、y 已定义为 int 类型且 x 的值为 99,y 的值为 9,请将输出语句"printf(_____,x/y);"补充完整,使其输出的计算结果形式为:x/y=11。

3. 执行以下程序时输入 1234567<CR>(<CR>代表回车),则输出结果是_____。

```
# include < stdio. h >
void main( )
  { int a = 1, b;
    scanf(" % 2d % 2d",&a,&b);
    printf(" % d % d\n",a,b);
  }
```

4. 执行以下程序后的输出结果是_____。

```
# include < stdio. h >
void main( )
  { int a = 10;
    a = (3 * 5,a + 4);
    printf("a = % d\n",a);
  }
```

5. 执行以下程序后的输出结果是_____。

```
# include < stdio. h >
void main( )
  { int i,j;
    float s,b,a;
    char c;
    long m, n;
    i = 5; j = - 3;
    a = 25.5; b = 3.0;
    m = a/b; n = m + i/j;
    printf(" % d\n",n);
}
```

6. 设 x 和 y 均为 int 型变量,则以下语句
"x+=y; y=x-y; x-=y;"的功能是_____。

2.5 测试题答案

一、选择题

1.	2.	3.	4.	5.	6.	7.	8.	9.	10.
B	B	D	C	A	C	B	D	D	A
11.	12.	13.	14.	15.	16.	17.	18.	19.	20.
D	C	B	D	D	C	C	A	B	D

二、填空题

1.	a=-b	2.	"x/y=%d"
3.	12 34	4.	a=14
5.	7	6.	交换 x 和 y 的值

第3章

逻辑运算与程序控制

3.1 主要知识点

1. 关系表达式和逻辑表达式的计算及使用

1) 关系表达式

C语言提供了6种关系运算符,如下所示。

(1) ＞　　　　　大于

(2) ＞＝　　　　大于或等于

(3) ＜　　　　　小于

(4) ＜＝　　　　小于或等于

(5) ＝＝　　　　等于

(6) ！＝　　　　不等于

关系运算符的优先次序:

(1) 前4种关系运算符(＞,＞＝,＜,＜＝)的优先级相同,后两种相同。且前4种高于后2种。例如,"＜"优先于"＝＝",而"＜"和"＞"优先级相同。

(2) 关系运算符的优先级低于算术运算符。

(3) 关系运算符的优先级高于赋值运算符。

用关系运算符将多个表达式(可以是算术表达式或关系表达式、逻辑表达式、赋值表达式、字符表达式)连接起来的式子,称为关系表达式。

关系表达式的运算结果是一个逻辑值,即"真"或"假"。C语言用1来表示逻辑真,用0表示逻辑假。例如,a＝3,b＝2,c＝1,则:

表达式"a＞b"的值为"真",表达式的值为1。

表达式"a＞b＝＝c"的值为"真",表达式的值为1。原因"a＞b＝＝c"等效于"(a＞b)＝＝c",而a＞b的值为1,与c相等。

2) 逻辑表达式

C语言提供了三种逻辑运算符:

(1) ＆＆　　　　逻辑与,相当于汉语中的"并且"

(2) || 逻辑或,相当于汉语中的"或者"

(3) ! 逻辑非,相当于汉语中的"不是"

"&&"与"||"是双目运算符,要求有两个操作数,如 a&&b。而"!"是一目运算符,如 !a。逻辑与运算符只有当两个操作数都为"真"时,结果才为"真",而逻辑或运算符则两个操作数中只要有一个为"真",结果就为"真";只有当两个操作数同时为"假"时,结果才为"假"。逻辑非相当于取反操作,具体的运算规则如表 3.1 所示。

表 3.1 逻辑运算的真值表

A	B	!A	!B	A&&B	A||B
1	1	0	0	1	1
1	0	0	1	0	1
0	1	1	0	0	1
0	0	1	1	0	0

逻辑运算符的优先次序:

(1) 逻辑运算符的优先级高于关系运算符。

(2) 逻辑非"!"优先级高于逻辑与"&&",逻辑与"&&"的优先级高于逻辑或"||"。

(3) 逻辑非"!"的优先级高于算术运算符。

(4) 逻辑与"&&"和逻辑或"||"的优先级低于关系运算符。

用逻辑运算符将关系表达式连接起来的式子称为逻辑表达式。逻辑表达式的值是一个逻辑量"真"或"假",用"1"和"0"表示。但是在判断一个量是否为"真"时,以"0"代表"假",以非 0 代表"真"。就是将一个非零的数值认作为"真"——非零即真。

2. 单分支 if 语句、双分支 if 语句和多分支 if 语句

单分支 if 语句、双分支 if 语句和多分支 if 语句都属于基本程序控制结构中的选择结构,根据不同的条件来执行不同的程序段。具体的语句形式详见如下。

1) 单分支 if 语句

```
if(表达式 1)   语句 1
```

例如:if(x>y)   printf("%d",x);

2) 双分支 if 语句

```
if(表达式 1)   语句 1
else   语句 2
```

例如:if(x>y)   printf("%d",x);
    else printf("%d",y);

3) 多分支 if 语句

```
if(表达式 1)   语句 1
else   if(表达式 2)   语句 2
else   if(表达式 2)   语句 3
    …
else   语句 n
```

4) if 语句嵌套的一般形式

```
if(表达式 1)
{
    if(表达式 2)    语句 1
    else    语句 2
}
else if(表达式 3)
{
    if(表达式 4)    语句 3
    else    语句 4
}
else
{
        语句 5
}
```

以上 4 种形式需要注意的如下。

(1) 表达式 1,2,3 可以是任意表达式,如逻辑表达式、关系表达式,也可以是常量、变量。当表达式的值非 0 时代表"真";0 时代表"假"。

(2) 语句 1,2,3,4,5 可以是复合语句,也可以只有一条语句。提示:在复合语句时注意用{ }括起来。

(3) 嵌套形式中每层的 if 与 else 配对,或用{ }来确定层次关系。即在多个 if-else 嵌套中,一个 else 应与它最近的一个且没有其他 else 配对的 if 组成配对关系。

(4) 最后一点也是最容易错的一点:表达式 1~4 中包含了关系运算符"＝＝"时,容易少输入一个等号,当"＝"的左操作数是变量时,原关系表达式就转化为赋值操作。这就改变了初衷,没有达到实际所要的效果。

3. switch 语句

在解决实际问题时,往往需要用到多分支的选择。虽然 if 语句的规则嵌套可以实现多分支的选择,但不够直观简洁,特别是在分支较多的情况下,if 语句的嵌套层次也会更深,从而增加了理解的难度,也不便于修改和扩充。为此,C 语言还提供了一个用于实现多分支选择的 switch 语句,用来解决多分支选择问题。switch 语句形式如下:

```
switch(表达式)
{
    case 常量表达式 1 :   语句组 1;   break ;
    case 常量表达式 2 :   语句组 2;   break ;
        …
    case 常量表达式 n :   语句组 n ;   break ;
    default : 语句组 n + 1 ;
}
```

首先计算表达式的值,然后依次与每一个 case 中常量表达式的值进行比较,一旦发现了某个匹配的值,就执行该 case 后面的语句组直到执行了 break 语句为止。若没有匹配的值则执行 default 后面的语句组。

（1）表达式：可以是整型、字符型或枚举型等表达式（表达式的值一定为整数）。如果是实型数据，系统会自动将其转换成整型或字符型。

（2）常量表达式：可以是整数、字符等常量。每个 case 后的常量表达式的值必须互不相同。

（3）语句组：可以由一条语句或复合语句构成，即使是复合语句也不需要{ }。

（4）要求 switch 后面的表达式值的类型必须与 case 的常量表达式的类型要相同。

（5）多个 case 可共用一组执行语句。例如：

```
…
case    'A':
case    'B':
case    'C':
    printf("score>60\n");
    break;
…
```

4. for 循环

循环是计算机解题的一个重要特征。由于计算机运算速度快，最适宜做重复性的工作。当我们在进行程序设计时，总是要把复杂的不易理解的求解过程转换为容易理解的操作的多次重复，从而降低了问题的复杂度，同时也减少了程序书写及输入的工作量。

```
for(表达式1; 表达式2; 表达式3;)
    {
        语句序列;
    }
```

表达式 1：循环初始表达式，用于进入循环体前为循环变量赋初值，由算术、赋值、逻辑和逗号表达式构成。

表达式 2：循环控制表达式，用于控制循环体语句的执行次数，由关系表达式或逻辑表达式构成。

表达式 3：修改循环变量表达式，即每循环一次使得表达式 1 的值就要变化一次。由算术、赋值、逻辑或逗号表达式构成。

首先计算表达式 1 的值，再计算表达式 2 的值，表达式 2 的值为"真"（即非 0 值），则执行循环体中各语句；然后计算表达式 3 的值，再判断表达式 2 的值，如此重复，直到表达式值为"假"（即 0 值）时，则跳出循环。

下面列举一下 for 循环的几种使用形式。

（1）省略表达式 1，常用于无需给变量赋初值的情况。

（2）省略表达式 2，则失去了对循环变量的控制，为此将导致无限循环，除非用 break 控制语句，将在第 8 部分讲解。

（3）省略表达式 3，则失去了对循环变量的值的修改，为此，在循环体内必须设有替代表达式 3 的功能的语句。

（4）省略表达式 1、3，这种格式完全等价于后面的 while 语句，即进入循环体前必须有赋初值语句，而且在体内要有修改循环变量的值的语句。

5. while 循环

```
while(表达式)
{
   语句序列;
}
```

先计算表达式的值并判断,若表达式值为"真"(即非 0 值),则执行循环体中的语句;然后再计算再判断,如此重复,直到表达式值为"假"(即 0 值)时,则跳出循环。

条件表达式,可以是关系表达式,逻辑表达式,赋值表达式等,还可以是常量。

6. do-while 循环

```
do
  {
    语句序列;
  }while(表达式);
```

首先无条件地执行一次循环体中的各条语句,然后再判断表达式的值,若表达式值为"真"(即非 0 值),则执行循环体中的语句;然后再计算再判断,如此重复,直到表达式值为"假"(即 0 值)时,则跳出循环。

表达式,可以是关系表达式,逻辑表达式,赋值表达式等,还可以是常量。

需要注意的是:while 圆括号后面要以";"(分号)结束。

7. 循环结构的嵌套及注意事项

一个循环体内又包含另一个完整的循环结构,称为循环的嵌套,内嵌的循环中还可以嵌套循环即为多层循环。上面学过的三种循环(for 循环、while 循环和 do-while 循环)相互可以嵌套。嵌套的原则:不允许交叉。一般用得比较多的是两重循环,即双重循环。一般有如下几种形式。

形式一:

```
for( )
{
    for( )
    {    …    }
}
```

形式二:

```
while( )
{
    for( )
    {    …    }
}
```

形式三：

```
do
{
    …
    for( )
    {    …    }
}while( );
```

形式四：

```
while( )
{
    …
    while( )
    { … }
    …
}
```

形式五：

```
for( )
{
    …
    while( )
    {
        …
    }
    …
}
```

　　无论采用哪种嵌套形式,都要层次清楚,不能出现交叉。外层循环每执行一次,内层循环都需要执行多次。嵌套循环执行的过程是：每进入一次外层循环,内层循环要按照赋初值、判断循环条件、执行内层循环体这三个过程进行,直到内层循环条件不成立;接着顺序执行外层循环体中内层循环后的其他语句,外层循环体执行结束后返回外层循环条件判断,再次循环,直至外层循环条件不成立。

8. 其他流程控制语句

　　前面我们介绍了三种能够实现循环的语句,它们退出循环的方式通常都是以某个表达式的结果作为判断条件,当其值为零时结束循环。

　　除了这种正常结束循环的方式外,还可以利用 C 语言提供的专门退出循环的语句：continue、break 和 goto。

　　1) continue 语句

　　格式：continue;

　　功能：结束本次循环,使程序回到循环条件,判断是否可以进入下一次循环。

　　2) break 语句

　　格式：break;

功能：循环体中遇见 break 语句，立即结束循环，跳到本层循环体外，执行循环结构后面的语句。

3）goto 语句

格式：goto 标号；

（1）goto 语句为无条件转向语句。goto 语句可以从循环体内跳出循环，尤其在多层循环中，使用 goto 语句可以跳到任意一层循环体内。

（2）标号的命名规则同变量名。

（3）goto 语句不符合结构化程序设计原则，一般不主张使用。

3.2　难点分析

1. 复杂关系表达式和逻辑表达式的计算

要掌握复杂关系表达式和逻辑表达式的计算，首先要牢记关系运算符和逻辑运算符的运算优先级与结合方向。

（1）关系运算符（>，>=，<，<=）的优先级相同，"=="和"!="这两种优先级相同。且前 4 种高于后 2 种。

（2）逻辑非"!"的优先级高于算术运算符；算术运算符的优先级高于关系运算符；关系运算符的优先级高于逻辑与"&&"；逻辑与"&&"的优先级高于逻辑或"∥"；逻辑或"∥"的优先级高于赋值运算符。

即有如下所示的优先级关系：

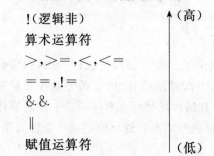

```
!（逻辑非）          ↑（高）
算术运算符
>，>=，<，<=
==，!=
&&
∥
赋值运算符          （低）
```

当然，算术运算符中的优先级关系相信同学们已经熟记于心了。

在遇到同一优先级的运算符时，按顺序从左至右计算。

而逻辑与和逻辑或这两种运算符还有一个规律就是：在计算逻辑与运算时，若有左运算对象的值为 0，则不再继续计算逻辑与运算，并立即以 0 为逻辑与运算的结果；在计算逻辑或运算时，若有左运算对象的值为 1，则不再继续计算逻辑或运算，并立即以 1 为逻辑或运算的结果。在顺序计算逻辑表达式的过程中，一旦确定了表达式的最终结果，就不再继续计算。

一般双目运算符的结合方向都是自左至右。只有逻辑非，它属于单目运算符，它的结合方向是从右到左，即逻辑非的操作数只有一个，且此操作数在"!"的右侧。

C 语言中：

运算量（操作数）：0 表示"假"，非 0 表示"真"；

运算结果：0 表示"假"，1 表示"真"。

2．选择结构和循环结构中条件的设置

无论是选择结构还是循环结构，其执行都依赖于条件的合理设置。

一般可以有以下几种形式的循环条件设置。

（1）利用输入数据作为循环条件。

（2）利用计数器自增量控制循环。

（3）利用逻辑值作为循环条件，再通过循环体中添加特定条件下的 break 语句退出循环。

在选择结构中常出现如下两个等价条件：

if(x)　⇔　if(x! = 0)
if(!x)　⇔　if(x == 0)

另外数学中表示某个值处于某区间需要特别注意，比如要表示 a 的值在 10～100 之间，在数学中我们直接用 $10 < a < 100$ 表示，但在 C 语言中这样的表示是错误的，应该表示为 $a > 10 \&\& a < 100$。

3．for 循环、while 循环和 do-while 循环的比较

三种循环可以相互转换。如果你能正确的将三者进行转换，那说明你真正掌握了这三种循环。

（1）for、while 属当型循环，do-while 循环属直到型循环。

（2）for、while 当条件不成立时循环体可能一次也不执行，而 do-while 循环中循环体至少执行一次。

（3）for 循环常运用于循环次数确定的情况下。而 while 与 do-while 是循环次数不确定时常采用的方法。

（4）在 for 循环的循环体中无须对循环变量进行修改，其他两种循环则必须在循环体中对循环变量进行修改。

（5）for 循环的初始条件可在表达式 1 中进行设置，其他两种循环则必须在进入循环之前进行设置。

4．break 和 continue 语句的使用

continue 语句只用于循环结构的内部，常与 if 语句联合起来使用，以便在满足条件时提前结束本次循环。

在循环体中 break 语句常与 if 语句搭配使用，并且 break 语句只能用在 switch 语句和循环语句中。break 只能跳出一层循环（或者一层 switch 语句结构）。

5．避免死循环

避免死循环需要做到以下几点。

（1）管理好程序中的循环控制变量。

(2) 使循环中的条件有机会为逻辑假。

(3) 在循环体中加入 break,并使它有机会执行。

(4) 在循环体中应该有使循环趋向结束的语句。

3.3 疑难问题解析

一、选择题

1. 若整型变量 a,b,c,d 的值依次为 1,4,3,2。则条件表达式(a < b ? a : b) < (c < d ? c : d)的值是_____。

    A) 1   B) 2   C) 3   D) 0

解析:解这道题的前提是掌握了条件表达式与关系运算符的计算规则,首先计算表达式 a < b ? a : b 的值,因 a<b 为真,所以此表达式的值为 a 的值,即 1;再计算表达式 c < d ? c : d 的值,因 c<d 为假,所以 c < d ? c : d 的值为 d 的值,即 2。这样就可以将题目中的条件表达式转为等价的表达式 a<d,由已知条件得 a<d 为真,所以值为 1,所以本题的正确答案为 A。

2. 请从下列表达式中选出当 a 为奇数时,值为 1 的表达式_____。

    A) a%2 == 0   B) a%2

    C) a%2 - 1 ! = 0   D) a/2 * 2 - 1 == 0

解析:当 a 为奇数时,来计算一下 4 个选项的值。A 选项 a%2==0,由于 a 是奇数,所以 a%2 的值为 1,所以 1==0 这个表达式结果为假,即 A 选项中表达式的值为 0。再看 B 选项,由 A 选项的分析可知 B 选项中表达式的值为 1。到这里应该就可以确定本题答案了,但是为了保险一点,我们还是把 C 选项和 D 选项再确认一下。其中 C 选项中 a%2-1 我们可以由之前的分析得到结果为 0,而 0! =0 为假,所以 C 选项的值为 0。再看 D 选项中关系表达式的左操作数 a/2 * 2-1 不可能为 0,所以关系表达式的值为假。这样本题的答案就非常确定了,为 B。

3. 执行下列程序段后,输出的结果是_____。

```
int i = 5;
while(i = 1)
{   i-- ;
}
printf("%d", i);
```

    A) 5   B) 0   C) 1   D) 无限循环

解析:解这道题时一定要非常仔细,原因在于 while 条件中本来的意图是想让 i 与 1 做是否相等"=="的比较,但是由于少输入了一个等号,就变成了赋值表达式,即第一次进入循环前判断条件时将 1 赋给了 i,这样 while(i = 1){…}就转为 while(i){…},i 为 1 所以条件成立,进而进入循环体,执行"i－－;"语句,之后再判断条件,每次的条件是一样,如此重复,为死循环。所以本题的答案为 D。

4. 在 C 语言中,以下 switch-case 语句片段的运行结果是_____。

```
int i = 2;
```

```
switch(i)
    { case 1:
            printf("I'm first!");
      case 2:
            printf("I'm second!");
      case 3:
            printf("I'm third!");
}
```

A）输出结果为："I'm second!"

B）输出结果为："I'm second!"和"I'm third"

C）输出结果为："I'm third!"

D）出现编译错误

解析：由于 i 的值为 2，所以与第二个 case 匹配，首先会输出"I'm second!"，而 printf 语句后没有 break，所以继续执行 case 3 中的语句，输出"I'm third"。所以本题的正确答案是 B。本题代码中 switch-case 语句犯的错误比较常见，初学者往往忘记在需要 break 的 case 中添加 break 语句。

5. 分析如下所示的代码，编译运行后的输出结果是_____。

```
# include < stdio. h >
void main()
{    int a = 10, b = 20; c = 30;
     if(a>b ‖ b>c)
            printf("%d", a);
     else if (a<b && b<c)
            printf("%d", b+c);
     else
            printf("%d", a+b+c);
}
```

A) 10   B)50   C) 60   D) 20

解析：先分析代码结构，主要由 if—else 多分支选择结构构成。if 条件中 a>b 值为假，b>c 的值也为假，中间为逻辑运算符逻辑或，所以整个 if 条件为假。再看 else if 条件 a<b 与 b<c 两个关系表达式的值都为真，相与，结果为真，所以执行 else if 分支，输出 b+c 的值。所以本题的正确答案是 B。

6. 编译运行如下代码，其输出结果是_____。

```
# include < stdio. h >
void main()
{   for(int i = 0; i < 10; i ++ )
    {    if(i%2 != 0)
                continue;
         printf("%d", i);
    }
}
```

A) 13579   B) 02468   C) 97531   D) 86420

解析：main()函数中有 for 循环，其中嵌套了一个 if 单分支结构。做这题有一个技巧，先查看 if 条件 i%2!=0,若要此条件成立,则 i 必然为奇数。也就是说 for 循环中当 i 为奇数时,执行 continue 语句,其作用是跳出本次循环,开始新一轮的循环。那么就可以推出结论,当 i 为偶数是执行 printf 语句,即输出偶数。这样 0~10 之间的偶数就是结果。所以本题的正确答案为 B。

7. 编译运行如下代码,其输出结果是_____。

```c
# include < stdio.h>
void main()
{ for(int i = 0; i < 10; i ++ )
    {   if(i % 2 ! = 0)
            break;
            printf(" % d", i);
    }
}
```

    A) 13579   B) 02468   C) 0123456789   D) 0

解析:此题与上一题框架一样,main()函数中有 for 循环,其中嵌套了一个 if 单分支结构。区别在 if 的语句体。保险的解法是从循环第一轮开始推结果。当 i 为 0 时,循环条件 i<10 成立,进入循环体,if 条件不成立,所以执行 printf 语句,输出 0。接着执行 i++,i 为 1,循环条件 i<10 成立,进入循环体,此时 if 条件成立,执行 break 语句,跳出整个 for 循环,程序结束。综合上述分析,代码只输出了 0,所以本题的正确答案为 D。

8. 给定如下代码片段,编译运行后,输出结果是_____。

```c
int i = 1, j = 10;
do
{   if(i ++ > -- j)
        continue;
} while (i < 5);
printf("i = % d, j = % d", i, j);
```

    A) i=5,j=5   B) i=5,j=6   C) i=6,j=5   D) i=6,j=4

解析:直到型循环嵌套了一个 if 结构。其中 if 语句的条件中存在自增自减运算符和关系运算符">",首先要牢记的是自增自减运算符的运算规则,自增自减在变量前时,先做自增自减,再使用变量;当自增自减在变量后时,先使用变量,然后进行自增自减。再是自增自减运算符的优先级高于关系运算符。循环初始值 i=1,j=10,if 条件中做">"运算前 i=1,j=9,">"运算结果为真,执行 continue 语句。做完">"运算后 i=2,j=9。然后去判断 while 循环条件,条件成立,接着下一轮循环。再开始下一轮循环之前我们先分析一下第一轮,continue 语句是循环体的最后一条语句,执行与否对结果没有影响,所以后续的循环就不需要去真正做判断,而只须看 if 判断条件结束时 i 和 j 的状态。结论是每循环一次 i 自增,j 自减。以 i=2,j=9 进入第二轮循环,if 判断结束时 i=3,j=8,while 条件成立。以 i=3,j=8 进入第三轮循环,if 判断结束 i=4,j=7,while 条件成立。以 i=4,j=7 进入第四轮循环,if 判断结束 i=5,j=6,while 不条件成立,循环结束。执行 printf 语句,所以输出为 i=5,j=6。本题正确答案为 B。

9. 下列代码的运行结果是_____。

```
#include <stdio.h>
void main()
{   int a = 10, b = 20;
    int e = a>b ? a++ : --b;
    printf("%d", e);
}
```

  A) 10   B) 11   C) 19   D) 20

解析：上述代码关键语句为条件表达式。a>b 不成立，所以条件表达式的结果为 --b,所以 e＝19,本题答案为 C。

10. 分析如下所示代码,运行结果为_____。

```
#include <stdio.h>
void main()
{   int boo = 1;
    if(boo = 0)
        printf("a");
    else if(boo)
        printf("b");
    else if(!boo)
        printf("c");
    else
        printf("d");
}
```

  A) a   B) b   C) c   D) d

解析：boo 初值为 1,if 条件 boo＝0,其实是先把 0 赋给了 boo,这样 if(boo＝0)其实就是 if(boo),而 boo 的值为 0,所以 if 条件不成立。接着判断其下面的 else if(boo),条件也不成立。再判断 else if(!boo),!boo 的值为非零,所以条件成立,输出结果为 c,所以本题正确答案为 C。

二、填空题

1. 若 i 为整型变量且初值为 0,下面循环的执行次数是 **【1】** 。

```
int i = 0;
while(i = 0)
    i++;
```

解析：此题的解题思路与选择题中的第 3 题类似,也是少写了一个等号,只不过这里把 0 赋给了 i,所以条件就为假,所以循环一次也没有做。所以【1】的答案为 0。

2. 以下程序段,循环结束后 i 的值为 **【1】** ,循环执行的次数 **【2】** 。

```
for(int i = 0; i < 10; i++)
{   if(i <= 5)
        break;
}
```

解析：执行将 0 赋给 i,判断 i<10 条件成立,进入循环。遇 if 语句,进而判断 i<＝5,此

条件也成立,所以执行 break 语句,跳出循环。所以循环结束后 i 的值为 0,循环执行的次数为 1。所以【1】应填入 0,【2】应填入 1。

3. 以下代码是用循环的方法求 1!＋2!＋3!＋…＋10!。

```
# include "stdio. h"
void main( )
{    int sum = 0;
     int i = 1, temp = 1;
     while( i <= 10 )
     {        【1】      ;
          sum = sum + temp?;
                【2】       ;
     }
     printf( ''1! + 2! + 3! + … + 10! =  % d\n'', sum);
}
```

解析:先分析 while 循环体,sum ＝ sum ＋ temp 语句的作用是求和,但是求和的对象 sum 用于存放累加结果,而 temp 应该代替的是 n!。而 while 循环体中应该包括使得循环趋于结束的语句,想到循环控制变量 i,分析两个空,则可以确定【2】中应该填入 i＋＋或者 i＝i+1 或者 i＋＝1。剩下的问题就是怎么得到 temp 的值,由 temp 初值为 1,1!＝ temp ＊ 1,2!＝ 1! ＊ 2,3!＝ 2! ＊ 3,依此类推,每一次循环 temp ＝ temp ＊ i,这样每一次循环 temp 代表的就是 n!。所以【1】空填入 temp ＝ temp ＊ i 或者 temp ＊＝ i。再从头至尾分析一下已填入语句后的整个代码,确认无误。

4. 以下程序是根据从键盘输入的 4 位数年份,判断是否为闰年,试将代码补充完整。

```
# include "stdio. h"
void main( )
{    int year;
     do
     {     printf("请输入 4 位数年份: ");
           scanf(" % d", &year);
     }while( year > 999 && year < 10000);
     if(         【1】        )
           printf(" % d是闰年\n", year);
}
```

解析:闰年的条件是符合下面二者之一,①能被 4 整除,但同时不能被 100 整除;②能被 400 整除。将两个条件转成对应的关系表达式,用逻辑或连接成一个逻辑表达式即可。所以【1】中应填入 year％4 ＝＝ 0 && year％100 ! ＝ 0 ‖ year％400 ＝＝ 0 或者清晰起见改为(year％4 ＝＝ 0 && year％100 ! ＝ 0) ‖ year％400 ＝＝ 0。但要知道括号可加可不加。原因是 && 的优先级比 ‖ 要高。

3.4　测　试　题

一、选择题

1. 在 VC++中运行下列程序的输出结果是_____。

```
# include "stdio. h"
void main( )
```

```
{   int a = 21, b = 22, c = 23;
    if(a < b)
        printf("%d", b);
    else
        printf("%d\n", a + b + c);
}
```

A) 21   B) 22   C) 23   D) 66

2. 下面的一段代码中 break 语句起到的作用是_____。

```
int pointer = 0;
while(pointer <= 10)
{   switch(pointer % 3)
    {   case 1:
            pointer += 1;
            break;
        case 2:
            pointer += 2;
            break;
        default:
            pointer += 3;
            break;
    }
}
```

A) 结束当次循环,使程序执行直接转移到控制循环的条件表达式

B) 从嵌套循环内部跳出最里面的循环

C) 终止 switch 语句序列,提高 switch-case 语句性能

D) 退出循环

3. 分析如下所示的代码,编译运行后的输出结果是_____。

```
#include <stdio.h>
void main()
{   int a = 100;
    while(a % 2 == 0)
    {   printf("%d", a);
        a = a / 4;
    }
}
```

A) 1002561   B) 10025   C) 100   D) 25

4. 以下的 C 程序代码,程序运行时的输出值为_____。

```
int count = 3;
while(count > 1)
    printf("%d", --count);
```

A) 32   B) 321   C) 21   D) 2

5. 以下程序编译运行后的输出结果为_____。

```
#include <stdio.h>
void main()
```

```
{   int a = 5;
    int s = 0;
    switch (a)
    {   case 5:
            s = s + 2;
        case 3:
            s = s + 5;
        case 8:
            s = s + 6;
        default:
            s = s + 10;
            break;
    }
    printf(" % d\n",s);
}
```

 A) 2   B) 0   C) 7   D) 23

6. 以下程序的运行结果是_____。

```
# include < stdio. h>
void main()
{   int x = 20, y;
    if(x < 0)
        y = 0 - x;
    else
    {   if(x <= 15)
            y = 15 - x;
        else
            y = x - 15;
    }
    printf(" % d", y);
}
```

 A) —20   B) —5   C) 5   D) 20

7. 下列代码的运行结果是_____。

```
# include < stdio. h>
void main()
{   int a = 1,b = 2,c = 3;
    if(a < 0)
    {   if(b < 0)
            c = 10;
        else
            c = 20;
    }
    printf(" % d", c);
}
```

 A) 10   B) 20   C) 3   D) 编译报错

8. 分析如下所示的代码,编译运行后的输出结果是_____。

```c
# include < stdio. h >
void main()
{   int a = 1, b = 0;
    if(a&&b)
      printf("a&&b");
    else if (a || b)
      printf("a || b");
    else
      printf("ab");
}
```

    A) a&&b   B) a || b   C) ab   D) a || bab

9. 执行下列程序段后,正确的结果是_____。

```c
int i = 0, s = 1;
while(i < 3)
{   s += i;
    i ++ ;
}
printf(" % d", s)
```

    A) 5   B) 6   C) 4   D) 3

10. 判断下列程序代码的运行结果是_____。

```c
# include < stdio. h >
void main()
{   char c = ' * ';
    for (int i = 0; i < 3; i ++ )
    {   for(int j = i; j < 3; j ++ )
            printf(" * ");
        printf("\n")
    }
}
```

    A) ****   B) ***   C) ******   D) *****
        ***   **
        **   *
        *

二、填空题

1. 若已知 a＝10,b＝20,则表达式 a<b 的值是 【1】 ,表达式 a!＝b 的值是 【2】 。

2. 表达式(a == b) && (a > b) 的值是 【1】 。

3. C 语言中,三种基本的程序控制结构为 【1】 , 【2】 和 【3】 。

4. 在 for,while 和 do-while 这三种循环控制结构中 【1】 的循环体至少执行一次。

5. 以下 for 循环语句的执行过程是:

```c
for( 表达式1; 表达式2; 表达式3)
    语句;
```

首先求解 ___【1】___，然后求解 ___【2】___，如果条件成立执行 ___【3】___，最后求解 ___【4】___。

6．以下程序段，循环结束后 i 的值为 ___【1】___。

```
for( int i = 0; i < 10; i++ )
{ if( i > 5 )
        break;
}
```

7．以下程序段，输出的结果为 ___【1】___，循环执行的次数为 ___【2】___。

```
int i, a;
for( i = 0; i < 10; i++ )
    a = i;
printf("a = %d, i = %d \n", a,i);
```

8．以下程序的功能是求 2～60 之间的偶数的和，试补充完整。

```
#include < stdio. h>
void main()
{    int sum = 0;
     for( int k = 2; k <= 60; k++ )
     {    sum = sum + k;
             ___【1】___ ;
     }
}
```

3.5　测试题答案

一、选择题

1.	2.	3.	4.	5.	6.	7.	8.	9.	10.
B	C	C	C	D	C	C	B	D	B

二、填空题

1.	【1】1 【2】1	2.	【1】0
3.	【1】顺序结构 【2】选择结构 【3】循环结构	4.	【1】do-while
5.	【1】表达式1 【2】表达式2 【3】语句 【4】表达式3	6.	【1】6
7.	【1】a=9,i=10 【2】10	8.	【1】k++或k = k+1或k+=1

第4章

数组和字符串

4.1 主要知识点

1. 数组的定义和初始化

数组是同一类型变量的集合。与简单变量相比,数组元素具有值和下标两个特性,有时也称数组为矢量。数组通常与循环联合使用,以简化成批数据的处理。

1) 数组的定义。

定义数组的一般形式为:

类型说明符 数组名[维界表达式 1] [维界表达式 2]…;

其中,

(1) 数组的类型实际上是数组所有元素的取值类型。

(2) 数组名的书写应符合标识符的书写规范。

(3) 数组名不能与其他变量名相同。

(4) 维界表达式的值代表数组在该维的元素个数,一维数组有一个维界表达式,二维数组有两个维界表达式。维界表达式中只能出现常量或符号常量(符号常量用 # define 定义),不能出现变量。

(5) 允许用一个类型同时定义多个该类型的数组和变量,例如

float a[5 + 6],b[3][4],x,y,z;

2) 数组的初始化

(1) 数组的初始化是将数组作为一个整体进行的,初值的顺序与数组元素在内存中的排列次序一一对应。

(2) 数组只能用常数或常数表达式初始化。一维数组初始化时,要把初值顺序放在等号右边的花括号中,各常量之间用逗号隔开。二维数组初始化时,要把全部初值放在一对花括号中,每一行的初值又分别放在一对内嵌的花括号中。例如

int a[4][3] = {{1,2,3},{4,5,6},{7,8,9},{10,11,12}};

其中代表每一行的内层花括号也可以省略，直接写成

```
int a[4][3] = {1,2,3,4,5,6,7,8,9,10,11,12};
```

（3）可以通过数组的初始化来定义隐含尺寸数组。隐含尺寸数组指的是最左边一维的维界表达式为空。例如

```
int a[ ] = {1,2,3,4,5};
float f[ ][4] = {{1,2},{4,5,6,7},{8,9}};
```

VC++ 6.0 对数组的初始化还有以下规定。

（1）初值的个数可以少于数组元素的个数，以实现只对数组开头的部分元素赋初值，未赋初值的元素自动取 0 值。例如

```
int x[2][5] = {{1,2,4,5},{7,8}}
```

其中，元素 x[0][4]，x[1][2]，x[1][3] 和 x[1][4] 没有对应的初值，这不表示它们没有值，而是表示它们均取 0 值。

（2）不能用逗号跳过前面的元素只对后面的元素赋初值（这在 Turbo C 中是允许的，但在 VC++ 中不允许），也不允许初值的个数多于数组元素的个数。例如，下面的初始化是错误的。

```
int a1[5] = {1,2,3,4,5,6};     //error: 初值的个数多于数组元素的个数
int a2[5] = {1,,2,3,4};         //error: 不能用逗号跳过某些元素
int a3[5] = {1,2,3,};           //error: 初值不能省略
int a4[5] = {};                 //error: 语法格式错误
```

（3）auto 型数组若未初始化，各元素的值是不确定的，不能引用；全局数组或 static 型局部数组若未初始化，各元素均取 0 值，可以引用。

（4）auto 型数组的初始化是在程序执行期间完成的，全局数组或 static 型局部数组的初始化是在程序编译期间完成的。

（5）通过初始化定义的隐含尺寸数组，其大小也是确定的，它等于初值的个数。C 编译系统会根据初始化的数据个数自动为隐含尺寸数组安排足够大小的存储空间。

2．数组的逻辑结构和存储结构

1）数组的逻辑结构

数组是按一定格式排列起来的相同类型的数据元素的集合。一般而言，数组元素的下标都具有固定的下界和上界。

一维数组是线性结构，它的每一个元素顺序排列。也就是说，一维数组的逻辑结构是一个线性表。例如，定义了 int 型的一维数组 a[8]，它的逻辑结构如图 4.1 所示。

| a[0] | a[1] | a[2] | a[3] | a[4] | a[5] | a[6] | a[7] |

图 4.1　a[8] 的逻辑结构

多维数组属于非线性结构。其中，用得最多的是二维数组，它的逻辑结构是二维的矩阵，相当于一个若干行和若干列的表格，其中，每一行都是一个一维数组。例如，定义了 int

型的二维数组 b[3][4],它的逻辑结构是一个 3 行 4 列的矩阵:

	第 0 列	第 1 列	第 2 列	第 3 列
第 0 行	b[0][0]	b[0][1]	b[0][2]	b[0][3]
第 1 行	b[1][0]	b[1][1]	b[1][2]	b[1][3]
第 2 行	b[2][0]	b[2][1]	b[2][2]	b[2][3]

2) 数组的存储结构

实际的硬件存储器是连续编址的,也就是说存储器单元是按一维线性排列的。因此,对一维数组,只要将各个元素顺序存放到各个存储单元中就可以了,也就是说,一维数组的逻辑结构和存储结构是一致的。怎么样在一维存储器中存放二维数组呢? 可有两种方式:一种是按行排列,即存放完一行之后顺次放入第二行;另一种是按列排列,即存放完一列之后再顺次放入第二列。在 C 语言中,二维数组的存储结构是按行排列的。上面定义的二维数组 b 的存储结构如图 4.2 所示。

| b[0][0] | b[0][1] | b[0][2] | b[0][3] | b[1][0] | b[1][1] | b[1][2] | b[1][3] | b[2][0] | b[2][1] | b[2][2] | b[2][3] |

图 4.2 二维数组 b 的存储结构

另外需要说明,在 VC++ 6.0 中,自动变量是用堆栈存储的,先定义的变量先压栈,而栈底位于高字节,栈顶位于低字节。因此在内存中,变量的地址分配是从高字节向低字节分配。而数组是作为一个整体存入堆栈的,所以,在数组内部,则是从低字节向高字节分配空间。

3. 数组元素的引用

数组元素是组成数组的基本单元,数组元素也叫下标变量。对数组的任何操作,无论是赋值、输入、输出,还是其他处理,都是通过对数组元素的引用实现的。

(1) 对数组的操作只能对数组的各个元素进行,而不能对数组进行整体操作。数组元素的引用形式为:

数组名[下标表达式 2][下标表达式 1]

其中,一维数组元素只含一个下标表达式,放在一个方括号中;二维数组元素含两个下标表达式,分别放在两个方括号中。

(2) 下标表达式只能是整型表达式,用来指定数组元素在数组中的位置。例如,在整型变量 i,j 有确定值的前提下,a[i/5],a[i+j],a[i++]等引用都是合法的。如出现带小数的下标,将导致编译错误。

(3) 数组元素的下标都是从 0 开始的。

(4) 下标表达式的值不能越过下界,也不能越过上界。由于 C 编译系统并不检查数组下标是否越界,因此在引用数组元素时应十分小心,否则可能出现意想不到的错误。

4. 数组的基本操作

(1) 数组的赋值必须逐个元素进行。

(2) 一维数组的输入可以通过循环语句利用 scanf()依次对每个元素顺序输入。如:

```
int a[10];
for (i = 0;i < 10;i ++ )
  scanf(" % d",&a[i]);
```

二维数组的输入可以通过二重循环,既可以按行序输入,也可以按列序输入。如定义 int a[4][4],其值为:

$$
\begin{array}{cccc}
1 & 2 & 3 & 4 \\
5 & 6 & 7 & 8 \\
9 & 10 & 11 & 12 \\
13 & 14 & 15 & 16
\end{array}
$$

按行序输入的程序段为:

```
for (i = 0;i < 4;i ++ )
  for(j = 0;j < 4;i ++ )
  scanf(" % d",&a[i][j]);        //输入数据为:1 2 3 4 5 6 7 8 9 10 11 12 13 14 15 16
```

按列序输入的程序段为:

```
for (i = 0;i < 4;i ++ )
  for(j = 0;j < 4;i ++ )
  scanf(" % d",&a[j][i]);        //输入数据为:1 5 9 13 2 6 10 14 3 7 11 15 4 8 12 16
```

(3) 二维数组通常要求按矩阵形式输出,此时,可用下列程序段实现:

```
for (i = 0;i < 4;i ++ )
  { for(j = 0;j < 4;i ++ )
       printf(" % 4d",a[j][i]);
    printf(("\n");              //在每一行的行末回车换行
}
```

5.字符型数组

C语言没有字符串变量,而用字符型数组来存放和处理字符串。其中,一维字符型数组可存放一个字符串,二维字符型数组可存放多个字符串。

(1) 在字符型数组中,每个元素存放一个字符。由于'\0'字符是字符串的结束标志,所以在定义字符型数组时,要为末尾的'\0'字符留出一个字节的空间。

(2) 要把一个字符串存放到字符型数组中,可以有三种方法。

① 初始化方法。字符型数组可以用字符常量初始化,即将各个字符常量及末尾的'\0'字符用逗号隔开,依次放在花括号中。例如"char str[12]={'T','h','e',' ','s','t','r','i','n','g','.','\0'};"。也可以用字符串常数初始化,即将字符串常数直接放在花括号中,这时,编译系统会自动在每个字符串的末尾加上'\0'字符。例如"char str[12] = {"The string."};"(此时,花括号可以省略)。

② 赋值方法。只能对每个元素用字符常量赋值,不能直接将字符串赋给数组名。例如定义了 char st[4],要把字符串"ABC"赋给字符数组 st,可用

```
st[0] = 'A';st[1] = 'B';st[2] = 'C',st[3] = '\0';
```

实现,而下面的三种赋值方式

```
st[] = "ABC";
st[4] = "ABC";
st = "ABC";
```

都是错误的。

③ 复制方法。用 C 编译系统提供的 strcpy()函数。例如"strcpy(st,"ABC");"。

(3) 用初始化方法隐含规定字符型数组的大小,可以免除乏味的统计字符个数的工作。例如,某一维字符型隐含尺寸数组可以定义如下:

```
char str[] = "The string.";
```

编译系统会根据初值字符的个数自动确定其维界是 12。某二维隐含尺寸数组可定义如下:

```
char language[][8] = {"BASIC","FORTRAN","PASCAL","C","COBOL"};
```

编译系统会按初始化字符串的个数自动确定该数组的第二维维界是 5。

(4) 可以用"%s"控制的 scanf()或 gets()函数输入字符串,用"%s"控制的 printf()或 puts()函数输出字符串。

用"%s"控制的 scanf()函数及 gets()函数和用"%s"控制的 printf()函数及 puts()函数输入输出字符串时,要求用地址量作为输入输出项,对一维数组而言,数组名就是一个地址量,对二维数组而言,数组名连同第一个下标都是地址量,它们可以直接使用,给字符型数组输入字符串时,不要在数组名前面再加上 &。假设有 str[80]和 ch[10][80],则

```
scanf("%s",str);              //或 scanf("%s",&str[0]);
gets(str);                    //或 gets(&str[0]);
scanf("%s",ch[i]);            //或 scanf("%s",&ch[i][0]);
gets(ch[i]);                  //或 gets(&ch[i][0]);
```

可以输入字符串 str 及数组 ch 中的第 i 个字符串,从键盘输入的字符串不加引号。

```
printf("%s\n",str);           //或 printf("%s\n",&str[0]);
puts(str);                    //或 puts(&str[0]);
printf("%s\n",ch[i];          //或 printf("%s\n",&ch[i][0]);
puts(ch[i]);                  //或 puts(&ch[i][0]);
```

可以输出字符串 str 及数组 ch 中的第 i 个字符串。

用"%s"控制的 scanf()函数给字符型数组输入字符串时,若遇到空格、制表符或回车符就结束输入,而 gets()函数只有遇到回车符时才终止接收。例如:

```
char str1[80],str2[8];
scanf("%s",str1);
gets(str2);
```

如果从键盘输入

```
good morning
good morning
```

str1 的值为"good",而 str2 的值为"good morning"。

printf()函数在输出字符串时,遇到'\0'字符即结束输出,但没有换行功能;而 puts()函数则除了遇到'\0'字符结束输出外,还把'\0'字符自动转换成换行符。如果 str＝"good morning",则

```
printf("%s,%s\n",str,str);
```

输出为

good morning,good morning

而

```
puts(str);puts(str);
```

输出为

good morning
good morning

6.字符串和字符处理函数

(1) 字符串处理函数以字符串作为处理对象,这些函数定义在头文件 string.h 中。

① 求字符串长度函数 strlen(str)的作用是求给定字符串 str 的长度,即字符串中包含的字符个数(不计字符串末尾的'\0')。

② 字符串复制函数 strcpy(str1,str2)的作用是将字符串 str2 复制到 str1 中。实际复制过程是从 str2 中从第一个字符起,直到末尾的'\0'字符,依次复制到 str1 的相应位置上。如果 str1 中已有字符,则这些字符将被替换。

③ 字符串比较函数 strcmp(str1,str2)的作用是对 str1 和 str2 进行逐个字符比较,比较的结果是一个整数:

若 str1 == str2,结果为 0(对应字符完全相同);
若 str1 < str2,结果为一个负整数(两个不相等字符的 ASCII 代码值之差);
若 str1 > str2,结果为一个正整数(两个不相等字符的 ASCII 代码值之差).

④ 字符串连接函数 strcat(str1,str2)的作用是将 str2 连接到 str1 的末尾,即 str1 末尾的'\0'字符将被 str2 的第一个字符替换,从而将 str2 接在 str1 的末尾,str2 不变。

(2) 字符处理函数以单个字符作为处理对象,这些函数定义在头文件 ctype.h 中。

① 字符转换函数 tolower(ch)的作用是将字符 ch 转换成小写字母。例如,tolower('D')的结果为'd'。

② 字符转换函数 toupper(ch)的作用是将字符 ch 转换成大写字母。例如,toupper('a')的结果是'A'。

4.2　难点分析

1.数组名

在 C 语言中,数组在内存中占据一片连续的存储单元,数组名是这片存储单元的首地址。正由于数组名是一个常数,它的值在程序运行过程中不会改变,也不能被更改。因此,

当定义 int a[10]后，则

数组名 a 本身不占存储单元；

数组名 a 不能被赋值，即数组名不能出现在赋值号的左边；

不能对数组名进行自增和自减操作(a++、a－－、++a、－－a)。

有趣的是，到了本书第 6 章，当数组名作为形参时，该数组名可以被赋值，也可以作自增、自减等操作。这一特性常常让初学者晕头转向。这是因为当数组名用作形参时，将被自动转换成指针，这时，它已变成了指针变量，失去了常量的身份和特性。读者不妨做一个实验，在 VC++中，若对实参数组名 a 进行 sizeof 操作(即"fprint("%d",sizeof(a));")，其值为 40，表示该数组占有 40 字节的存储空间；而对形参数组名 a 进行同样的 sizeof 操作，其值为 4，表示 a 占用 4 字节的存储空间。这就说明，作为形参的数组名 a 已经是一个普通的指针变量，它只占属于自己的 4 字节存储单元。

2. 字符串中的转义字符

转义字符是 C 语言中表示字符的一种特殊形式。通常使用转义字符表示 ASCII 码字符集中不可打印的控制字符和特定功能的字符，如用于表示字符常量的单撇号(')，用于表示字符串常量的双撇号(")和反斜杠(\)等。转义字符用反斜杠(\)后面跟一个字符或一个八进制或十六进制数表示，常用的转义字符及其意义如表 4.1 所示。

表 4.1　常用的转义字符及其意义

转 义 字 符	意　　义	ASCII 码值(十进制)
\a	响铃(BEL)	007
\b	退格(BS)	008
\f	换页(FF)	012
\n	换行(LF)	010
\r	回车(CR)	013
\t	水平制表(HT)	009
\v	垂直制表(VT)	011
\\	反斜杠	092
\?	问号字符	063
\'	单引号字符	039
\"	双引号字符	034
\0	空字符(NULL)	000
\ddd	任意字符	三位八进制
\xhh	任意字符	二位十六进制

字符常量中使用单引号和反斜杠以及字符常量中使用双引号和反斜杠时，都必须使用转义字符表示，即在这些字符前加上反斜杠。

在 C 程序中使用转义字符\ddd 或者\xhh 可以方便灵活地表示任意字符。\ddd 为斜杠后面跟三位八进制数，该三位八进制数的值即为对应的八进制 ASCII 码值。\x 后面跟两位十六进制数，该两位十六进制数为对应字符的十六进制 ASCII 码值。

使用转义字符时需要注意以下问题。

（1）在 C 程序中，使用不可打印字符时，通常用转义字符表示。

（2）转义字符中只能使用小写字母，每个转义字符只能看做一个字符。

（3）\n 其实应该叫回车换行。换行只是换一行，不改变光标的横坐标；回车只是回到行首，不改变光标的纵坐标。

（4）\t 表示光标向前移动四格或八格，可以在编译器里设置。

（5）\' 在字符里（即单引号里）使用。在字符串里（即双引号里）不需要，只要用"'"即可。

（6）\v（垂直制表）和\f（换页符）对屏幕没有任何影响，但会影响打印机执行相应操作。

（7）\? 其实是不必要的。只要用"?"就可以了（在 VC++ 6.0 和 Turbo C 2.0 中验证）。

（8）在计算字符串长度时，转义字符只计做一个字符。

3．如何确定隐含尺寸二维数组的大小？

当用初始化的方式定义隐含尺寸的二维数组时，如果没有将各行的初值分离开，如何确定二维数组的行数呢？可以用初值总个数除以二维数组的列数，则取不小于商数的最小整数作为该二维数组的行数。例如：

```
int array[ ][5] = {1,2,3,4,5,6,7,8,9,10,11,12}
```

则该二维数组的行数为(int)ceil(12.0/5)＝3。式中的 ceil(x)是头文件 math.h 中定义的函数，用来求不小于 x 的最小整数（双精度型返回值）。

4．数组元素的插入和删除

由于数组存储结构的连续性和顺序性的特点，决定了要进行数组元素的插入和删除（在字符型数组中是字符的插入和删除）是比较困难的。无论是插入还是删除，都要涉及到数组元素的移动。下面以字符的插入和删除为例，说明数组元素插入和删除的基本方法。

（1）如果要在字符串 st 的第 n 个字符（对应下标为 n－1）位置上插入一个字符 ch，应将第 n 个位置开始直到字符串末尾的所有字符依次后移一个位置，最后在第 n 个元素的位置上放置需要插入的字符（此时，应保证数组的大小能容纳插入的字符）。程序代码如下：

```
for (i = strlen(st) - 1;i > = n - 1;i -- )
st[i + 1] = st[i];              //第 n 个字符及其后面的所有字符顺序后移
st[n - 1] = ch;                 //第 n 个字符位置上插入字符 ch
st[strlen(st)] = '\0';          //增加末尾的 0 字符
```

（2）若要删除字符串 st 中的第 n（对应下标 n－1）个字符，可以考虑两种方法。

第一种方法是将该字符及其后面的各个字符顺序向前移动一个位置，从而实现了删除该字符的目的。例如，下列程序段可以删除字符串 a 的第 n 个字符：

```
for (i = n - 1;i < strlen(st);i ++ )
    st[i] = st[i + 1];          //第 n 个字符及其后面的所有字符顺序前移
```

第二种方法是顺序扫描整个字符串，把需要的字符保留下来，要删除的字符则不予保留，最终得到删除后的字符串。例如，

```
for (i = 0,j = 0;i < strlen(st);i ++ )
  if (i! = n − 1)
   { st[j] = st[i];                //将除第 n 个字符以外的所有字符保留
     j ++ ;
   }
st[j] = 0;                        //增加末尾的 0 字符
```

5. 选择排序和冒泡排序算法的改进

若已定义 int a[N](N 为常数),要求将该数组各元素按升序或降序排列,这就是排序问题。排序的算法很多,其中,初学者比较容易理解和掌握的有冒泡排序法和选择排序法。由于排序过程的主要工作量是比较和交换,因此,比较和交换的次数成为衡量一个排序算法效率高低的重要指标。

1) 冒泡排序

冒泡排序的算法是从 a[0]开始,依次进行相邻两个数的比较,若 a[j]>a[j+1],则将它们交换,一直比较到 a[N−1],完成一趟排序。经过 N−1 趟相同的操作后,即完成排序。程序代码如下:

```
for (i = 0;i < N − 1;i ++ )
  for (j = 0;j < N − 1;j ++ )        //注意循环的上下限
    if (a[j]>a[j + 1])              //相邻两个数比较,必要时交换
     { t = a[j];
       a[j] = a[j + 1];
       a[j + 1] = t;
     }
```

这种方法的比较和交换的工作量大约为 $O(N^2)$。

若考虑在冒泡排序中,每一趟都会出现一个大数沉底,这些大数没有必要再参加下一趟排序,如果将已经排序的大数排除在外,每一趟可以减少一次比较和交换。改进的冒泡排序算法的程序代码如下。

```
for (i = 0;i < N − 1;i ++ )
  for (j = 0;j < N − i − 1;j ++ )     //注意循环的上下限(沉底的大数不参加排序)
    if (a[j]>a[j + 1])              //相邻两个数比较,必要时交换
     { t = a[j];
       a[j] = a[j + 1];
       a[j + 1] = t;
     }
```

改进后算法的工作量大约为 $O(N!)$。

2) 选择排序

选择排序的算法是从 a[0]开始,依次将它与其后的各个元素比较,若 a[0]>a[i],则将它们交换,一直比较到 a[N−1],完成第一趟排序。然后对 a[1],a[2],…,a[N−2]做同样的处理,即完成排序。程序代码如下:

```
for (i = 0;i < N − 1;i ++ )
  { for (j = i + 1;j < N;j ++ )
```

```
    if (a[i]<a[j])
     { t = a[i]; a[i] = a[j]; a[j] = t; }
  }
```

这一方法的工作量大约为 O(N!)。

为了提高排序的效率,可以设定一个记号 k=i,每趟只要将 a[k]与其后的各个元素比较,若 a[k]>a[j],则使 k=j,最后看看 k=i 是否还成立,不成立则交换 a[k]和 a[i],这样,每一趟排序至多只进行一次交换,从而省去了许多无用的交换,提高了效率。程序代码如下:

```
for (i = 0; i < N − 1; i ++ )
  { k = i;
    for (j = i + 1; j < N; j ++ )
     if (a[j] < a[k])
        k = j;                    //记录比 a[i]小的元素的位置
     if (i! = k)                  //必要时进行交换
     { t = a[i]; a[i] = a[k]; a[k] = t; }
  }
```

改进后算法的工作量仍然是 O(N!);但交换的次数则由 N! 减少为 N。

4.3　疑难问题解析

一、选择题

1. 若有以下说明语句,则数值为 4 的表达式是_____。

```
int a[12] = {1,2,3,4,5,6,7,8,9,10,11,12};
char c = 'a';
```

　　A) a['g'−c]　　　　　B) a[4]　　　　C) a['d'−'c']　　　　D) a['d'−c]

解析:根据数组 a 的定义可知,值为 4 的数组元素是 a[3]。在题目给出的四个选项中,下标为 3 的只有选项 D,因为变量 c 被初始化为'a',所以'd'−c 就是'd'−'a',其值为 3。而选项 A 中'g'−c 的值为 6,选项 C 中'd'−'c'的值为 1。所以本题的正确答案为 D。

2. 定义如下变量和数组

```
int i;
int x[3][3] = {1,2,3,4,5,6,7,8,9};
```

则下面语句的输出结果是_____。

```
for (i = 0; i < 3; i ++ )
  printf(" % d ", x[i][2 − i]);
```

　　A) 1 5 9　　　　　B) 1 4 7　　　　C) 3 5 7　　　　　D) 3 6 9

解析:二维数组在内存中是按行为主序存放的,即先存放第一行的各个元素 x[0][0],x[0][1]和 x[0][2],然后存放第二行的各个元素 x[1][0],x[1][1]和 x[1][2],最后存放第三行的各个元素 x[2][0],x[2][1]和 x[2][2]。程序要求输出 x[0][2],x[1][1],x[2][0]的值,根据初始化数据可知,它们分别为 3,5,7,因此,本题的正确答案是 C。

3. 下列程序

```
#include <stdio.h>
void main()
  { int n[3],i,j,k;
    for (i = 0;i < 3;i ++ )
      n[ i ] = 0;
    k = 2;
    for (i = 0;i < k;i ++ )
      for (j = 0;j < 3;j ++ )
        n[ j ] = n[ i ] + 1;
  printf(" % d\n",n[1]);
}
```

运行后,输出结果是_____。

A) 2   B) 1   C) 0   D) 3

解析：程序中先对数组 n 进行清零,在其后的嵌套循环中,当 i=0 时,依次计算得 n[0]=n[0]+1=1,n[1]=n[0]+1=2,n[2]=n[0]+1=2；当 i=1 时,依次计算得 n[0]=n[1]+1=3,n[1]=n[1]+1=3,所以输出的 n[1]值为 3,本题正确答案为 D。

4. 以下程序的输出结果是_____。

A) 14   B) 0   C) 6   D) 值不确定

```
#include <stdio.h>
void main()
  { int n[3][3],i,j;
    for (i = 0;i < 3;i ++ )
        for (j = 0;j < 3;j ++ )
            n[ i ][ j ] = i + j;
    for (i = 0;i < 2;i ++ )
        for (j = 0;j < 2;j ++ )
            n[ i + 1][ j + 1] += n[ i ][ j ];
    printf(" % d\n",n[ i ][ j ]);
  }
```

解析：程序通过第一个二重循环给数组 n 赋值的结果为"0,1,2,1,2,3,2,3,4"。在第二个二重循环中赋值的结果为"n[1][1]=2+0=2,n[1][2]=3+2=5,n[2][1]=3+1=4,n[2][2]=4+2=6"。由于 printf()语句是在第二个循环完成后才执行的,而退出循环后的 i,j 值均为 2,所以,输出的是 n[2][2]的值,本题正确答案是 C。

5. 以下程序的输出结果是_____。

```
#include <stdio.h>
void main()
  { int i,k,a[10],p[3];
    k = 5;
    for (i = 0;i < 10;i ++ ) a[ i ] = i;
    for (i = 0;i < 3;i ++ ) p[ i ] = a[ i * (i + 1)];
    for (i = 0;i < 3;i ++ ) k += p[ i ] * 2;
    printf(" % d\n",k);
  }
```

A) 20　　　　　　　B) 21　　　　　　　C) 22　　　　　　　D) 23

解析：程序通过第一个循环对数组 a 赋值,结果为"0,1,2,3,4,5,6,7,8,9";第二个循环对数组 p 赋值,结果为"p[0]=a[0]=0,p[1]=a[2]=2,p[2]=a[6]=6"。第三个循环计算 k,k=5+2*(p[0]+p[1]+p[2])=21,本题的正确答案是 B。

6. 以下程序运行后,输出结果是_____。

A) 10000　　　　　B) 10010　　　　C) 00110　　　　　D) 10100

```c
# include < stdio.h>
void main()
  { int y = 18,i = 0,j,a[8];
    do
      { a[i] = y % 2; i ++ ;
        y = y/2;
      } while (y > = 1);
    for (j = i - 1;j > = 0;j -- ) printf(" % d",a[j]);
    printf("\n");
  }
```

解析：程序中的 do-while 循环采用除 2 取余的方法将十进制数 y 转化成等值的二进制数,并将余数顺序存放在数组 a 中,然后通过 for 循环将数组 a 逆序输出。显然,当 y=18 时,其等值的二进制数是 10010,因此,本题的正确答案是 B。

7. 以下程序的输出结果是_____。

A)ABCD　　　B) ABCD　　　　C) EFG　　　　D) FGH
　 FGH　　　　　 EFG　　　　　　JK　　　　　　 KL
　 KL　　　　　　 IJ　　　　　　 O
　　　　　　　　　 M

```c
# include < stdio.h>
# include < string.h>
void main()
  { char w[][10] = {"ABCD","EFGH","IJKL","MNOP"},k;
    for (k = 1;k < 3;k ++ )
      printf(" % s\n",&w[k][k]);
  }
```

解析：本题的关键是程序中 &w[k][k]表示的是字符型数组 w 第 k 行第 k 个字符的地址,当 printf()函数用"%c"格式控制时,输出的是该地址的一个字符;当用"%s"格式控制时,输出的是从该地址开始,直到'\0'字符为止的一个子字符串。当 k=1 时,输出第一行第 1 个字符开始的子串,即 FGH;当 k=2 时,输出第二行第 2 个字符开始的子串,即 KL。因此,本题的正确答案是 D。

8. 以下程序的输出结果是_____。

A) ABCD　　B) ABCD　　　　C) EFG　　　　D) EFGH
　 FGH　　　　 EFG　　　　　　JK　　　　　　 IJKL
　 KL　　　　　 IJ　　　　　　 O
　　　　　　　　 M

```
#include <stdio.h>
void main()
  { char w[][10] = {"ABCD","EFGH","IJKL","MNOP"},k;
      for(k=1;k<3;k++) printf("%s\n",w[k]);
  }
```

解析:字符数组 w[][10]可存放多个字符串,其中,每一行存放一个字符串。程序中 w[k]表示第 k 行的首地址,printf()函数用"%s"格式控制时,输出从该地址开始的字符串。因此,程序中只输出第 1 行和第 2 行字符串,即 EFGH 和 IJKL。本题的正确答案是 D。

9. 当执行下面的程序时,如果输入 ABC,则输出结果是_____。

    A)ABC6789   B)ABC67   C)12345ABC6   D)ABC456789

```
#include "stdio.h"
#include "string.h"
void main()
  { char ss[10] = "12345";
  gets(ss); strcat(ss,"6789");  printf("%s\n",ss);
}
```

解析:本题中虽然数组 ss 被初始化为字符串"12345",但后面的输入使 ss 得到的字符串是"ABC",strcat 函数的功能是将字符串"6789"连接在 ss 中字符串"ABC"的后边,因此连接结果为"ABC6789",本题的正确答案是 A。

10. 不能把字符串"Hello!"赋给数组 b 的语句是_____。

    A) char b[10]={'H','e','l','l','o','!'};

    B) char b[10]; b="Hello!";

    C) char b[10]; strcpy(b,"Hello!");

    D) char b[10]="Hello!";

解析:选项 A 和选项 D 都是通过初始化的方法给数组赋值,它们之间的差别在于 D 选项可以自动加入一个'\0'字符作为字符串的结尾,而选项 A 不会增加末尾的'\0'字符;选项 C 通过 strcpy 函数将字符串常量复制到字符数组中,它们都是正确的赋值方式。在选项 B 中,由于数组名 b 是一个代表地址的常量,不允许被赋值,因此,选项 B 的赋值方式是错误的。

11. 若有以下程序段

```
char str[] = "ab\n\012\\"";
printf("%d",strlen(str));
```

该程序段的输出结果是_____。

    A) 3   B) 4   C) 6   D) 12

解析:本题考核对字符串常量中转义字符的理解。字符串"ab\n\012\\""中含有四个转义字符,分别是\n、\012、\\和\",在计算字符串的长度时,每个转义字符被视为一个字符,同时字符串末尾的 0 字符不计入长度,所以给定字符串的长度为 6,本题正确答案为 C。

12. 设已定义"char s[]="\"abcd\\England\"\n";",则字符串 s 所占的字节数是_____。

    A) 16   B) 19   C) 15   D) 20

解析：字符串 s 中有 4 个转义字符，分别是\"、\\、\"和\n，因此，该字符串的长度为 15，即 strlen(s)=15；由于初始化时，字符串末尾将自动增加一个 0 字符，它要占 1 个字节的存储空间，所以，数组 s 所占的字节数应该是 16，即 sizeof(s)=16，正确答案为 A。

13. 函数调用：strcat(strcpy(str1,str2),str3)的功能是_____。

　　A) 将串 str1 复制到串 str2 中后再连接到串 str3 之后

　　B) 将串 str1 连接到串 str2 之后再复制到串 str3 之后

　　C) 将串 str2 复制到串 str1 中后再将串 str3 连接到串 str1 之后

　　D) 将串 str2 连接到串 str1 之后再将串 str1 复制到串 str3 中

解析：内层 strcpy(str1,str2)函数的作用是将字符串 str2 复制到字符串 str1 中，返回的是 str1，外层 strcat()函数的作用是将字符串 str3 连接在字符串 str1 的后边，返回的仍然是 str1。所以，本题的正确答案是 C。

14. 下列程序的输出结果是_____。

　　A) 12ba56　　　　　B) 6521　　　　　C) 6　　　　　　　D) 62

```c
#include <stdio.h>
void main()
  { char ch[7] = {"65ab21"};
    int i,s = 0;
    for (i = 0;ch[i]>= '0'&&ch[i]<= '9';i+=2)
      s = 10 * s + ch[i] - '0';
    printf("%d\n",s);
  }
```

解析：程序的 for 循环先从字符串"65ab21"中取出第 1 个字符'6'（其 ASCII 代码值为 54）并把它转换成对应的数值 6，然后再取第 3 个字符 a，字符 a 不是数字字符，因此循环条件不再满足，循环结束。因此，最后 s 中存放的是数值 6。本题的正确答案是 C。

15. 下面程序的输出是_____。

```c
#include <stdio.h>
void main()
  { char s[] = "12134211";
    int v1 = 0,v2 = 0,v3 = 0,v4 = 0,k;
    for (k = 0;s[k];k++)
    switch (s[k])
      { default: v4++;
        case '1': v1++;
        case '3': v3++;
        case '2': v2++;
      }
  printf("v1 = %d,v2 = %d,v3 = %d,v4 = %d\n",v1,v2,v3,v4);
}
```

　　A) v1=4,v2=2,v3=1,v4=1　　　　B) v1=4,v2=9,v3=3,v4=1

　　C) v1=5,v2=8,v3=6,v4=1　　　　D) v1=8,v2=8,v3=8,v4=8

解析：本题的第一个关键是由于 switch 中不含 break 语句，因此，当执行完某个 case 后，会继续执行后面的 case 语句；第二个关键是 for 循环中用 s[k]作为循环是否继续的条件,显然,循环要执行 8 次。程序运行时,各变量值的变化如表 4.2 所示,其中,"+"表示该变量进行了++运算,例如,v1 共进行了 5 次++运算,其结果为 5,而 v4 只进行了 1 次++运算,其结果为 1。因此,本题正确答案是 C。

表 4.2　循环中各变量值的变化

循环次数	1	2	3	4	5	6	7	8
s[k]	1	2	1	3	4	2	1	1
v1	+		+		+		+	+
v2	+	+	+	+	+	+	+	+
v3	+		+	+	+		+	+
v4					+			

16. 运行下面的程序,如果从键盘上输入:

ab<回车>
c<回车>
def<回车>

则输出结果为_____。

A) a 　　　B) a 　　　C) ab 　　　D) abcdef
　　b 　　　　　b 　　　　　c
　　c 　　　　　c 　　　　　d
　　d 　　　　　d
　　e
　　f

```
# include < stdio. h>
# define N  6
void main()
  { char c[N];
    int i = 0;
    for ( ; i < N; c[i] = getchar(),i ++ );
    for ( i = 0; i < N; i ++ )
      putchar(c[i]);
      printf("\n");
  }
```

解析:在用 c[i]=getchar()接收键盘输入的字符时,要求以 Enter 键结束,当输入多个字符时,从第二个字符开始直到回车符都将被后续的 getchar() 作为字符接收。因此,输入 ab<回车>时,c[0]将得到 a,c[1]得到 b,c[2]得到回车符;输入 c<回车>时,c[3]得到 c,c[4]得到回车符;输入 def<回车>时,c[5]得到 d,而输入的多余字符 ef<回车>将被丢弃。同时由于 putchar()在输出时没有换行的能力,所以程序先输出 ab,然后由于输出 c[2]中的回车符而换行,同样,输出的 c[3]、c[4]占一行,输出 c[5]时由于 printf("\n")的作用使 c[5]独占一行。因此本题的正确答案为 C。

二、填空题

1. 若想通过以下输入语句使 a 中存放字符串 abcd,b 中存放字符 x,则输入数据的形式应该是_____。
```
…
char a[10],b;
scanf("a= % sb= % c",a,&b);
…
```

解析：在 scanf()函数执行时，如果格式控制字符串中含有非格式控制字符，则这些字符在从键盘输入时应照原样输入。因此，本题输入数据的形式应该是：a＝abcdb＝x 或 a＝abcd＜CR＞b＝x＜CR＞(＜CR＞为回车)。

2. 下面的程序用来从键盘上输入若干个学生某门课程的成绩，然后统计计算出平均分，并输出低于平均分的学生成绩，用输入负数结束输入。请填空。

```
# include < stdio. h>
void main()
  { float x[1000],sum = 0.0,ave,a;
    int n = 0,i;
    printf("Enter mark:\n"); scanf(" % f",&a);
    while (a> = 0.0&&n < 1000)
      { sum += 【1】 ; x[n] = 【2】 ;
        n ++ ;  scanf(" % f",&a);
      }
    ave = 【3】 ;
    printf("Output:\n");
    for (i = 0;i < n;i ++ )
      if ( 【4】 ) prinf(" % f\n",x[i]);
  }
```

解析：程序中变量 a 用来暂时存放从键盘输入的各个学生的成绩，并用来判断是否输入结束。每输入一个 a，就将它存入数组 x 中，同时进行累加求和。当 while 循环结束时，由 sum 和学生人数 n 计算出平均分 ave，最后将每个学生的成绩与 ave 比较，低于 ave 的则输出。第【1】空是对学生成绩求和的，应填入 a；第【2】空是将输入的成绩依次存入数组 x 中，应填入 a；第【3】空是计算平均分的，应填入 sum/n 或 sum/(float) n 或 sum/(double) n；第【4】空是筛选低于平均分的成绩的，应填入 x[i]＜ave 或 ave＞ x[i]。

3. 以下程序用来对从键盘输入的两个字符串进行比较，然后输出两个字符串中第一对不相同字符的 ASCII 码之差。例如，输入的两个字符串分别为 abcdefg 和 abceef，则输出为 －1。请填空。

```
# include < stdio. h>
void main()
  { char str1[100],str2[100];
    int i,s;
    printf("\nInput string 1:"); gets(str1);
    printf("\nInput string 2:"); gets(str2);
    i = 0;
    while ((str1[i] == str2[i])&&str1[i]! = 【1】 )
      i ++ ;
    s = 【2】 ;
```

```
      printf(" % d\n",s);
    }
```

解析：程序通过将 str1 中的字符逐个与 str2 中的字符进行比较，直到发现 str1 和 str2 中第一个不相同的字符或已到 str1 末尾为止。变量 i 用来存放不相同字符出现时的位置，变量 s 用来存放不相同字符的 ASCII 代码值之差。while 循环用来确定 str1 和 str2 中不相同字符出现的位置，即只要 str1 和 str2 的对应字符相等，同时尚未到 str1 或 str2 的末尾，则循环继续进行。第【1】空用来确定循环条件，应填入'\0'或 0。当两个字符串相等时，只能通过 str1[i]!='\0'或 str2[i]!='\0'来结束循环。第【2】空用来计算 str1 和 str2 中不相等字符的 ASCII 码值之差，应填入 str1[i]−str2[i]，若该值等于 0，这表示这两个字符串完全相同。

4. 以下程序可以把从键盘输入的十进制数（long 型）以二到十六进制数的形式输出，请填空。

```
# include < stdio. h >
void main()
  { char b[16] = {'0','1','2','3','4','5','6','7','8','9','A','B','C','D','E','F'};
    int c[64],d, i = 0,base;
    long n;
    printf("Enter a number:\n"); scanf(" % ld",&n);
    printf("Enter new base:\n"); scanf(" % d",&base);
    do
      { c[i] =  【1】 ;
        i ++ ; n = n/base;
      } while (n! = 0);
    printf("Transmite new base:\n");
    for ( -- i;i >= 0; -- i)
      { d = c[i];
        printf(" % c",b 【2】 );
      }
}
```

解析：程序中用变量 base 代表某进位记数制的基数，用除 base 取余法将十进制数转换成等值的 base 进制数。c[i]用来存放余数，n 用来存放每次除 base 后的整数商。经过不断地除 base 并取出余数，直到商为 0 时，转换过程结束。最后，按逆序输出各个 c[i]。程序中第【1】空用来取余数并存入 c[i]，因此，应填入 n％base；第【2】空是按逆序输出每个 c[i]。由于每个 c[i]都是十进制数，当 base>10 时，需要将大于 10 的 c[i]转换成非数字字符，通过将 c[i]作为数组 b 的下标就能自动实现这种转换，因此，本空应填[d]。

5. 下面的程序运行时，若从键盘输入

```
Would you < CR >
like this < CR >
bird?< CR >
```

则输出 Would you like this bird?　请将程序填写完整（<CR>代表回车）。

```
# include < stdio. h >
void main()
```

```
{ char s1[10],s2[10],s3[10],s4[10];
  scanf("%s%s\n",s1,s2);
  _____ ;
  scanf("%s",s4);
  printf("%s%s%s%s",s1,s2,s3,s4);
}
```

解析：字符串的输入有两种方法，一种是用 scanf()，另一种是 gets()。scanf()在输入字符串时，遇到空格或回车符后将终止输入，而 gets()只有遇到回车符时才结束输入。因此，程序中的 s1 和 s2 分别获得"Would"和"you"，s4 获得"bird?"。这样，s3 必须获得"like this"才能输出题目要求的结果。显然，s3 不能用 scanf()输入，只能用 gets()输入，因此，空白处应填入 gets(s3)。特别需要指出，为了防止第一行"you"后面的回车符会被随后出现的 gets()接收，在第一个 scanf()的格式控制符中使用了"\n"，它的作用是吸收第一行"you"后面的回车符，从而使 s3 接收到的是第二行的输入，即"like this"。

4.4　测　试　题

一、选择题

1. 下面的程序运行后，输出结果是_____。

```
# include < stdio.h>
void main()
  { int i,a[10];
    for (i = 9;i > = 0;i -- )
      a[i] = 10 - i;
    printf("%d%d%d",a[2],a[5],a[8]);
  }
```

  A) 258　　　　　　　　B) 741　　　　　　C) 852　　　　　　　D) 369

2. 下面的程序运行后，输出结果是_____。

```
# include < stdio.h>
void main()
  { int n[3],i,j,k;
    for (i = 0;i < 3;i ++ )
      n[i] = 0;
    k = 2;
    for (i = 0;i < k;i ++ )
      for (j = 0;j < k;j ++ )
        n[j] = n[i] + 1;
    printf("%d\n",n[1]); }
```

  A) 2　　　　　　　　　B) 1　　　　　　　C) 0　　　　　　　　D) 3

3. 以下程序的输出结果是_____。

```
# include < string.h>
# include < stdio.h>
void main()
```

```
{ char st[20] = "Good bye\0\t\'\\";
  printf("%d %d\n",strlen(st),sizeof(st));
}
```

    A) 11 11   B) 8 20   C) 16 20   D) 20 20

4. 设已定义"int i, x[3][3]={1,2,3,4,5,6,7,8,9};",则下面程序段的输出结果是_____。

```
for (i = 0;i < 3;i ++ )
    printf("%d ",[i][2 - i]);
```

    A) 1 5 9   B) 1 4 7   C) 3 5 7   D) 3 6 9

5. 下列程序运行后,输出结果是_____。

```
#define M 2
#include <stdio.h>
void main()
{ int a[5] = {0},i;
  for (i = 0;i < M;i ++ )
      a[i] = a[i] + 1;
  printf("%d\n",a[M]);
}
```

    A) 不确定的值   B) 2   C) 1   D) 0

6. 下面程序的运行结果是_____。

```
#include <stdio.h>
void main()
  { int a[] = {2,4,6,8,10};
    int y = 1,j;
    for (j = 0;j < 3;j ++ )
      y += a[j + 1];
    printf("%d\n",y);
  }
```

    A) 17   B) 18   C) 19   D) 20

7. 下面的程序运行后,输出结果是_____。

```
#include <stdio.h>
void main()
  { int a[3][3] = {{1,2},{3,4},{5,6}},i,j,s = 0;
    for (i = 1;i < 3;i ++ )
      for (j = 0;j <= i;j ++ )
        s += a[i][j];
    printf("%d\n",s);
  }
```

    A) 18   B) 19   C) 20   D) 21

8. 设已定义 char c[18]="People's of China"和 int i,则下面的输出函数调用,错误的是_____。

    A) printf("%s",c);

B) for (i=0;i<17;i++) printf("%c",c[i]);

C) puts(c);

D) for (i=0;i<17;i++) puts(c[i]);

9. 设已定义 char str[10]和 int i,则下列输入函数调用中,错误的是_____。

A) scanf("%s",str);

B) for (i=0;i<9;i++) scanf("%c",str[i]);

C) gets(str);

D) for (i=0;i<9;i++) scanf("%c",&str[i]);

10. 设已定义 char s[11]和 int i,为了给该数组赋值,下列语句中正确的是_____。

A) s[8]="C Language";   B) s="C Language";

C) s[]="C Language"   D) for (i=0;i<10;i++) s[i]=getchar();

11. 下面程序的运行结果是_____。

```
# include < string. h>
# include < stdio. h>
void main()
  { char s[12]={'T','u','r','b','o','C','\0'};
    printf("%d",strlen(s));
  }
```

A) 6   B) 7   C) 12   D) 11

12. 下面程序的输出结果是_____。

```
# include < string. h>
# include < stdio. h>
void main()
  { char s1[7]="abc",s2[]="ABC",str[50]="xyz";
    strcpy(str,strcat(s1,s2));
    printf("%s",str);
  }
```

A) xyzabcABC   B) abcABC   C) xyzabc   D) xyzABC

13. 下面的程序运行时,若从键盘输入:123<空格>456<空格>789<回车>,输出结果是_____。

A) 123,456,789   B) 1,456,789

C) 1,23,456,789   D) 1,23,456

```
# include < stdio. h>
void main()
  { char s[100];
    int c,i;
    scanf("%c",&c);
    scanf("%d",&i);
    scanf("%s",s);
    printf("%c, %d, %s\n",c,i,s);
  }
```

二、填空题

1. 有一个已排好序的数组 a,现输入一个数 x,要求按原来的排序规律将 x 插入到数组 a 中。算法是:假设按从小到大的顺序排列,对输入的 x,检查它在数组中哪一个元素之后,然后将比 x 大的元素顺序后移一个位置,在空出的位置 p 上将 x 插入。请在程序中的空白处填上一条语句或一个表达式。

```c
#define N 20
#include <stdio.h>
void main()
  { float a[N+1],x;
    int i,p;
    for (i=0;i<N;i++)
      scanf("%f",&a[i]);
    scanf("%f",&x);
    for (i=0,p=N;i<N;i++)
      if (x<a[i])
        {  【1】  ;
           break; }
    for (i=N-1;  【2】  ;i--)
      a[i+1]=a[i];
    a[p]=x;
    for (i=0;  【3】  ;i++)
      printf("%8.2f",a[i]);
  }
```

2. 下面的程序用选择排序的方法将从键盘输入的 n 个整数按升序排列并输出排序后的结果。请将程序填完整。

```c
#define MAX 20
#include <stdio.h>
void main()
  { int i,j,index,n,a[MAX],t;
    scanf("%d",&n);
    for (i=0;i<n;i++)
      scanf("%d",&a[i]);
    for (i=0;i<  【1】  ;i++)
      { index=i;
        for (j=i+1;j<n;j++)
          if (  【2】  >a[j])
            index=  【3】  ;
        if (i!=index)
          { t=a[i]; a[i]=a[  【4】  ]; a[  【5】  ]=t; }
      }
    for (i=0;i<n;i++)
      printf("%4d",a[i]);
  }
```

3. 下面程序的功能是:删除一个字符串中的所有数字字符。请将程序填完整。

```c
#include <stdio.h>
void main()
```

```
{ char str[80];
  int i,j;
  printf("\n input a string:");
  gets(str);
  for(i = 0,j = 0; str[i]! = '\0';i ++ )
   if(str[i]<'0'||str[i]>'9')
      {  【1】  ;j ++ ; }
    【2】  ;
  printf("\n % s",str);
}
```

4. 下面的程序用来求矩阵 A 的转置矩阵 B(即将矩阵 A 的行变成矩阵 B 的列),并按矩阵形式输出矩阵 B,请选择正确的答案填入程序空白处。

```
# include < stdio. h >
void main()
  { int a[2][3] = {4,5,6,7,8,9},b[3][2],i,j;
    for (i = 0;  【1】  ;i ++ )
      for (j = 0;j < 2;j ++ )
        【2】  ;
    for (i = 0;i < 3;i ++ )
    { for (j = 0;j < 2;j ++ ) printf(" % 4d",b[i][j]);
      printf("\n");
    }
  }
```

5. 下面的程序用来求方阵的主对角线元素和次对角线元素之和,请将程序填完整。

```
# include < stdio. h >
void main()
  { int i = 0,j = 0,x = 0,y = 0;
    int a[][4] = {0,2,0,3,0,3,4,0,4,5,6,7,6,5,0,0};
    while (i < 4 && j < 4)
    { x += 【1】 ;            //主对角线元素之和
      y += 【2】 ;            //次对角线元素之和
      i ++ ; j ++ ; }
    printf(" % d   % d\n", x,y);
  }
```

6. 杨辉三角形是一个下三角矩阵,其第 1 列和对角线上的各元素均为 1,其他元素均为其左上角元素与上面元素之和,如图 4.3 所示。

```
1
1   1
1   2   1
1   3   3   1
1   4   6   4   1
1   5   10   10   5   1
```

图 4.3 杨辉三角形

下列程序能够生成并输出上述杨辉三角形。请选择正确的答案填入程序空白处。

```c
#include <stdio.h>
#define N 11
void main()
  { int i,j,a[N][N];
    for (i=0;i<N;i++)  { a[i][0]=1;a[i][i]=1; }        //给第0列和对角线元素赋值
    for (i=2;i<N;i++)
      for (j=1; 【1】  ; j++)
      a[i][j]=a[i-1][j-1]+a[i-1][j];
    for (i=0; i<N; i++)                                 //输出杨辉三角形
      { for (j=0; 【2】  ; j++)
            printf(" %4d",a[i][j]);
      printf("\n");
      }
  }
```

4.5 测试题答案

一、选择题

1.	2.	3.	4.	5.	6.	7.	8.	9.	10.	11.	12.	13.
C	D	B	C	D	C	A	D	B	D	A	B	D

二、填空题

1.	【1】p=i 【2】i>=p 【3】i<N+1 或 i<=N	2.	【1】n-1 【2】a[index] 【3】j 【4】index 【5】index
3.	【1】str[j]=str[i] 【2】str[j]='\0'	4.	【1】i<3 【2】b[i][j]=a[j][i]
5.	【1】a[i][i] 【2】a[3-i][3-j]	6.	【1】j<i 【2】j<=i

第5章

函 数

5.1 主要知识点

1. 函数定义和调用

在 C 语言中,模块化程序设计是通过函数实现的,即函数是 C 程序的基本元素。函数使得程序便于编写、阅读、理解、调试、修改和维护。

1) 函数定义

函数定义的一般形式如下。

[函数存储类型] 函数值类型 函数名(形参表)
{
 函数体
}

定义函数的首行向编译器说明以下 4 方面内容,从左到右依次为:

(1) 哪个函数能够调用该函数。

(2) 函数返回值的类型。

(3) 函数名尽量选择有意义的标识符命名函数,增强程序的可读性;main 是 C 系统指定作为程序起始执行的函数名,每个程序都有且只有一个 main 函数。

(4) 函数参数(形式参数),参数可以有 0 个、1 个或多个。

例如

```
float fun(float x, int y)
   {  int i;
      float power = 1.0;
        for(i = 1; i < = y; i ++ )
          power = power * x;
        return power;
   }
```

2) 函数调用

在 C 程序中,函数间的逻辑关系是通过函数调用实现的,只有函数被调用才能执行函数,体现函数的功能。函数定义的位置和存储类型会对函数调用产生影响。

函数必须"先定义,后使用",也就是说调用函数前要先确定被调用函数已经被定义,若被调用函数未定义或调用库函数时未使用♯include命令会产生编译错误。一个函数定义只有一次,被调用可以有多次。函数可以嵌套调用,不允许嵌套定义。

(1) 函数调用形式

函数名调用是函数调用的基本形式,采用表达式形式,即

函数名(实参表)

多个实参间用逗号隔开,实参的个数、顺序和类型与对应形参的个数、顺序和类型一致。若调用无参函数,函数名后的括号不可省略。

① 表达式调用

有返回值的函数通常以表达式的形式被调用,可以参加表达式的运算,也可作为函数的实参。

例如

```c
# include < stdio. h>
float fun(float x, int y);          //函数说明
void main( )
  {
    float a,c;
    int b;
    scanf(" % f % d",&a,&b);
    c = fun(a,b);                   //函数调用参与表达式计算
    printf(" % f", c);
    printf(" % f",fun(3,2));        //函数调用作为 printf 函数实参
  }
```

② 表达式语句调用

无返回值的函数不能参加表达式计算,只能以独立表达式语句的形式被调用。

例如

```c
# include < stdio. h>
void sum(float x, float y)
  {
      printf(" % f\n",x + y);
  }
void main( )
  {
    float a,b;
    scanf(" % f % f",&a,&b);
    sum(a,b);   //独立表达式语句调用
  }
```

(2) 函数调用过程

当一个函数执行到某语句中需要调用另一个函数时,暂停执行当前函数(主调函数),记录断点信息;转去执行被调用函数,若被调用函数为有参函数,则为其形参和内部变量分配存储单元,并将实参的值传递给形参(若被调用函数为无参函数,不发生参数传递);再执行

被调用函数内的语句,当遇到第一个 return 语句或"}"时,被调用函数执行结束,释放其形参和内部变量;返回到主调函数,继续执行主调函数中的下一条语句。

(3) 函数作用域和函数说明

① 函数作用域

C 语言规定,函数作用域从定义位置开始,到源文件结尾。被调用函数定义的位置会影响该函数能否被直接调用。

以下两种情况可以直接调用。

- 被调用函数定义的位置在调用函数之前。
- 被调用函数不在调用函数所在源文件中,但使用 #include 命令包含被调用函数所在文件。

除上述情况外,定义位置靠前的函数需要调用在它后面定义的函数,必须对被调用函数进行"函数说明"。

② 函数说明

函数说明通知编译器函数的返回值类型、参数的类型和数量。它的一般形式:

函数类型 函数名(形参类型 1 形参名 1,形参类型 2 形参名 2, …);

或

函数类型 函数名(形参类型 1,形参类型 2, …);

例如被调用函数原型为 float fun(float x, int y),函数说明形式为

```
float fun(float x, int y);        //函数原型形式
float fun(float, int);            //形参表只说明类型而没有名称
```

C99 标准规定函数说明参数类型和定义参数类型必须保持"原型"一致。

函数说明位置有以下两种。

- 若在调用函数的函数体内说明,只能在该函数体内说明位置之后进行函数调用。即"谁调用,谁说明"。例如

```
void main( )
  { float fun(float x, int y);
    float a , result;
    int b;
    …
    result = fun(a, b);
  }
```

- 若在调用函数的函数体外说明,则从函数说明的位置开始之后的所有函数都可以调用该函数,不必再加说明。通常将函数说明写在所有函数定义之前,那么本文件的函数(除 main 函数)间可以相互调用。例如

```
float fun(float , int );
void main( )
  {
    float a , result;
    int b;
```

```
    …
    result = fun(a, b);
}
```

无论函数定义的位置在何处，建议在程序中说明所有定义的函数。

2. 函数的返回值

函数在运行结束后，要返回调用函数。返回语句(return 语句)是被调用函数向它的调用者返回值的一种机制。返回值通常是一个表达式，放在 return 后面。函数定义时已经确定函数类型，即函数返回值类型。若 return 后表达式与函数定义类型不同，系统将自动转换为函数类型。当定义一个无返回值的函数，将它定义为 void 类型。C99 标准规定不允许出现不带返回值的 return 语句，也就是说 return 后不为空。

区分"函数返回"与"返回值"。前者表明指令流程，被调用函数执行完毕后必定要返回调用函数；后者是指非 void 类型函数被调用后的带回到调用函数的结果。

3. 函数间的参数传递

函数参数可增强函数的可用性和灵活性。调用无参函数，不发生参数传递。调用有参函数时，参数传递方式有两种：传值和传(地)址。

传值方式的特点是调用函数将实参的值传递到被调用函数对应的形参中，数据传递是单向的。形参的值不会使对应的实参发生变化。当形参是变量(包括简单变量、结构变量、联合变量等)，而实参是对应类型的变量、数组元素或表达式时，将采用传值的方式传递数据。

传址方式的特点是调用函数将实参的地址传递到被调用函数对应的形参中。对形参的操作实际上是直接引用实参所有的存储单元，形参值的改变会导致实参值的相应变化，实现了双向数据传递。当形参是指针或数组名，实参是对应类型的地址、指针、数组名、函数名或函数指针时，将采用传址的方式传递数据。

4. 变量的作用域

变量作用域就是变量的作用范围。一个变量在其作用域内是"可见的"，即可以对它进行存取。变量按其作用域分为全局变量和局部变量。

1) 全局变量

全局变量定义在一个文件所有函数的外部，可以称之为文件级的变量，它的有效范围从定义位置到所在源文件结束，它的初始值默认为 0。

可利用全局变量作用域的范围特点在函数间传递数据。当一个函数改变了该全局变量的值，那么其他函数内的同名全局变量值将随之改变。

2) 局部变量

局部变量又可分为函数级的局部变量和语句级的局部变量。在一个函数内定义的变量是函数级的局部变量，它们只在本函数范围内有效，也就是说只有本函数能够使用它们，其他函数不能使用。函数的形参和函数内定义的变量都是函数级的局部变量。

语句级的局部变量是在复合语句内定义的变量，它们只在复合语句范围内有效。

C语言规定,在同一程序文件中存在同名变量时,作用域小的变量优先。

不同函数中定义的变量可以同名,因占用不同的存储空间,不会混淆,互不干扰。

因全局变量增加了模块间的耦合,限制了函数的通用性,损害了程序的清晰度,所以要限制全局变量使用。

5. 外部函数和内部函数

一个C程序的各个函数可以存放在同一源文件中,也可以分放在不同的源文件中。C程序以文件为单位进行编译,生成对应的目标文件(.obj),然后再将各个目标文件连接装配成可执行文件。

根据一个函数能否被其他源文件中的函数调用,函数的存储类型分为内部函数和外部函数。所谓"内部"和"外部"是针对文件而言的。

1) 内部函数

内部函数是指该函数只允许被所在文件的函数调用,其他文件不能调用。

定义格式:

static 类型名 函数名 (类型名 1 形参 1, 类型名 2 形参 2, …)
{　　　　　}

使用内部函数限制函数的作用域在所在文件内,因此,如果在不同源文件中有同名函数,可以互不干扰。

2) 外部函数

外部函数是指可被程序中其他文件调用。C语言规定,如果定义函数时省略存储类型说明,则默认值为 extern 类型。

定义格式:

< extern > 类型名 函数名 (类型名 1 形参 1, 类型名 2 形参 2, …)
{　　　　　}

如果调用函数和被调用函数不在同一文件中,而被调用函数是外部函数时,则调用函数所在的程序文件不必再定义该函数,使用 extern 说明外部函数,然后再调用即可。

如果一个程序的所有函数都放在同一个源文件中,而且它们都不被其他源文件中的函数调用,外部函数和内部函数没有区别。

6. 函数的递归调用

递归调用是一个函数直接或间接地调用自己。实现递归调用的函数称为"递归函数"。

1) 递归程序的特点

一个问题可以转化为一个新问题,新问题与原问题具有相同的解法。问题的转化有明显的规律,本质上是一种循环;同时,递归要有明确的终止条件,否则会出现无休止的递归。

2) 递归调用过程分为两个阶段

(1)"回推"阶段将问题一步一步转化成另一个问题,直到递归结束条件成立时为止。

(2)"递推"阶段从递归结束条件开始,一步一步推算结果,直到原问题出现时为止。

3）设计递归程序包括两个步骤

（1）确定递归终止的条件。

（2）确定将一个问题转化成另一个问题的规律。

递归程序在执行过程中每次调用自身,其形参变量名相同,但实参值是不同的,调用完成后,函数返回值被压入堆栈保存,因此不同的调用中,返回值不会互相混淆。

递归是编程中的一类算法,直接、清晰且代码简练,可读性强。但有些问题不用递归方法也可以解决,有些问题不用递归则难以解决。

5.2 难点分析

1. 函数的数据类型

函数的数据类型就是函数返回值的类型,在函数定义时被指定。函数的类型可以是基本数据类型或指针类型。本章中涉及指针的知识点请参阅第 6 章。

基本类型函数可以为整型、浮点型、双精度型或字符型,使用 int,float,double 或 char 加以说明,函数返回一个对应类型的数据。指针类型函数返回一个指针,从而可以返回一个或多个数据。使用 int * ,float * ,double * 或 char * 加以说明。

若函数的数据类型与函数中 return 后面表达的类型不一致,则系统自动将表达式的值转换为函数的类型后再返回给调用函数。对无返回值的函数定义为 void 类型。

2. 函数中参数的个数和传递方式的确定

函数参数的个数和传递方式在函数定义时被指定,由函数功能决定。当函数被调用时,形参接收来自调用函数对应的实参的数据,提高了函数的可用性和灵活性。

要区分函数形参与函数的局部变量,一是定义位置不同:形参定义在函数名后的圆括号内,局部变量定义在函数体内;二是作用不同:形参用于函数间的数据传递,局部变量用于函数内数据存储。

参数传递方式分为"传值"和"传址"。"传值"方式适宜每次传递数据较少(如简单变量)的场合,而"传址"方式适合处理批量数据(如数组和指针),以提高系统效率。参数传递方式决定参数的数据类型。

3. 实参和形参的类型对应问题

数据传递时,形参与实参之间不是靠名称相同来传递,而是在对应位置之间传递。因此,形参与实参在数据类型、个数和顺序上应一一对应。

1）传递变量

传递变量时,形参可以是变量或指针。

当形参是变量时,对应的实参可以是变量、表达式、常数或数组元素。采用传值方式传递数据,形参和实参各占用自己的存储单元。函数调用时,实参将自己的值传递到对应的形参的存储单元中,调用结束后,形参所在的存储单元将被释放。因此,形参中的值的改变不影响对应的实参。

当形参是指针变量时,对应的实参是地址。调用函数时,将实参的地址传递到对应的形参中,形参与实参各占用自己的存储单元。但由于形参接收了实参地址,从而使形参指向对应的实参。对形参的操作实际上是直接引用和处理实参所在存储单元中的数据,即形参和实参共享数据,因而形参可以改变实参中的数据。

值传递方式不能通过形参向调用函数传回数据,可以通过函数返回值传回数据。由于函数返回值只有一个,要想传回一个以上的数据,可使用指针来传递。

2) 传递数组

传递数组时,形参可以是数组名、指针或指针数组,应对的实参是数组、指向数组的指针或指针数组,采用传址的方式。

当形参是数组名时,它接收对应实参的地址。C编译系统会自动将该数组名转换为相应类型的指针来接收实参数组的地址。也就是说,形参虽然是以数组名形式出现,但它是一个指针变量,并不占用一片连续的存储空间。形参可以是定界数组、隐含尺寸数组、指针或指针数据表示,它们在使用上是等价的。

当形参是指针时,它接收对应实参数组的地址,即形参指针也指向实参数组。

数组传递是调用函数将实参数组的首地址传递给对应的形参指针,在被调用函数中通过指针指向实参数组,从而对实参数组进行操作。因此,数据在调用函数与被调用函数之间的传递是双向的。

3) 传递函数

调用函数将另一个函数的入口地址传递给被调用函数,使被调用函数再调用指定的函数。形参是函数指针,接收对应实参(函数名或函数指针)的入口地址,对形参的操作实际上是调用该入口地址的函数。

4. 局部变量的作用域和生命期

局部变量的作用域为所在函数内或所在复合语内。

变量的生命期是指变量从被分配内存空间起,到被释放为止所经历的时间段。

1) auto 和 register 类型变量

auto 类型变量存放在内存堆栈区,register 类型变量存放在 CPU 寄存器(或内存堆栈区)中,它们的分配和释放由系统自动完成。在当函数被调用或复合语句被执行时,局部变量被分配存储空间;当函数调用结束或复合语句执行结束,变量生命期结束。

2) static 类型局部变量

static 类型局部变量在程序运行前被分配在静态变量存储区,程序运行结束后被释放。static 类型局部变量的生命期与程序期相同。

局部变量的生命期不会影响其作用域,不因生命期延长而扩展作用域,不要混淆两者的概念。

5. 全局变量的作用域和生命期

全局变量的作用域从定义位置到所在源文件结束。若使用 static 说明全局变量,则限制该变量只在本文件内有效;也可通过 extern 说明全局变量,扩展全局变量作用域。对全局变量使用 static 或 extern 说明只限制其作用域,与其生命期无关。

全局变量因存放在内存的静态变量存储区内,它的生命期与程序期相同。

6. 递归调用中的"栈溢出"

堆栈是一块保存数据的连续内存。它用于给函数的局部变量动态分配空间,函数传递参数和函数返回值也要存储到堆栈中。堆栈的底部在一个固定的地址,采用"先进后出"的算法,CPU 实现"入栈"指令和"出栈"指令,向堆栈中添加元素和从中移去元素。任一函数被调用时,函数的参数、局部变量以及恢复前一个堆栈的数据被压入栈中;当函数返回时,对应入栈数据从栈中被弹出。程序结束后,堆栈必须被清除干净。

堆栈溢出就是不顾堆栈中分配的局部数据块大小,向该数据块写入了过多的数据,导致数据越界,结果覆盖了老的堆栈数据。当函数返回时,程序读取指令后出现错误。

递归调用也是由堆栈保存递归的数据,这个函数没有返回,就再次调用自己,每次递归调用一次,就会增加内存使用量,所占用内存一直没有释放。如果递归深度较大或递归函数中缺乏返回条件,一旦所占内存超过了系统的堆栈限制,则会导致栈溢出。

5.3 疑难问题解析

一、选择题

1. 以下说明正确的是_____。

A) C 语言程序总是从第一个定义的函数开始执行

B) C 语言程序中,要调用的函数必须在 main( )函数中定义

C) C 语言程序总是从 main( )函数开始执行

D) C 语言程序中的 main( )函数必须放在程序的开始部分

解析:C 语言规定,C 程序中各函数的书写位置没有限制,但程序总是从 main( )函数开始执行,其他函数只有被 main( )函数调用或嵌套调用时才被执行;函数不允许嵌套定义,即不能把一个函数定义在另一函数内。因此本题正确答案是 C。

2. 有如下函数调用语句

```
func(exp1, exp2 + exp3, (exp4, exp5));
```

该函数调用语句中,含有实参的个数是_____。

A) 3 　　　　B) 4 　　　　C) 5 　　　　D) 有语法错误

解析:C 函数调用语句中,各实参之间用逗号隔开,实参可以是变量、数组名、指针或表达式。本题中,exp2＋exp3 和(exp4,exp5)分别为算术表达式和逗号表达式,它们分别作为一个实参。本题函数调用中实参个数为 3,因此正确答案是 A。

3. 以下程序的输出结果是_____。

```
# include < stdio. h >
void fun( int x, int y, int z)
    { z = x * x + y * y;}
void main( )
    { int a = 31;
      fun(5,2,a);
```

```
    printf("% d",a);
    }
```

A) 0 　　　　　　B) 29 　　　　　　C) 31 　　　　　　D) 无定值

解析：fun( )函数有 3 个形参且均为简单变量,调用时采用单向传值的方式传递数据。main( )函数将 5,2 和 a(值为 31),分别传递给 x,y 和 z。在 fun( )函数中,计算得到 z＝29,之后函数执行结束,返回到 main( )函数,变量 x,y 和 z 被释放,z 的值不会传回给变量 a,a 的值不变。因此本题正确答案是 C。

4. 以下程序的输出结果是_____。

```
# include< stdio. h>
int fun(int a)
    { int b = 0;
      static int c = 3;
      a = c ++ ,b ++ ;
      return a;
    }
void main( )
    { int a = 2,i,k;
      for(i = 0;i < 2;i ++ )
          k = fun(a ++ );
      printf("% d\n",k);
    }
```

A) 3 　　　　　　B) 0 　　　　　　C) 5 　　　　　　D) 4

解析：程序执行过程中各变量值的变化如表 5.1 所示。

表 5.1　程序执行过程中各变量值的变化

i	a(main 函数)	k	a(fun 函数)	b	c	说　明
0	2	未知	2	0	3	第一次调用 fun(2)后,main()中 a 值为 3
0	3	未知	3	1	4	执行 fun(2),赋值优先于逗号运算,a 得到 c 值
0	3	3	释放	释放	4	fun(2)调用结束,返回 main()
1	3	3	3	0	4	第二次调用 fun(3)后,main()中 a 值为 4
1	4	3	4	1	5	执行 fun(3)
1	4	4	释放	释放	5	fun(3)调用结束,返回 main()
2	4	4	—	—	5	循环条件不成立,执行 for 下一条语句

main( )输出变量 k 的值,因此本题正确答案是 D。

5. 以下程序的输出结果是_____。

```
# include< stdio. h>
void fun(int k)
    { if(k > 0) fun(k - 1);
        printf("% d",k);
    }
void main( )
    { int w = 5;
```

```
    fun(w);
  }
```

A) 54321   B) 012345   C) 12345   D) 543210

解析：本程序是函数递归调用。main( )函数将 5 传递给 fun( )的形参 k。在递推阶段，fun( )依次将 k 的值 5,4,3,2,1 入栈。当 k=0 时，进入回推阶段。先输出 k 的值 0,然后将 1,2,3,4,5 顺序出栈并输出。因此本题正确答案是 B。

6. 以下程序运行后，如果从键盘输入 ABCDE<回车>，则输出结果是_____。

```
# include< stdio.h>
int fun(char str[])
  { int num = 0, i;
      for(i = 0;str[i]! = '\0';i ++ )
          num ++ ;
      return num;
  }
void main( )
    { char str[80];
      gets(str);
      printf(" % d\n", fun(str));
    }
```

A) 8   B) 7   C) 6   D) 5

解析：fun( )函数的形参是字符数组，其功能是计算字符串 str 的长度，并将其返回给 main( )函数。因此本题正确答案是 D。

7. 若程序中定义了以下函数

```
double add(double a, double b)
    {return a + b;}
```

将其定义在调用语句之后，则在调用前应对该函数进行说明,以下选项中错误的是_____。

A) double add(double a，b);

B) double add(double a ,double);

C) double add(double b, double a);

D) double add(double x, double y);

解析：对被调用函数说明有两种形式：一是采用函数"原型"，即函数定义的首行；二是省略形参变量名，只给出类型和数量。编译器要验证函数类型、形参类型和数量，变量名无关紧要。本题中,B、C 和 D 选项都说明了函数类型、形参类型和数量,A 选项没有说明第二个形参的类型，因此本题正确答案是 A。

8. 若函数调用时用数组名作为函数参数，以下叙述不正确的是_____。

A) 实参与其对应的形参共用同一段存储空间

B) 实参将其地址传递给形参,结果等同于实现了参数之间的双向值传递

C) 实参与其对应的形参分别占用不同的存储空间

D) 在调用函数中必须说明数组的大小,但在被调用函数中可使用不定尺寸数组

解析：用数组名作为函数实际参数时,不是把数组元素的值传递给形式参数数组,而是把实参数组的起始地址传递给形参数组,这样两个数组就共用同一段存储空间。这种参数传递有时也可以称为"传址"。形参数组可以不指定大小,在定义数组时,在数组名后面跟一个空的方括号,有时为了在被调用函数中处理数组元素的需要,可以另设一个参数,传递需要处理的数组元素的个数。因此本题正确答案是 C。

9. 以下叙述中正确的是_____。

　　A) 局部变量说明为 static 存储类,其生存期将得到延长

　　B) 全局变量说明为 static 存储类,其作用域将得到延长

　　C) 任何存储类的变量在未赋初值时,其值都是不确定的

　　D) 形参可以使用的存储类说明符与局部变量完全相同

解析：static 存储类局部变量,表示该变量的生存期贯穿整个程序运行期;变量若为动态存储类,则其生命期与所在函数或复合语句块相同。全局变量本身就是静态存储类,用 static 说明,表示该全局变量的作用域只在本文件内,限制其作用域。对于静态存储类变量根据该变量的数据类型默认初值大小为 0。形参只能是动态存储类,而局部变量可以是动态或静态存储类。因此本题正确答案是 A。

10. 以下函数的功能是_____。

```
void fun( char a[],char b[])
    {   int i = 0;
        while((a[i] = b[i])! = '\0')
                i ++ ;
    }
```

　　A) 将数组 b 存放的字符串复制到数组 a 中

　　B) 将两个数组存放的字符串进行比较

　　C) 将数组 a 存放的字符串复制到数组 b 中

　　D) 检查两个数组存放的字符串中是否有'\0'

解析：该函数执行时,将 b 数组中的元素赋值给 a 数组中对应下标的元素,然后 i 增 1,指向下一个元素,直到 b 中元素为'\0'时结束。因此本题正确答案是 A。

二、填空题

1. 以下程序的运行结果是_____。

```
# include < stdio. h>
void f( int a[ ])
  { int i = 0;
   while(a[i]<= 10) { printf(" % 5d",a[i]); i ++ ;}
  }
void main( )
  { int a[ ] = {1,5,10,9,11,7};
   f(a + 1);
  }
```

解析：f( )函数的形参是一维数组,a+1 作为实参,也就是将 main( )中 a[ ]数组元素 a[1]的地址传递给形参,那么 f( )函数中对应的 a[ ]数组元素为 5,10,9,11,7。因此程序运

行结果为 5 10 9。

2. 以下程序的运行结果是_____。

```
# include < stdio. h>
int sub( int n)
  { int a;
    if(n == 1) return 1;
    a = n + sub(n - 1);
    return a;
  }
void main( )
  { int i = 5;
    printf(" % d\n", sub(i));
  }
```

解析：sub( )是递归函数。回推过程为"sub(5)＝5＋sub(4)→sub(4)＝4＋sub(3)→sub(3)＝3＋sub(2)→sub(2)＝2＋sub(1)→sub(1)＝1"；递推过程"sub(1)＝1→sub(2)＝2＋1＝3→sub(3)＝3＋3＝6→sub(4)＝4＋6＝10→sub(5)＝5＋10＝15"。因此程序运行结果为 15。

3. 以下程序的功能是调用函数 fun 计算：m＝1－2＋3－4＋…＋9－10，并输出结果。请将程序填完整。

```
# include < stdio. h>
int fun( int n)
  { int m = 0, f = 1, i;
    for(i = 1; i < = n; i ++ )
      { m += i * f;
        f =  【1】  ;
      }
    return m;
  }
void main( )
  { printf("m = % d\n",  【2】  ); }
```

解析：该程序功能是求 10 个正负相间的自然数的累加和,其中 fun( )函数求和,main( )函数用来输出结果。变量 f 表示数的符号,第一项为正,f 初值为＋1; m＋＝i＊f 累加求和后,【1】处应填入(－1)＊f,为下一项符号取反,实现 1 与－1 转换。main( )函数调用 fun( )函数,求 10 项,因此【2】应填入 fun(10)。

4. 以下程序的运行结果是_____。

```
# include < stdio. h>
int a = 5;
void fun( int b)
  { static int a = 10;
    a += b ++ ;
    printf(" % d ",a);
  }
void main( )
  { int c = 20;
```

```
        fun(c);
        a += c ++ ;
        printf("% d\n", a);
    }
```

解析：程序中出现两个同名变量 a，一个是定义在所有函数外部的全局变量，另一个是定义在 fun( )内的 static 型局部变量。C 语言规定，当程序中出现同名变量时，作用域小的变量优先。因此，fun( )中的 a 是它的局部变量；main( )中的 a 是全局变量。当 main( )调用 fun(c)后，fun( )函数执行到 a += b ++；语句的计算过程为：a = 10 + 20 = 30，输出 a 值为 30；返回 main( )函数，执行到 a += c ++；语句的计算过程为：a = 5 + 20 = 25，输出 a 值为 25。因此程序运行结果为 30　25。

5. 以下程序通过函数 sumfun $\sum\limits_{x=0}^{10} f(x)$ 求。其中 $f(x) = x^2, +1$ 由 F 函数实现。请将程序填完整。

```
# include < stdio. h>
int F( int x)
    { return( 【1】 );}
int sumfun( int n)
    { int s = 0, x;
      for(x = 0; x <= n; x ++ )
          s += F( 【2】 );
      return s;
    }
void main( )
    { printf("The sum = % d\n", sumfun(10)); }
```

解析：F(x)函数获得 f(x)的表达式，【1】处应填入 x * x + 1；第二个空求 f(x)的累加和，【2】处应填入 x。

6. 以下程序的运行结果是_____。

```
# include < stdio. h>
void fun1( int i);
void fun2( int i);
char s[ ] = "hello, friend!";
void fun1( int i)
    { printf("% c", s[i]);
      if(i < 3) { i += 2; fun2(i);}
    }
void fun2( int i)
    { printf("% c", s[i]);
      if(i < 3) { i += 2; fun1(i);}
    }
void main( )
    { int i = 0;
      fun1(i);
    }
```

解析：程序中各函数调用过程如图 5.1 所示。

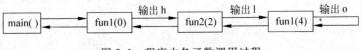

图 5.1　程序中各函数调用过程

从 fun1( )和 fun2( )两个函数定义中看到两个函数相互调用，使得这两个函数间接递归调用。因此程序运行结果为 hlo。

7. 下面程序的功能是将一个十进制整数转化成八进制数，如输入一个正整数 25，则输出 31。请将程序填完整。

```
# include < stdio. h >
void sub( int c, int d[ ])
  { int e, i = 0;
    while(c! = 0)
      { e = c % 8;
        d[ i] = e;
         【1】   ;
      i ++ ;
      }
  }
void main( )
  { int i = 9, a, b[10] = {0};
    printf("input a integer:");
    scanf(" % d", &a);
    sub(a, b);
    for(; i > = 0; i -- )
    printf(" % d", b[i]);
  }
```

解析：sub( )函数的功能是将一个十进制整数转化成八进制数，其中第一个形参 c 为待转换的十进制数，因求得的余数须倒序排列即为对应的八进制数，第二个形参为数组，保存余数。采用"除 8 取余"法。将待转换数作为被除数，8 为除数，记录余数；再将求得的商作为新的被除数，8 为除数，记录余数；依此类推，直到商为 0 为止。因此【1】处应填入 c = c/8。

8. 以下程序中，linemax 函数的功能是实现在 N 行 M 列的二维数组中找出每一行上的最大值。请将程序填完整。

```
# include < stdio. h >
# define N 3
# define M 4
void linemax( int x[N][M])
  { int i, j, p;
    for(i = 0;i < N; i ++ )
      { p = 0;
        for(j = 1; j < M; j ++ )
          if(x[i][p]<x[i][j])  【1】  ;
        printf("The max value in line % d is % d\n", i,  【2】  );
```

```
        }
    }
void main( )
  { int   x[N][M] = {1,5,7,4,2,6,4,3,8,2,3,1};
    ____【3】____ ;
  }
```

解析：x[i][p]记录某一行的最大值,p 初值为 0,假设某行第一列为最大值,同行其他值与它比较,若比当前 x[i][p]值大,j 作为新的最大值的列下标,因此【1】处应填入 p＝j。内层循环结束,找到某行的最大值,将其输出,因此【2】处应填入 x[i][p]。main( )函数中定义 x 数组并为其赋值,调用 linemax( )函数,求二维数组各行的最大值,因此【3】处应填入 linemax(x)。

5.4　测　试　题

一、选择题

1. 在以下叙述中,正确的是_____。

   A) 全局变量的作用域一定比局部变量的作用域范围大

   B) 静态类别变量的生存期贯穿于整个程序运行期间

   C) 函数的形参都属于全局变量

   D) 未在定义语句中赋初值的 auto 变量和 static 变量的初值都是随机值

2. 以下叙述中,错误的是_____。

   A) 在同一 C 程序文件中,不同函数中可以使用同名变量

   B) 在 main 函数体内定义的变量是全局变量

   C) 形参是局部变量,函数调用完成就失去意义

   D) 同一文件中全局变量和局部变量同名,则全局变量在局部变量作用范围内不起作用

3. 在同一个源文件中,全局变量对程序中的任一函数而言,它们是_____。

   A) 可以存取的　　　　　　　　B) 不可直接存取的

   C) 不可见的　　　　　　　　　D) 只有 main( )函数可直接存取

4. 以下函数调用语句中,含有的实参个数是_____。

   fun(a + b, (y = 10, y), fun(n, k, d));

   A) 3　　　　　　　B) 4　　　　　　　C) 5　　　　　　　D) 6

5. 下列叙述中正确的是_____。

   A) 在 C 程序中调用函数时,能把实参的值传给对应的形参,也能把形参的值传送回对应的实参

   B) 在 C 程序中,函数的隐含类型是 void 类型

   C) 在 C 程序中,函数的递归调用能提高程序的执行效率

   D) 在 C 程序中,实参和形参的类型应该赋值兼容

6. 函数形参的存储类型只能说明为_____。

    A) auto 和 static   B) auto 和 register

    C) register 和 static   D) extern 和 register

7. 某 C 程序有 4 个函数 t,u,v,w,执行时 t 调用了 u 和 v,u 调用了 t 和 w,v 调用了 w,w 调用了 t 和 v,则以下叙述中正确的是_____。

    A) 4 个函数都间接递归调用了自己

    B) 除函数 t 外,其他函数都间接递归调用了自己

    C) 除函数 u 外,其他函数都间接递归调用了自己

    D) 除函数 v 和 w 处,其他函数都间接递归调用了自己

8. 以下程序中,定义一个函数,在 main 函数中调用该函数,以下选项中_____可以用做该函数的函数名。

```
# include < stdio.h >
# define p 3.14
int y;
int 函数名(int x)
  { return x * x;}
void main( )
  { int a = 1;
   函数名(a);
   …
  }
```

    A) main   B) y   C) p   D) print

9. 以下是一个自定义函数的头部,其中正确的是_____。

    A) int fun(int a[ ], b)   B) int fun(int a[ ], int a)

    C) int fun(int a ,int b)   D) int fun(char a[ ][ ] , int b)

10. 若使用一维数组名作函数参数,则以下正确的说法是_____。

    A)必须在主调函数中说明数组大小

    B)实参数组、形参数组类型可以不匹配

    C)在被调用函数中需要考虑形参数组的大小

    D)实参数组名与形参数组名必须一致

11. 如果一个函数位于 C 程序文件的上部,但该函数体内说明语句后的复合语句中定义了一个变量,则该变量_____。

    A)为全局变量,在本程序文件范围内有效

    B)为局部变量,只在该函数内有效

    C)为局部变量,只在该复合语句中有效

    D)定义无效,为非法变量

12. 若在一个 C 源程序文件中定义了一个允许其他源文件引用的实型外部变量 a,则在另一文件中可使用的引用说明是_____。

    A) extern static float a;   B) float a;

    C) extern auto float a;   D) extern float a;

13. 以下程序的运行结果是_____。

```c
#include <stdio.h>
void f(int v, int w)
  { int t ;
    t = v; v = w; w = t;
  }
void main( )
  { int x = 1, y = 3, z = 2;
    if(x > y) f(x,y);
    else if(y > x) f(y,z);
    else f(x,z);
    printf("%d,%d,%d\n", x,y,z);
  }
```

　　A) 1,2,3　　　　B) 3,1,2　　　　C) 1,3,2　　　　D)2,3,1

14. 以下程序的运行结果是_____。

```c
#include <stdio.h>
int fun(int a, int b)
  { if(a > b)   return a;
    else      return b;
  }
void main( )
  { int x = 3, y = 8, z = 6, r;
    r = fun(fun(x,y),2 * z);
    printf("%d\n", r);
  }
```

　　A) 3　　　　　　B) 6　　　　　　C) 8　　　　　　D) 12

二、填空题

1. 以下程序的功能是计算函数 $F(x,y,z) = (x+z)/(y-z)+(y+2×z)/(x-2×z)$ 的值。请将程序填完整。

```c
#include <stdio.h>
float f(float x, float y)
  { float value;
    value = 【1】  ;
    return value;
  }
void main()
  { float x, y, z, sum;
      scanf("%f%f%f", &x, &y, &z);
      sum = f( 【2】  ) + f( 【3】  );
      printf("sum = %f\n", sum);
  }
```

2. 以下程序是将输入的一个整数反序输出,例如输入 1234,则输出 4321,输入 -1234,则输出 -4321。请将程序填完整。

```c
#include <stdio.h>
void prnopp( long n)
```

```
    { int i = 0;
      while( n)
       { if ( __【1】__ )
             printf(" % ld", n % 10);
         else
             printf(" % ld", __【2】__ );
         i ++ ;
         __【3】__ ;
       }
    }
void main( )
  { long n;
    scanf(" % ld", &n);
    if(n == 0) printf(" % ld", n);
    else prnopp( n );
  }
```

3. 斐波拉契数列的第 1 项和第 2 项都是 1。下面的程序用来计算斐波拉契数列 1、1、2、3、5、8、13、21…第 7 项的值 fib(7)。请将程序填完整。

```
# include < stdio. h >
long fib( __【1】__ )
{ switch (g)
    { case 0: return 0;
      case 1:
      case 2: return __【2】__ ;
    }
return __【3】__ ;
}
void main()
  { long k;
    k = fib(7);
    printf("sum = % ld\n", k);
  }
```

4. 以下程序的功能是根据输入字母,在屏幕上显示出字符数组中首字符与其相同的字符串,若不存在,则显示"No find"。请将程序填完整。

```
# include < stdio. h >
char findstr( char ch)
  { int i = 0, j = 0;
    static char str[ ][80] = {"how are you", "glad to meet you", "anything new",
    "everything is fine","very well, thank you", "see you tomorrow"};
    while(i ++ < 6)
      if (ch == __【1】__ )
          { puts( __【2】__ );
            j = 1;
          }
    return j;
  }
void main()
```

```
  { char fch;
    printf("input a char:\n");
    fch = getchar( );
    fch = findstr(fch);
    if (fch == 【3】 )
    puts("No find");
  }
```

5. 已知用迭代法求 a 的平方根公式为 $x_n = \dfrac{x_{n-1} + \dfrac{a}{x_{n-1}}}{2}$，迭代收敛的条件是 $|x_{n-1} - x_n| < \varepsilon$。

以下程序使用 1.0 作为初值应用递归算法求 a 的平方根。请将程序填完整。

```
# include < stdio. h >
# include < math. h >
double sq_root (double a, double x0)
  { double x1, y;
    x1 = 【1】 ;
    if (fabs(x1 - x0)> 0.00001)
      y = sq_root( 【2】 );
    else
      y = x1;
    return y;
  }
void main()
  { double a, z;
    scanf(" % lf", &a);
    z = sq_root( 【3】 );
    printf("The square root of % lf = % lf\n", a, z);
  }
```

6. 以下程序的功能是用近似公式 $exp(x) = 1 + x + \dfrac{x^2}{2!} + \dfrac{x^3}{3!} + \cdots + \dfrac{x^n}{n!}$，计算级数前 20 项

和，函数 f_1 用来计算每项分子的值，函数 f_2 用来计算每项分母的值。请将程序填完整。

```
# include < stdio. h >
float f1( int x, int n)
  { int i;
    float j = 1;
    for(i = 1; i < n; i ++ )
    【1】 ;
    return j;
  }
float f2( int n)
  { if (n == 0) return 1;
    else return 【2】 ;
  }
void main( )
{ float exp = 0.0;
  int n, x;
  printf("please input a number:\n");
```

```
scanf(" % d", &x);
for(n = 0; n < 20; n ++ )
    exp += 【3】   ;
printf("exp( % d) = % f\n", x, exp);
}
```

5.5　测试题答案

一、选择题

1.	2.	3.	4.	5.	6.	7.	8.	9.	10.	11.	12.	13.	14.
B	B	A	A	D	B	A	D	C	A	C	D	C	D

二、填空题

1.	【1】x/y 【2】x+z, y−z 【3】y+2*z, x−2*z	2.	【1】n>0 ‖ i==0 【2】−n %10 【3】n /= 10
3.	【1】long g 【2】1 【3】fib(g−1)+fib(g−2)	4.	【1】str[i−1][0] 【2】str[i−1] 【3】0
5.	【1】(x0+a/x0)/2.0 【2】a, x1 【3】a, 1.0	6.	【1】j * = x 【2】f2(n−1) * n 【3】f1(x, n+1) / f2(n)

第6章

指　针

6.1　主要知识点

1. 理解内存地址

1) 内存和指针

高级语言的出现,极大地提高了程序员的编程效率。编程人员可以直接利用语言提供的基本数据类型,来描述信息,通过与该类型相关的运算符来操纵数据。而扩展数据类型,如数组、结构体等可用于描述更高级的结构化信息,通过自定义有关函数,可以就像使用运算符对基本数据进行操作一样,很方便地实现数据处理工作。通过指针,还可以实现如链表、树这样的更复杂的数据结构。

例如:要描述一个学生,年龄可用整数表示,姓名用字符数组表示,成绩可用实数表示;基本的数据类型加上数组这样的概念,就完全可以刻画该学生的个人信息。但如果要处理一个班的学生数据,可以将每个学生的信息放在一个"结构"里,把它当成一个整体来处理,就方便许多,也实现了逻辑上的"记录"的概念,用记录数组可实现逻辑上的"表"的概念。因为数组在内存中是顺序存储的,即逻辑上的先后关系,是由在内存中的物理位置的先后关系确定的。但这种方法对于有些操作,代价会比较高。如有 10000 个记录,按大小顺序放在数组中,现在要在首记录前,插入一条新记录,结果会如何? 所有的记录都要向后移动一个记录大小的位置。示意图如图 6.1 所示。

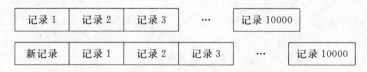

图 6.1　数组实现的顺序存储"表"插入记录示意

但采用链表这种常用的数据结构来实现"表"概念,就可更为高效地实现这种插入操作。因为这些记录是在内存中并不是顺序存储的,而是通过在记录中加入额外的信息(即后续记录的位置),来反映逻辑上的先后关系。链表会在后续章节中解释,在此只需要了解链表概念的现实背景,就是说,能通过它便于描述和解决某类问题。

这里所说的"位置",就是内存地址。图6.2中的箭头,用来形象地表示指针。指针和内存地址有着密切的关系:指针是一种数据类型,指针变量内存放的值是某个数据对象的内存地址。

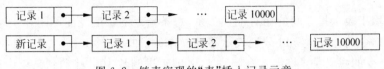

图 6.2　链表实现的"表"插入记录示意

2) 内存的作用

我们知道,内存是现代计算机中重要的组成部分之一,用于存放指令及数据。计算机执行的指令都是程序员预先设计好的,通过编程实现。

先来回顾一下程序从设计到运行所经历的过程:

程序员写好的源文件(如 hello.c)是以文本方式存放在磁盘上的,其中包含了程序员的指令信息,但它并不是计算机能理解的指令。也就是说,源程序必须经过一个"翻译"转换过程,由源程序生成一个针对于具体机器架构的机器码(目标码,如 hello.obj 文件),然后还要将多个这样的目标文件链接起来生成可执行文件(如 hello.exe)。在可执行文件中,包含了足够多的信息,可以让计算机来执行了。当操作人员点击运行图标时,专门的装载程序将它按某种约定放到内存中,做好必要的准备工作后,就开始从第一条指令按顺序执行。当程序在计算机内执行时,就有了生命,也有了一个新的名字,叫进程。

我们可以这样来理解,计算机需要执行的指令及相关的数据,都必须事先放在内存中[①]。计算机的执行过程就是,从内存中取指令,执行,取下一条指令,执行,周而复始。那什么时候会跳转呢,总不能这样一路走到黑吧?不用担心,计算机中有专门的跳转指令,当在程序中使用控制结构时,就会被翻译成某种形式的跳转指令,从而打破这种顺序执行,这也正是我们所需要的。

下面,通过一段小的代码,来看看"翻译"过程的内幕,会加深我们对机器的工作的理解,当然也有助于学习指针这一章的内容。

在高级语言中,如下的程序片段很常见,很容易被人理解:

```
int a = 100, b = 200, c;
c = a + b;
```

可将其功能描述为:定义三个整型变量,分别取名为 a,b,c,其中变量 a 和 b 的初始值分别为 100 和 200,然后取变量 a,b 的值,将它们的和计算出来,赋值给变量 c。在 VC 6.0 中,查看对应的汇编码为:

```
        int a = 100, b = 200, c;
00401028    mov         dword ptr [ebp - 4],64h
0040102F    mov         dword ptr [ebp - 8],0C8h
```

---

① 这样说并不准确,并不是所有的指令都必须先放入内容后才能执行的。在此作简单化处理,只是为便于理解。

```
        c = a + b;
00401036    mov         eax,dword ptr [ebp-4]
00401039    add         eax,dword ptr [ebp-8]
0040103C    mov         dword ptr [ebp-0Ch],eax
```

第一列，用于表示指令间的相对位置关系，每条指令的长度可能不同。

第二列，指令名称，mo,add 分别表示移动操作数，加法指令。

第一条指令的意义是：将十六进制数 64h（即十进制数 100）移动到某块内存区域中，其首地址由 ebp-4 计算得出，共占有双字大小的内存空间（dword 表示双字）。ebp,eax 表示 CPU 内部的记忆体（寄存器），用于存储指令执行时所需要的数据。

程序员定义了整型变量 a,b,c，并对 a 和 b 赋初始值。可以看出，实现时，变量和指令被存放在不同的内存区域。尽管在高级语言程序中，对变量所表示的数据的访问，可以直接通过变量名的方式，但在机器指令级别，并没有"变量"这样的高级概念，而是通过内存地址来存取数据的。CPU 中的寄存器，ebp 记住某个基地址，变量 a 的地址由这个基址加上相应的偏移量-4 获得。从上面的代码中，可知变量 b 和 c 也有各自的偏移量分别是多少；还可以推导出变量在内存中的地址先后关系，c 放在低地址，然后是 b，最后是 a。添加语句，将变量 a,b,c 的地址打印出来，检验一下：

printf(" a 的地址：%p\n b 的地址：%p\n c 的地址：%p\n", &a, &b, &c);

结果如下：

a 的地址:0012FF7C
b 的地址:0012FF78
c 的地址:0012FF74

结果和我们的推断是一致的。需要提醒的是，这些地址，并不是实际执行时物理内存地址。因为在多任务系统中，多个程序共享物理内存，由操作系统负责虚拟地址到物理地址的转换。对程序员来说是透明的，我们可以把内存看作是被自己所独享的。

3）内存映像

内存映像描述了程序在内存中的布局样式，了解内存映像有助于理解 C 语言中的有关知识点，例如：

◆ 全局变量和静态变量在未初始化时，其值是确定的，为 0。局部自动变量如未初始化，其值是不确定的。静态变量还有什么特性？

◆ 函数调用中参数传递及结果返回的原理，为什么不能返回局部变量的地址？

◆ 动态申请的内存为什么必须手工释放，而局部变量却不需要显式地释放？

◆ 当指针指向一个字符串常量时，为什么不能修改该字符串？

以上问题，将会在后面的部分作出解释。

2. 指针的定义和指针运算

1）指针定义和初始化

定义一个指针变量后，此变量的值表示的必须是一个地址。而以此地址为开始的程序对象，占多大内存空间，是什么类型，都必须在定义指针变量时，明确说明。例如：

```
int *p;
```

则 p 是一个指针,指向某个整型数据对象。其中包含着这样的信息:P 中只能存放地址值,而不能是别的什么东西,该地址对应的数据是整型的数据,应该按照整数的编码来理解它。

指针必须要指向某个对象才有意义。指针变量的初始化,就是将某个数据对象(通常也是变量)的地址,写到指针变量所对应的内存空间中。这样,就能通过指针,间接访问该数据对象。所以要注意区分指针变量和指针变量所指向的对象。

初始化指针变量,即对指针变量做赋值运算,运算符为"="。

在一条语句中,定义并初始化指针变量:

```
int *p = &a;
```

先定义,后赋值:

```
int *p;
p = &a;              //不能在 p 前面加"*",它是指针的间接引用运算符,表示另外一种意义
```

注意下面语句表示的意义:

```
int * p,q;
```

q 是一个指针,还是一个整型变量?

当采用上述的程序书写风格时,很容易将 q 理解为与 p 是相同的类型。而事实上,q 只是简单的整型变量,不是一个指针。所以建议采用以下程序书写风格(将"*"和变量间不留空格):

```
int *p, q;
```

既然指针是一种数据类型,就需要有与指针类型对应的运算符,来实现相关的操作。

2)指针运算

指针变量的运算符包括:

指针加减　　　　　　＋ －
自加、自减　　　　　＋＋ －－
指针间接引用　　　　＊
指针赋值　　　　　　＝
复合赋值　　　　　　＋＝ －＝
指针下标运算　　　　［］
指针比较　　　　　　＞ ＜ ＞＝ ＜＝ ＝＝ ！＝

要理解每种运算意义,如果表达式中有多种运算,还要考虑运算符优先级关系结合规则。例如:

- 两个同类型的指针变量 p1 和 p2,可以做减运算 p1－p2,但不能做加运算 p1+p2,为什么?
- 指针变量加 1 后,是表示它的值加 1 吗?
- 下标运算和间接引用运算是等价的,p[i]和 *(p+i)意义相同,但与 *p+i 相同吗?

◆ ＊p＋＋与(＊p)＋＋,还有＊(p＋＋)有相同的意义吗?

◆ 允许直接给一个指针变量赋地址值吗?

◆ 哪些运算会影响到指针本身,哪些运算会影响到指针指向的数据对象?

掌握这些语法基础,是运用指针的起点。尽量避免死记,因为很容易混淆和遗忘。要在读程序、写程序的过程中仔细体会,理解指针及其运算的实质。

可以将内存单元想像成一块白板,很多这样的小白板,排成一排,并编上号(对应于内存地址)。板上的信息,是可擦写的,CPU就是读写白板信息的操作人员。以下程序片段:

```
int a = 100, * p = &a, ** pp = &p;
```

图6.3如下:

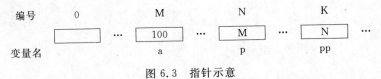

图6.3　指针示意

每块白板有唯一的编号,而且,对于已经分配出去的白板,还有专门的名称,好比为它们取了一个更容易记住的"外号"。例如,第M块白板,有个别名叫a。

现在要将第M号白板的内容修改为200。可由多种方法实现。

◆ 直接变量名访问:

```
a = 200;
```

白板操作人员,事先知道a对应于M号白板,直接来到第M块白板,修改其内容。

◆ 指针间接访问:

```
* p = 200;
```

白板操作人员,事先知道p对应的于M号白板,且该白板上记录的是最终信息所在白板的编号,它先来到第N块白板,读到编号值M,然后找到第M块白板,修改其内容。操作人员要读两块白板信息(CPU要访问2次内存)。

◆ 多级指针间接访问:

```
** pp = 200;
```

根据名称pp访问第K号白板,读得编号N,再访问第N号白板,读得编号M,最后访问第M块白板,修改其内容。

也许你会问,既然可以直接通过名称来访问,何必把事情搞这么复杂呢?这样的要求合情合理,但是请考虑这样一种情况:每个名字都只能在一定作用域内使用。就如同你不能通过姓名唯一标识某个人一样,因为,范围越大,重名的可能性也越大。而且在计算机领域中,确实存在没有名字的对象,例如在堆区动态分配的内存对象,就只能通过指针来间接访问。

3. 指针和数组

1) 指针和一维数组

指针和数组有着密切的关联。在语法层面上,这种联系体现在数组下标运算[ ]和指针

间接引用运算 * 的等价性上。有以下程序片段：

```
int a[5] = {10,20,30,40,50}, * p = a;
```

则对数组元素的访问就会有多种书写方式，参考图 6.4：

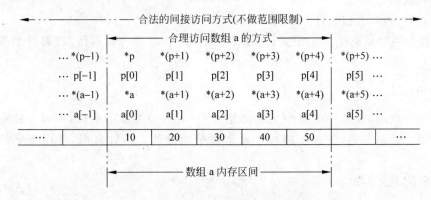

图 6.4　下标和间接引用运算示意图

因为在 C 语言中，并不对数组下标作检查，所以对于程序中出现的 a[-1]，*(a-1)，a[5]，*(a+5)，编译器（如 VC 6.0）通常并不发出警告，也不会报错。很显然，这一部分区域已经超出了数组对象本身所占的内存区间，很容易修改到其他数据区域（间接访问方式），造成不可预料的后果（把别人负责的"白板"内容修改掉了，而别人并不知道）。对这种间接访问方式，语言并不做严格限制，而是由程序员自己负责。因此，除非你明确这样写的结果，通常不要按这种方式写程序。

数组名是一个地址常量。正因为它是一个地址，所以可以做下标运算、间接引用运算、加减某个整数。如：a[1]，*(a+2)，a+3 等。

但它又是一个常量，所以不能放在赋值运算的左边。如：a++，a--，a=100；而指针变量就没有这种限制。如果将前面的指针变量 p 的值重新修改为：

```
p = &a[2]
```

则应该采用如图 6.5 所示的方式访问各数组元素。

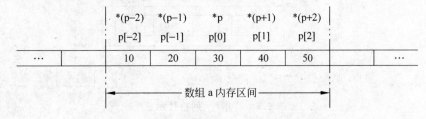

图 6.5　修改指针值后的间接访问方式

还有一点容易混淆的知识点是，对指针和数组名做 sizeof 运算时的差异。

sizeof(a) = 20——表示数组 a 的大小为 20 字节。

sizeof(p) = 4——表示指针 p 本身所占的空间大小为 4 字节。因此，无论指针 p 指向什么类型的数据，它本身所占的字节数都是确定的。

2) 指针和多维数组

指针和多维数组(主要考虑二维数组)也有着密切联系。在简单的指针定义基础上,通过不同的语法规定,定义更复杂的指针形式。主要有以下两种:

◆ 指针数组

◆ 行指针(也叫数组指针)

这些概念不管从语法表示形式,还是术语名称上,都很容易混淆,理解时要抓住关键词。如:

```
int * a[4];
```

表示 a 是一个数组,数组中的每个元素都是一个(int *)类型的数据,所以 a 被定义为一个指针数组。也就是说,数组 a 的每个元素都是地址值。指针数组,常用于字符串的处理中。

行指针的定义。如:

```
int ( * a)[4];
```

表示变量 a 是一个指针,它并不是直接指向实际元素,而是指向一个一维的数组,该数组的大小为 4 个整数空间。

我们已经知道:指针变量加 1 表示将指针指向下一个数据对象,并非是直接将指针变量的值加 1。行指针 a 指向的是一个一维数组,所以 a+1 会指向第 1 行,如图 6.6 所示。依此类推,a+i 也是一个行地址,指向第 i 行。

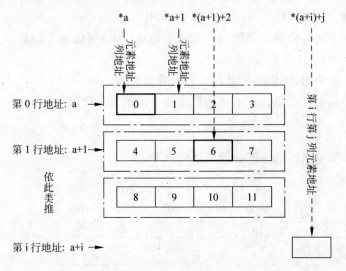

图 6.6   行指针、列指针示意

行地址 a,类似于二级指针。对其进行一次间接引用运算(或等价的下标运算),a[i]表示的仍是一个地址值,该地址处存放的是实际的元素。为区别这两种指针,又把 a[i]这种类型的指针称为列指针,或元素指针。

行指针是二级指针,而列指针是一级指针(或者说是简单指针),尽管都表示地址值,但是两种不同类型的数据。第 i 行的地址是 a+i,第 i 行的首元素的地址是 *(a+i),两者不

是相等的吗？确实如此,两者具有相同的值。测试下面的语句:

```
int a[3][4] = {0,1,2,3,4,5,6,7,8,9,10,11};
printf("%p %p", a+1, *(a+1) );
```

输出结果:

```
0012FF60  0012FF60
```

验证了我们的判断。当定义一个二数组 a 后,数组名 a 表示的就是一个行地址,可以将其赋值给另一个行指针变量。

对于数组元素 a[i][j],计算机如何取址的呢？先看看从定义式计算机获得了什么信息。

```
int (*a)[4];
```

计算机知道 a 是一个行指针,指向包含 4 个整型数据的一维数组。要找到第 i 行第 j 列元素,首先指向第 i 行:

```
a+i
```

然后,将行地址转换为列地址,获得第 i 行首元素的地址:

```
*(a+i)
```

在首元素地址的基础上,偏移 j,得到元素 a[i][j]的地址:

```
*(a+i)+j
```

再做间接引用运算:

```
*(*(a+i)+j)
```

它表示的就是元素 a[i][j]的值。*(*(a+i)+j)和 a[i][j]是等价的书写方式。

4. 指针和字符串

C 语言中,并没有内建的字符串数据类型。对字符串的处理,是建立在单个字符处理的基础上的。在表示字符串时,可以将字符串保存在一个数组中,或者用一个指针指向它。要注意区分这种情况,例如:

```
char *p = "this is a test string!";
```

则 p 指向一个字符串常量。常量是不允许修改的,所以下面的语句在执行的时候,运行时会出现错误:

```
*p = 'T';
```

如果将字符串放在一个数组变量中,就可以进行修改操作了。回忆内存映像图示,内存分为不同的区域,每个区域有不同的特点,只读区的信息是不能修改的,主要存放代码、常量。

在定义字符串数组时,有多种初始化方式:

（1）char str[] = "Hello";

（2）char str[] = {"hello"};

（3）char str[] = {'h','e','l','l','o','\0'};

（4）char str[6] = {'h','e','l','l','o'};　　　　　//最后一个字节会自动设置为'\0'

第1种方式，最直观，最简捷，也是最常见的方式。

字符串和普通字符数组的区别在于，它包括一个人为定义的结束标记。从前面的学习中，大家已经知道了数组和指针的关系。通过指针访问数组元素时，下标必须限定在一定的范围之内。而对字符串，只需要检测指针当前指向的字符是否为结束标记'\0'，就可以保证不会越界。

通过字符串指针，可以很方便地处理字符串。例如，计算字符串的长度，[①]如图6.7所示。

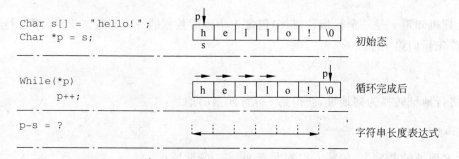

图6.7　计算字符串的长度

字符串的复制，按顺序将每个字符复制到目标地址中，注意，目标空间的大小应足够容纳源字符串，如图6.8所示。

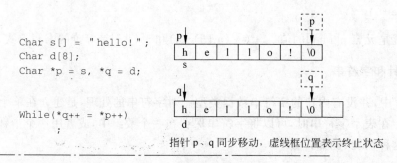

图6.8　复制字符串

从上面的代码和图6.8可以看出，在字符串处理过程中，通常使用结束标记来控制循环。

如果把这些字符串的处理操作封装到函数里，最后再将所有这些函数整合到一起，就是我们经常用到的字符串处理函数库。如取字符串长度函数 strlen()、字符串的复制函数 strcpy()。在掌握了指针对字符串的操作原理后，在实际编程实践中，最好直接使用标准库

---

① 字符串的长度不包含结束标记。

函数。

5．指针和函数

1）指针作函数参数

函数如同一个"黑盒"，应尽可能保持它的独立性，要避免在函数中直接操纵全局数据。函数主要通过参数与返回值与外界保持联系。

要理解指针和函数的关系，需要掌握以下知识点：

♦ 函数调用的栈结构。

♦ 变量的生存期和作用域。

♦ 参数传递：传值。

如图 6.9 所示，函数调用和返回的过程，就是不断地压栈、出栈过程。程序控制流每进入一个函数，计算机系统中就会为之分配相应的内存，建立与该函数对应的栈帧。函数是运行在该栈帧上的，函数运行时的参数、工作变量都保存在这部分内存上。

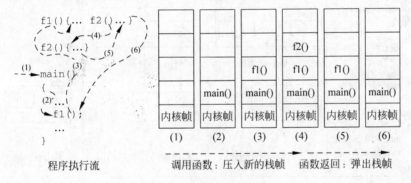

图 6.9 函数调用栈示意

变量有相应的生存期和作用域。函数内定义的变量具有局部生存期，称为局部变量。在调用函数的执行期间，该变量保持有效。而在函数外定义的变量具有全局生存期，称为全局变量。它所占有的内存空间会一直存在，直到程序运行结束。结合内存映像示意图，理解变量的生存期的差异。

名字的作用域，表示该名字能被哪一部分的代码"看到"。在不同的作用域内，名字可以相同，除非特别说明，内部的作用域的名字会屏蔽同名的外部名字。

函数参数的传递，是初学者困惑较多的地方。考虑图 6.9 中的示意，当一个函数调用另一个函数时，通过参数传递的方式进行通信。调用者提供实际参数，被调用者准备接收空间，然后，函数调用机制自动将实际参数的值复制到形参空间。实参和形参分别放在不同的内存区域，在被调用函数中，对形参的访问或修改都不会影响到实际参数的值，请参考图 6.10。

但在有些情况下，需要在定义函数时，将参数声明为指针类型。这样，在参数传递过程中，被调函数通过形参得到的是一个地址的副本。通过对该形参的间接引用，就可以直接修改调用者中的数据对象，请参考图 6.11。

对比图 6.10 和图 6.11，体会两者在函数定义、实现和调用之间的差异。

打一个比喻，你的朋友有一本你非常想看的书，但他在另外一个城市，你们不能直接见

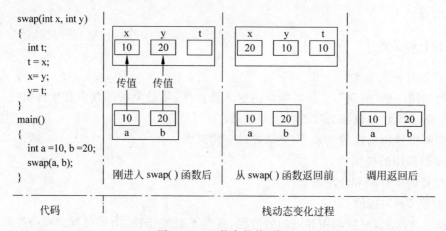

图 6.10　函数参数传"值"

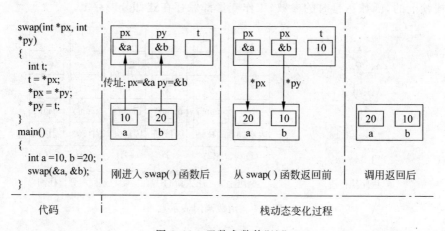

图 6.11　函数参数传"址"

面,只允许通过某种中间机构提供服务。而且这种中间机构只能做两件事:要么复制一份交给你,要么给你一把保险箱的钥匙,该保险箱内装着你想要的东西。如果你采用第一种方法,就相当于传值,你在复印件上做的任何修改,丝毫不会影响到你朋友的原稿。如果你采用第二种方法,就相当于传址,通过钥匙,你可以对原稿做任何修改。当然,你并不是一定要修改原稿的! 这完全取决于你和朋友之间的约定。

从上面的分析可知,当需要修改调用者某个变量的值时,可将函数参数定义成指针,通过间接引用直接访问该变量。需要注意的是:如果函数的参数是一个较大的数据类型,如结构体,为了效率,通常也采用指针类型作为函数参数。

指针和数组的关系在前面的内容中已经详细地解释过了。当数组名作为函数参数时,可以将它改写为等价的指针形式。例如:

```c
void fun(int a[]);                    //函数声明中,不需要说明参数数组 a 的尺寸
void fun(int * a);
```

同样,对于二维数组作为函数参数,下面两个函数声明也是等价的:

```c
void fun(int a[][2]);
```

```
void fun(int ( * a)[2]);
```

需要注意的是,当数组名作函数参数时,在函数中,就不能再通过 sizeof 运算来获取数组的大小信息了。例如:

```
void fun(int a[ ])
{
    …
    printf(" % d",sizeof (a) );          //输出 4

    …
}
void main()
{   int a [5];
    printf(" % d",sizeof (a) );          //输出 20
    fun (a);
}
```

2) 指针作函数返回值

指针作函数的返回值,注意不能返回被调用函数中的局部变量的地址,或者返回全局对象的地址,或者返回函数内部动态分配的内存地址,或者某一指针参数的值。例如,库函数 strcat():

```
char * strcat( char * strDestination, const char * strSource );
```

就会返回目标串的地址。这样设计的好处在于,可以将函数的返回值作为另一次函数调用的参数。例如,要将字符串,str1、str2、str3 连接起来,放在 str1 中,可用一个语句完成:

```
str(strcat(str1,str2), str3);
```

6. 动态内存分配

参考教材,掌握动态内存分配函数的使用方法,在此不再赘述。

6.2 难 点 分 析

指针是变量在内存中的地址。在 C 语言中,用指针可以直接访问内存单元中的数据,有时用指针可以编制出更紧凑和更有效的程序代码,指针支持内存的动态分配,指针还能有效地处理诸如链表、树、图等复杂的数据结构。指针可以进行运算,一方面带来了程序的灵活性,另一方面也容易使指针指向意想不到的位置。因此,指针既是 C 语言的最强特性,也是最危险的特性。

1. 理解指针

指针变量和普通变量的共同点是它们都代表内存中的某个存储单元,在内存中都被映射为地址;不同之处在于:普通变量存储单元中存放的是数据,而指针变量存储单元中存放的是地址。

要访问内存,既可以通过普通变量,也可以通过指针来实现。通过指针来存取数据,速度快,效率高。但是通过指针引用内存的方式灵活,容易出错,要求用户清晰地掌握指针、地址及相应的操作。

从技术上讲,任何类型的指针都可以指向内存中的任何位置,为什么还要规定指针的数据类型呢? 因为指针的所有运算都与它所指向的数据的类型密切相关,所以 C 语言规定一种类型的指针只能指向同类型的数据对象。例如

```
int * p; char ch;
p = &ch;
```

将 int 型的指针指向 char 型数据对象是错误的。同样,不同类型指针之间不能进行赋值操作。例如,

```
int a, * ip;
char c, * cp = &c;
ip = cp;
```

是错误的。如果必须把 cp 的值赋给 ip,使 ip 指向字符型变量 c,可以通过强制类型转换的方法:

```
ip = (int * )cp;
```

2. 指针和二维数组

由于二维数组的逻辑结构和存储结构是不一致的,因此,定义二维数组的指针有三种形式:

(1) 按二维数组的存储结构定义。如:

```
int a[M][N], * p = a; /* 或 * p = a[0]; 或 * p = &a[0][0] */
```

这时,$p+i*N+j$ 就代表 a[i][j] 的地址。

(2) 按二维数组的存储结构定义的行指针。如:

```
int a[M][N],( * p)[N] = a; /* 或 ( * p)[N] = a[0]; 或( * p)[N] = &a[0][0]; */
```

这时,指针 p 指向数组的一行,故称 p 为行指针。用行指针访问二维数组时,行指针每增加1,就移动一行,即指向二维数组的下一行,例如,$p+i$ 将指向数组的第 i 行。$*(p+i)+j$ 代表 a[i][j] 的地址。

(3) 按二维数组的存储结构定义的指针数组。如:

```
int a[M][N], * p[N] = {a[0],a[1],a[2],a[3],…};
```

这时,指针数组的每个元素分别指向二维数组的对应行,即 p[i] 指向数组的第 i 行。指针数组元素每增加1,就在它所指的行内移动一列,即 $p[i]+j$ 指向数组的第 i 行第 j 列。

以上指针定义中,第一种形式因使用不方便而很少使用,第二种形式更适用于数值型数组,第三种形式则更适用于字符型数组。

3. 指针和字符串

字符型指针和字符型数组可以联合使用,以克服字符型数组不能被赋值的缺点。若有

如下定义：

```
char s[80], * st = s;
st = "Good morning";
```

这时，字符型指针 st 中存放的是字符型数组 s 的首地址，字符串"Good morning"被存放在字符型数组 s 中，于是可以用 st 代替数组 s 来处理字符串。例如

```
char str[6], * p = str;
scanf("% s",p); /* 或 scanf("% s",str); */
```

用字符型指针数组处理多个字符串，尤其用指针数组处理多个长度不等的字符串更具直观性。例如，下面的程序用指针数组处理多个长度不等的字符串：

```
# include < stdio. h >
void main()
  { static char * lq[ ] = {"BASIC","C","FORTRAN","FoxBASE","Pascal"};
    int i,n;
    while(1)
      { printf("请输入语言代号:");
        scanf("% d",&n);
        if (n < 0 || n > 4)
           break;
        printf("Language % d is % s\n",n,lq[n]);
      }
  }
```

程序中用一个字符型的指针数组存放 5 种计算机程序设计语言的名称，它们的代号依次是 0～4，用户输入代号，程序即输出该代号所对应的语言名称。若输入的代号在 0～4 之外，程序自行终止。

4. 指针和内存分配

malloc()、calloc()和 realloc()函数的返回值都是 void 型的指针，也就是说，这三个函数得到的是内存单元的地址，该地址并未指明存放何种类型的数据，在使用时，一定要通过强制类型转换将动态内存的地址转换成某种类型存储单元的地址值。例如，

```
int * pi;
pi = (int * )calloc(100,sizeof(int));
```

如果写成

```
pi = calloc(100,sizeof(int));
```

是错误的。

由 malloc()、calloc()和 realloc()函数开辟的存储单元没有名字，只能通过指针来访问。例如，

```
float * p;
p = (float * )malloc(sizeof(float));
scanf("% f",p);
```

```
printf(" % f\n", * p);
```

由于提供动态分配的内存空间并不是无限大的,如果在程序中频烦开辟动态内存,建议使用下面的程序段,以便在 p 得到 NULL 值时能及时处理:

```
char * p1, * p2;
if ((p1 = (char * )malloc(80)) == NULL)
    exit(1);
if ((p2 = (char * )malloc(20)) == NULL)
    exit(1);
```

如果成功,就分别得到 80 字节和 20 字节的动态内存。其中 exit()函数是 C 编译系统提供的函数,当分配不成功时,用来中断程序的执行,返回操作系统。

6.3　疑难问题解析

一、选择题

1. 若有定义"int a[10];",则下列表达式中不能代表数组元素 a[1]的地址的是_____。

　　A) &a[0]+1　　　　B) &a[1]　　　　C) &a[0]++　　　　D) a+1

解析:本题答案为 C,考点是对数组名的理解。表达式 &a[0]++,根据运算符的优先关系,被理解为(&a[0])++。下标运算和 & 运算是互逆的,因此 &a[0]等价于 a,原式等价于 a++,这是不合法的,会出现编译错误。

2. 有以下程序段:

```
int a[] = {1,2,3,4,5}, * p = &a[1];
printf(" % d",p[2]);
```

其运行结果为_____。

　　A) 2　　　　　　B) 3　　　　　　C) 4　　　　　　D) 5

解析:本题答案为 C,考点是指针的下标运算。p[2]等价于 * (p+2),p+2 表示的是一个地址值,在指针 p 的当前值向后偏移 2 个整型元素。因此 p[3]正好表示元素 a[3]。

3. 有以下程序段:

```
int a[] = {1,2,3,4,5}, * p = a+1, * q = NULL;
* q = p[3]
printf(" % d", * q);
```

其运行结果为_____。

　　A) 运行后报错　　　B) 3　　　　　　C) 4　　　　　　D) 5

解析:本题答案为 A,考点是指针间接运算,不能对空指针作间接运算。因为指针并不指向有意义的空间,如何能对该内存空间赋值呢?

4. 有以下程序段:

```
int a[2][3] = {1,2,3,4,5,6}, * p[2];
p[0] = a[1];
```

则 * (p[0]+2)所代表的数组元素为_____。

　　A) a[1][2]　　　　　　B) a[0][2]　　　　C) a[1][1]　　　　　D) a[0][1]

解析：本题答案为 A,考点是指针数组及二维数组名的理解。a[1]是一个列地址,表示元素 a[1][0]的地址。因此 p[0]+2 指向元素 a[1][2]。

5. 有以下定义和语句:

```
int a[2][3], ( * p)[3];
p = a;
```

则对数组元素 a 正确的引用形式为_____。

　　A) p+1　　　　　　　B) * (p+2)　　　　C) (* (p+1))[1]　　　D) * (p+1)[1]

解析：本题答案为 C,考点是行指针的理解。A 是一个行地址,B 是一个列地址,它们都表示地址值。D 不太容易理解,它会被解释成 * ((p+1)[1]),它等价于 * (p[2]),又等价于 p[2][0],很显然,数组访问越界。

6. 以下程序的输出结果是_____。

```
# include < stdio. h>
char * fun(char * t)
{   char * p = t;
    return(p + strlen(t)/2);
}
void main()
{   char * str = "abcdefgh";
    str = fun(str);
    puts(str);
}
```

　　A) defgh　　　　　　B) efgh　　　　　C) fgh　　　　　　D) abcdefgh

解析：本题答案为 B,考点是返回指针类型函数,及字符串库函数的使用。str(t)用于求字符串的长度,此处为 8,返回 p+4,即从 t+4 处输出字符串,结果为 B。

7. 以下语句中存在错误的是_____。

　　A) char s[3][10]; s[1]="hello!";　　　B) char s[][10]={"hello"};
　　C) char * s[3]; s[1]="hello!";　　　 D) char * s[]={"hello"};

解析：本题答案为 A,考点是字符串的定义和初始化。A 中,s[1]相当于一维数组名,不能直接赋值。B 选项中,在定义的同时初始化多维数组,合法。C 选项中,s 被定义为一个指针数组,将其中的一个指针指向字符串常量,是允许的。D 和 C 相似,只是在定义的同时初始化指针数组 s。

8. 若要从键盘读入含有空格的字符串,应使用函数_____。

　　A) getc( )　　　　　　B) gets( )　　　　C) getchar( )　　　　D) scanf( )

解析：本题答案为 B,考点是字符串函数的使用。请参考函数使用手册。getc( ),getchar()读取单个字符,而 scanf()在读入到第一个空白字符时返回。因此选择 B。

9. 以下程序的输出结果是_____。

```
# include< stdlib. h>
# include< stdio. h>
void main()
```

```
{   char * s1, * s2,m;
    s1 = s2 = (char * )malloc(sizeof(char));
     * s1 = 15;
     * s2 = 20;
    m = * s1 + * s2;
    printf(" % d\n",m);
}
```

  A) 35   B) 40   C) 30   D) 20

  解析：本题答案为 B,考点是内存动态分配函数及指针运算。指针 s1 和 s2 指向同一个字节的内存单元,然后分别使用 s1、s2 的间接引用方式修改此内存单元的值。结果该内存单元的最终值为 20,而指针 s1 和 s2 并没有修改。所以答案为 B。

二、填空题

1. 有以下程序

```
# include < string. h >
# include < stdio. h >
void main()
{   char   p[20] = {'a','b','c','d'},q[] = "abc", r[] = "abcde";
    strcpy(p + strlen(q),r);   strcat(p,q);
    printf(" % d % d\n",sizeof(p),strlen(p));
}
```

  程序运行后的输出结果是_____。

  解析：本题答案为 20 11,考查字符串函数的使用。strlen(q)计算以 q 开始的字符串的长度,结果为 3,p+3 表示一个地址,指向数组 p 中的字符'd',从这个位置开始,将字符串 r 复制到数组 p 中。故执行 strcpy(p＋strlen(q),r)后,p 中存放的字符串为"abcabced"。strcat(p,q)表示将 q 指向的字符串连接到 p 的尾部,执行后 p 中存放的字符串为"abcabcedabc",sizeof(p)返回数组 p 的大小,为 20;而 strlen(p)为 11。

  2. 有以下程序

```
# include < stdio. h >
void f(int   * q)
{   int i = 0;
    for( ; i < 5;i ++ )( * q) ++ ;
}
void main()
{   int a[5] = {1,2,3,4,5},i;
    f(a);
    for(i = 0;i < 5;i ++ )
        printf(" % d,",a[i]);
}
```

  程序运行后的输出结果是_____。

  解析：本题答案为 6,2,3,4,5,考察对指针作函数参数的理解及指针运算(* q)＋＋。当 q 为一指针,(* q)＋＋表示将 q 指向的数据对象作自增运算,指针值并没有修改。因此函数的功能是将 q 指向的数据对象,做 5 次自增 1 运算。最后,执行函数调用 f(a)后,只有首元素的值被修改。

3. 有以下程序

```
#include <stdio.h>
int fun(char (*p)[10])
{   int n = 0, i;
    for(i = 0; i < 7; i++)
        if(**(p + i) == 'T') n++;
    return n;
}
void main()
{ char str[][10] = {"Mon","Tue","Wed","Thu","Fri","Sat","Sun"};
    printf("%d\n",fun(str));
}
```

程序执行后的输出结果是_____。

解析：本题答案为2,函数统计首字母为'T'的字符串个数。

4. 有以下程序

```
#include <stdio.h>
void f(char *s, char *t)
{   char k;
    k = *s; *s = *t; *t = k;
    s++; t--;
    if(*s)
        f(s, t);
}
void main()
{   char str[10] = "abcdefg", *p
    p = str + strlen(str)/2 + 1;
    f(p, p - 2);
    printf("%s\n",str);
}
```

程序运行后的输出结果是_____。

解析：本题答案为 gfedcba。函数 f 是一个递归函数,用于将字符串中的元素按规律进行交换,请自行分析函数的执行过程。

5. 有以下程序

```
#include <stdio.h>
char *ss(char *s)
{     char *p, t;
      p = s + 1; t = *s;
      while(*p) { *(p - 1) = *p; p++; }
      *(p - 1) = t;
      return s;
}
void main()
{     char *p, str[10] = "abcdefgh";
      p = ss(str);
```

```
    printf("%s\n",p);
}
```

程序运行后的输出结果是_____。

解析：本题答案为 bcdefgha。函数的功能是将字符串循环左移一位。

6.4　测　试　题

一、选择题

1. 设有定义"int n1＝0,n2,＊p＝&n2,＊q＝&n1;",以下赋值语句中与"n2＝n1;"语句等价的是(　　)

　　A)＊p＝＊q;　　　　　　B) p＝q;　　　　C)＊p＝&n1;　　　　D) p＝＊q;

2. 有以下程序

```
#include <stdio.h>
void main()
{   char p[]={'a', 'b', 'c'}, q[]="abc";
    printf("%d %d\n", sizeof(p),sizeof(q));
};
```

程序运行后的输出结果是_____。

　　A) 4 4　　　　　　　B) 3 3　　　　　C) 3 4　　　　　　D) 4 3

3. 有以下程序

```
#include <stdio.h>
void swap1(int c0[], int c1[])
{   int t;
    t=c0[0]; c0[0]=c1[0]; c1[0]=t;
}
void swap2(int ＊c0, int ＊c1)
{   int t;
    t=＊c0; ＊c0=＊c1; ＊c1=t;
}
void main()
{   int a[2]={3,5}, b[2]={3,5};
    swap1(a, a+1);
    swap2(&b[0], &b[1]);
    printf("%d %d %d %d\n",a[0],a[1],b[0],b[1]);
}
```

程序运行后的输出结果是_____。

　　A) 3 5 5 3　　　　　B) 5 3 3 5　　　C) 3 5 3 5　　　　D) 5 3 5 3

4. 有以下函数

```
int fun(char ＊a,char ＊b)
{   while((＊a!='\0')&&(＊b!='\0')&&(＊a==＊b))
      { a++;b++; }
    return(＊a-＊b);
}
```

该函数的功能是_____。

    A）计算 a 和 b 所指字符串的长度之差

    B）将 b 所指字符串连接到 a 所指字符串中

    C）将 b 所指字符串连接到 a 所指字符串后面

    D）比较 a 和 b 所指字符串的大小

5．有以下程序

```
# include < stdio. h>
void point(char * p)
{ p += 3; }
void main()
{  char b[4] = {'a','b','c','d'}, * p = b;
   point(p);
   printf(" % c\n", * p);
}
```

程序运行后的输出结果是_____。

    A) a   B) b   C) c   D) d

6．程序中若有如下说明和定义语句

```
char fun(char * );
void main()
{   char * s = "one",a[5] = {0},( * f1)( ) = fun, ch;
    …
}
```

以下选项中对函数 fun 的正确调用语句是_____。

    A) (* f1)(a);   B) * f1(* s);

    C) fun(&a);   D) ch= * f1(s);

7．设有定义语句

```
int x[6] = {2,4,6,8,5,7}, * p = x, i;
```

要求依次输出 x 数组中 6 个元素的值,不能完成此操作的语句是_____。

    A) for(i=0;i<6;i++) printf("%2d", * (p++));

    B) for(i=0;i<6;i++) printf("%2d", * (p+i));

    C) for(i=0;i<6;i++) printf("%2d", * p++);

    D) for(i=0;i<6;i++) printf("%2d",(* p)++);

8．有以下程序

```
# include < stdio. h>
void main()
{   char str[][10] = {"China","Beijing"}, * p= str;
    printf(" % s\n",p+10);
    }
```

程序运行后的输出结果是_____。

    A) China   B) Bejing   C) ng   D) ing

9. 以下程序段中,不能正确赋值给字符串(编译时系统会提示错误)的是_____。

    A) char s[10]= "abcdefg";
            B) char t[]="abcdefg", * s=t;

    C) char s[10]; s="abcdefg";
             D) char s[10];strcpy(s,"abcdefg");

10. 以下程序中函数 scmp 的功能是返回形参指针 s1 和 s2 所指字符串中较小字符串的首地址。

```
# include < stdio. h>
char * scmp(char * s1, char * s2)
{   if(strcmp(s1,s2)< 0)
       return(s1);
    else
       return(s2);
}
void main()
{   int i;
    char string[20], str[3][20];
    for(i = 0;i < 3;i ++ )
      gets(str[i]);
    strcpy(string, scmp(str[0],str[1]));
    strcpy(string, scmp(string, str[2]));
    printf(" % s\n", string);
}
```

若运行时依次输入:abcd、abba 和 abc 三个字符串,则输出结果为_____。

    A) abcd
        B) abba
        C) abc
        D) abca

11. 有以下程序

```
# include < stdio. h>
void main()
{   char * s[] = {"one","two","three"}, * p;
    p = s[1];
    printf(" % c, % s\n", * (p + 1),s[0]);
}
```

执行后输出结果是_____。

    A) n,two
        B) t,one
        C) w,one
        D) o,two

12. 有以下程序

```
# include < stdio. h>
void main()
{   char * p = "abcde\0fghjik\0";
    printf(" % d\n",strlen(p));
}
```

程序运行后的输出结果是_____。

    A) 12
        B) 15
        C) 6
        D) 5

13. 有以下程序

```
# include < stdio. h>
```

```
void ss(char * s,char t)
{   while( * s)
    {   if( * s == t)
            * s = t - 'a' + 'A';
        s ++ ;
    }
}
void main()
{   char str1[100] = "abcddfefdbd",c = 'd';
    ss(str1,c);
    printf(" % s\n",str1);
}
```

程序运行后的输出结果是_____。

    A) ABCDDEFEDBD   B) abcDDfefDbD

    C) abcAAfefAbA   D) Abcddfefdbd

14. 有以下程序

```
# include < stdlib. h >
# include < stdio. h >
void main()
{   char * p, * q;
    p = (char * )malloc(sizeof(char) * 20);
    q = p;
    scanf(" % s % s",p,q);
    printf(" % s  % s\n",p,q);
}
```

若从键盘输入：abc def<回车>，则输出结果是_____。

    A) def def   B) abc def   C) abc d   D) d d

二、填空题

1. 有以下程序

```
# include < stdio. h >
void f( int y,int * x)
{   y = y + * x;
    * x = * x + y;
}
void main( )
{   int x = 2,y = 4;
    f(y,&x);
    printf(" % d % d\n",x,y);
}
```

执行后输出的结果是_____。

2. 下面程序的运行结果是_____。

```
# include < stdio. h >
int fun( int t[ ],int n)
{   int m;
```

```
        if(n == 1)
            return t[0];
        else if(n >= 2)
            m = fun(t, n - 1);
        return m;
    }
    void main()
    {   int a[] = {11,4,6,3,8,2,3,5,9,2};
        printf("%d\n", fun(a,10));
    }
```

3. 以下程序执行后的输出结果是_____。

```
# include < stdio. h >
void main()
{   int i,s = 0,t[ ] = {1,2,3,4,5,6,7,8,9};
    for(i = 0; i < 9; i += 2)
        s += *(t + i);
    printf("%d\n", s);
}
```

4. 当运行以下程序时,输入 abcd,程序的输出结果是_____。

```
# include < stdio. h >
void insert(char str[ ])
{   int i;
    i = strlen(str);
    while(i > 0)
        {   str[2 * i] = str[i];
            str[2 * i - 1] = '*';
            i -- ;
        }
    printf("%s\n",str);
}
void main()
{   char str[40];
    scanf("%s",str);
    insert(str);
}
```

5. 有以下程序

```
# include < stdio. h >
void fun1(char * p)
{   char * q;
    q = p;
    while( * q! = '\0')
        { ( * q) ++ ; q ++ ; }
}
void main()
{   char a[] = {"Program"}, * p;
    p = &a[3];
```

```
    fun1(p);
    printf(" % s\n", a);
}
```

程序执行后的输出结果是_____。

6. 有以下程序

```
# include < stdio. h >
void main( )
{   char * p[10] = {"abc","aabdfg","dcdbe","abbd","cd"};
    printf(" % d\n",strlen(p[4]));
}
```

执行后输出结果是_____。

6.5　测试题答案

一、选择题

1.	2.	3.	4.	5.	6.	7.	8.	9.	10.	11.	12.	13.	14.
A	C	D	D	A	A	D	B	C	B	C	D	B	A

二、填空题

1.	8 4	2.	11
3.	25	4.	a * b * c * d *
5.	Prohsbn	6.	2

第7章

复合数据类型和类型定义

7.1 主要知识点

1. 结构类型的定义

结构类型同基本数据类型一样,用于组织数据。与基本类型不同的是,结构类型由用户自行定义。由于结构类型本身是一个广义的概念,因此,只有被用户定义过的结构类型才能作为有效类型在程序中使用。

1) 结构类型的定义

结构类型包括两部分,一是结构类型名,二是结构成员。一般形式为:

```
struct   结构名
    {   成员列表
};
```

其中:

(1)"struct"是定义结构类型的关键字,而且将作为该类型标识符的一部分被使用,因此不能被省略。

(2)成员列表是对结构类型中各成员组成的一个说明。其中,成员可以为变量、数组或指针,其定义形式与一般变量的定义形式相同。如:

```
类型名 1 成员名 1;
类型名 2 成员名 2;
……
```

(3)成员名和结构名均是由程序设计者遵照 C 语言标识符命名规则指定。成员名允许与程序中其他变量或其他结构类型中的成员同名,C 语言将视为不同的对象,互不干扰。

(4)结构类型定义作为一条语句,其最后一个花括号外的分号不能省略,它表明了类型定义完毕。

(5)从内存分配角度,对应各成员变量的存储空间也可被称为"域"。其中,用于存放数据的域统称为数据域;用于存放地址的域统称为地址域。

2) 结构类型定义的实质

(1) 所谓结构类型定义,实际上是用户在和编译系统约定一种数据存储的内存分配模式(规则)。该模式(规则)决定了凡属于此类型的数据,在应用计算机存储时均要按照其类型定义中各成员定义的先后顺序依次、连续地分配内存以存放各成员数据。同理,在需要检索数据时也会遵循该模式(规则),以实现对数据的准确定位及提取。

(2) 结构类型定义本身只是占用内存代码段,并未影响到数据段内存的分配。只有当应用该类型定义变量时,才会真正启用该模式(规则)在数据段中分配地址空间,以供程序存取数据。

(3) 结构类型变量占用的字节数应为各成员所占用字节数的总和。

3) 结构类型的作用域

(1) 结构类型的作用域指的是已定义的结构类型在程序中应用的有效范围,即只能在作用域的范围内定义和使用该类型的变量。

(2) 与变量作用域相似,结构类型的作用域也是按照(类型)定义位置的不同,分为局部结构类型和全局结构类型。同样是定义在函数体内的称为局部结构类型;定义在函数体外的称为全局结构类型。

① 局部结构类型的作用域是从定义处至该函数结束。

```
函数名()
{   …
    struct   stu1
    {…};
    …
}
```
局部结构类型作用域

② 全局结构类型的作用域是从定义处开始,直到其所在源程序文件结束。

```
…
struct   stu2
{…};
函数名()
{…}
```
全局结构类型作用域

2. 结构变量、结构数组、结构指针的定义和初始化

1) 结构变量、结构数组、结构指针的定义

(1) 可以采取以下 3 种方法定义结构体类型变量。

① 使用已有结构类型定义变量。

```
struct   结构名
{ 成员列表 };
struct   结构名   变量名表列;
```

② 定义结构类型的同时定义变量。

```
struct   结构名
{ 成员列表
}变量名表列;
```

③ 应用无名结构类型定义直接定义变量。

```
struct
{ 成员列表
}变量名表列;
```

（2）几点说明：

① 变量名表列可为变量、数组或指针的标识符列表,列表中各标识符间用逗号分隔。

② 在定义结构类型同时定义变量时,原结构类型定义中结束"}"后面的分号应去掉,表明语句尚未结束,且使用当前定义的类型来定义变量。

③ 无名类型只能在类型定义的同时定义变量、数组及指针。

④ 同一程序中允许定义多个无名结构类型。

⑤ 进一步强化结构体类型与结构变量概念的区别如下。

结构体类型不分配内存(仅约定内存分配模式),不能赋值、存取、运算。

结构体变量可以(应用约定的模式)分配内存、赋值、存取、运算。

2) 嵌套结构

当结构类型的成员属于某一复合类型时,称该结构类型为嵌套结构。嵌套结构有以下两种形式。

形式一：

```
struct    结构名
{ …
   struct
     { 成员列表
     }成员名;
   …
};
```

形式二：

```
struct    结构名1
{ 成员列表 };
struct    结构名2
{ …
   struct    结构名1    成员名;
   …
};
```

说明：

C 语言对此类嵌套的层数并没有限制,但过深的嵌套会使数据结构变得复杂,因而在编写程序时应尽量避免。

3) 结构变量、结构数组、结构指针的初始化

所谓结构变量的初始化是指在对结构变量、结构数组、结构指针定义时直接指定初始值。

（1）结构变量的初始化

形式一：

```
struct  结构名  结构变量={初始数据};
```

形式二：

```
struct   结构名
{ 成员列表
}结构变量={初始数据};
```

形式三：

```
struct
{ 成员列表
}结构变量={初始数据};
```

说明：

① 初始数据按成员名列表的对应顺序依次列出，中间用逗号分隔。

② 对嵌套结构类型变量初始化。

需注意的是，对于成员本身又属于一个结构类型的情况，在对该成员赋初值时，需要对其各成员依次指定初值。如：

```
struct   student
{   char   name[20],sex, * addr;
    int   tel;
    float   score[3];
    struct   date
    {   int   year,month,day;
    }birthday;
}stu={"Zhang",'m',"FirstAvenue",12345678,98,86,92,2008,10,12};
                        //嵌套结构的结构变量初始化
```

③ 对于结构变量的初始化，C99 允许只对指定结构成员初始化，且初始化成员的顺序没有限制。需要说明的是，目前 VC++ 6.0 对此种情况的处理依然遵循的是 C89 的限制，即不允许用逗号跳过前面的成员只给后面的成员赋初值，但可以只给前面的成员赋初值，后面未赋值的成员自动赋 0 值（字符型数组赋空串）。

（2）结构数组的初始化

① 结构数组同基本类型定义的数组一样，各元素存放时须占用连续的存储空间（内存），只是各元素的类型为结构类型。因此，对结构数组的初始化同普通数组，即只须依次对数组中各数组元素赋值，元素间用逗号分隔。其形式可参考结构变量初始化的三种形式。这里，仅以形式一为例，如：

```
struct   结构名   结构数组[n]={第 0 个元素初始数据,第 1 个元素初始数据,…,第 n-1 个元素初
始数据};                                    //n 为常量
```

② 由于很多情况下用户希望可以更直观地区分出各元素的取值，所以，与普通数组初始化相同，结构数组的初始化也允许在各元素对应成员的最外侧加大括号以区分不同元素的取值，但同样各元素（即内侧大括号与大括号）之间也要有逗号分隔，且最外侧的大括号不能省略。以形式一为例，如：

```
struct   结构名   结构数组[n]={{第 0 个元素初始数据},
                              {第 1 个元素初始数据},
                              …,
                              {第 n-1 个元素初始数据}};   //n 为常量
```

③ 当对数组全部元素初始化时,还可以定义该数组为隐含尺寸数组,即隐含其维数。如:

```
struct   结构名   结构数组[]={第 0 个元素初始数据,第 1 个元素初始数据,…,第 n-1 个元素初始数据};                                    //n 为常量
```

或

```
struct   结构名   结构数组[]={{第 0 个元素初始数据},
                            {第 1 个元素初始数据},
                            …,
                            {第 n-1 个元素初始数据}};   //n 为常量
```

(3) 结构指针的初始化

① 结构指针的初始化形式同结构变量,但须强调的是结构指针的初值应为同类型变量、数组或数组元素的首地址。且该变量或数组应在该结构指针定义之前完成定义(即已分配到确定的地址)。

② 特别地,当结构指针指向结构数组或数组元素时,可通过指针的自增(或自减)操作,指向当前所指数组元素的下一元素(或前一个元素)。

3. 结构成员的引用

(1) C 语言不允许对结构变量整体进行输入、输出,但可以将一个结构变量赋值给另一个结构变量。如:

```
struct    student
{ char   name[20];
   char sex;
   int age;
   float score;
 }stu1,stu2;
scanf("%s,%c,%d,%f",&stu1);      (×)
printf("%s,%c,%d,%f\n",stu1);    (×)
stu2={"Wan Lin",'M',19,87.5};    (×)
stu2.score=87.5;                 (√)
stu1=stu2;                       (√)
if(stu1==stu2) …                 (×)
```

(2) 结构成员可以单独使用,它的作用与地位相当于普通变量。

① 结构成员具有确定的地址空间,可以通过取地址运算符引用其地址。如:

```
scanf("%d",&stu1.age);           (√)
```

② 结构成员可以像普通变量一样进行各种运算(根据其类型决定可以进行的运算)。如:

```
stu1.score+=stu2.score;          (√)
```

```
stu1.age++ ;                    (√)
```

（3）对结构成员的引用可以通过结构变量、结构数组元素和结构指针来实现。

两个引用成员运算符：指向运算符"－＞"和点运算符"."

① 优先级和结合性

指向运算符和点运算符的优先级均为 1，且结合方向都是从左向右结合。

② "访问对象"与"被访问对象"

称"－＞"运算符及"."运算符左侧操作数为"访问对象"，右侧操作数为"被访问对象"。

③ 选用原则

引用成员时，其运算符的选取，应视访问对象的类型而定。当访问对象通过地址对成员（被访问对象）进行访问时，则应使用指向运算符"－＞"；否则，使用点运算符"."。

如：

结构指针 ->成员名、&结构变量 ->成员名、&结构数组[下标]->成员名

（*结构指针）. 成员名、结构变量. 成员名、结构数组[下标]. 成员名

通过结构数组元素引用成员时，由于取数组元素可以表示为"结构数组名[下标]"，等价于"*（结构数组名＋i）"，因而"结构数组名[下标]. 成员名"还可以写为"(*（结构数组名＋i)). 成员名"。

【提示】

因为运算符"."的优先级最高，而"*"运算符又高于"＋"运算符，故两重括号均不可以省略。

（4）特殊成员的引用。

① 如果成员本身又是一个结构类型，则要用若干个引用成员运算符，一级一级地找到最低的一级的成员。只能对最低级的成员进行赋值或存取以及运算。如：

```
struct   student
{   char   name[20],sex, * addr;
    int   tel;
    float   score[3];
    struct   date
    {   int   year,month,day;
    }birthday;
}stu = {"Zhang",'m',"FirstAvenue",12345678,98,86,92, 2008,10,12};
printf(" % d\n", stu.birthday. year);        (√)
printf("% d - % d - % d \n", stu.birthday);( × )
```

② 如果成员本身为一数组，则可以通过数组下标，逐一访问成员数组中的各个数组元素。如：

```
for(i = 0;i < 3;i ++ )
stu. score[i] = 0;                    (√)
```

4. 联合类型的定义

使若干个不同类型的成员共享同一段内存的结构称为联合类型。

1) 联合类型的定义

一般形式：

```
union  联合名
  { 成员列表 };
```

2) 联合变量的定义

同结构变量的定义，有以下 3 种形式：

(1) 先定义联合类型，而后定义联合变量。

```
union  联合名
  { 成员列表};
union  联合名  联合变量;
```

(2) 定义联合类型同时定义联合变量。

```
union  联合名
{ 成员列表
  }联合变量;
```

(3) 定义无名联合类型的同时定义联合变量。

```
union
  { 成员列表
  }联合变量;
```

3) 联合变量的引用

其引用运算符及引用形式均同结构变量：

(* 联合指针). 成员名　　　联合变量. 成员名　　　　联合数组[下标].成员名
联合指针 ->成员名　　　& 联合变量 ->成员名　　& 联合数组[下标]->成员名

如：

```
union  type
{ int  i;
   char  ch;
   float  f;
} data;                           //定义联合变量 data
```

则可引用：

```
data. i          data. ch          data. f
&data -> i       &data -> ch       &data -> f
```

4) 联合变量的特点

(1) 联合变量是用同一个内存段来存放几种不同类型的成员，但在每一瞬时只能存放其中一种，而不是同时存放几种。

(2) 联合变量被分配到的内存长度为其最长成员所占字节数。

(3) 联合变量的地址和它的各成员的地址相同。即联合变量中各成员都是从同一地址开始存放，各成员的赋值会相互覆盖。

（4）联合变量中起作用的成员是最后一次存放的成员，在存入一个新的成员后原有的成员就失去作用。避免引用无效成员。

```
data.i = 1;
data.ch = 'a';
data.f = 2.5;
printf("%d", data.i);                    (×编译通过,但运行结果不对)
```

（5）不能对联合变量名赋值，也不能企图引用变量名来得到一个值，只能在定义联合变量时对它的第一个成员进行初始化。

```
union
{    int i;
     char ch;
     float f;
}data = {1,'a',2.5};                     (×)
data = 1;                                (×)
printf("%d", data);                      (×)
```

（6）可以用一个联合变量为另一个变量（含联合变量）赋值。如

```
float  x;
union
  {     int i;    char ch;    float f;
  }a,b;
  a.i = 1;    a.ch = 'a';    a.f = 1.5;
  b = a;                                 (√)
  x = a.f;                               (√)
```

（7）联合类型可以出现在结构体类型定义中，也可以定义联合类型数组。反之，结构体也可以出现在联合类型定义中，数组也可以作为联合类型的成员。

5. 联合类型和结构类型的异同（表 7.1）

表 7.1　联合类型和结构类型的异同

异同	比较项	结构类型	联合类型
相同	成员组成	多个不同的数据类型成员组成、引用成员方式、赋值方式	
不同	变量占用内存	各成员所占内存的长度之和	最长成员的长度
	各成员占用内存	各成员均有属于自己的内存单元,其首地址各不相同	各成员首地址相同,共用一块内存单元
	赋值	对各成员赋值互不影响	对各成员赋值会相互覆盖
	有效成员	所有成员可以同时存在,且有效	任一瞬间只有最后一个被赋值的成员有效
	作为函数参数和返回值	可以作为返回值或参数在函数间传递	不能作为函数返回值或参数,只能使用指向联合的指针进行传递

特别强调：联合变量的不同成员赋值，在某种意义上等于变相重写了其他成员，而一旦取用了无效成员的数据，程序也将会因引用了错误数据而产生错误的结果。

6. 位运算

位运算对字节或字节内部的二进制位进行测试、设置、移位或逻辑运算。

1）位运算符（表 7.2）

表 7.2　位运算符

分类	运算符	含义	优先级	结合性
逻辑运算符	&	按位与	8	从左至右
	|	按位或	10	从左至右
	∧	按位异或	9	从左至右
	~	按位取反	2	从右至左
移位运算符	<<	左移	5	从左至右
	>>	右移	5	从左至右

2）操作数

（1）除了"～"运算符是一元运算符外，其他都是二元运算符。

（2）位逻辑运算的运算对象只能是整型或字符型的数据，不能为实型或其他类型数据。

（3）运算对象，如果是正数，则以二进制原码形式参与运算，如果是负数，则须转换为对应的二进制数补码形式参与运算。

3）运算规则

（1）逻辑运算符的运算规则（表 7.3）

表 7.3　逻辑运算符的运算规则

a	b	a & b	a | b	a ∧ b	~a
0	0	0	0	0	1
0	1	0	1	1	
1	0	0	1	1	0
1	1	1	1	0	

（2）移位运算符的运算规则（表 7.4）

表 7.4　移位运算符的运算规则

运算		运算规则	
a<<n	左移 n 位	高位丢弃,低位补零	
a>>n	逻辑右移 n 位	高位补零,低位丢弃	
	算术右移 n 位	正数	高位补零,低位丢弃
		负数	高位补 1,低位丢弃

其中,n 为正整数。

4) 各种运算符的特殊用途(表 7.5)

表 7.5 各种运算符的特殊用途

运 算 符	用 途	实 现 方 法	备 注
按位与(&)	清零	与 0 相与	
	取(屏蔽)指定位	与中间数相与	中间数的设置: 待取位置 1,屏蔽位置 0
按位或(|)	置 1	与 1 相或	
按位异或(∧)	特定位翻转(取反)	与中间数相异或	中间数的设置: 待翻转位置 1,其余位置 0
	两个数交换	顺序执行: a=a^b;b=b^a;a=a^b;	两个数: a,b
左移(<<)	乘 2	左移一位	非零数
右移(>>)	除 2	右移一位	非零数 算术右移

5) 位运算的复合赋值运算符(表 7.6)

表 7.6 位运算的复合赋值运算符

复合运算符	含 义	复合运算符	含 义
a&=b	a=a&b	a<<=n	a=a<<n
a|=b	a=a|b	a>>=n	a=a>>n
a^=b	a=a^b		

6) 不同长度的数据进行位运算原则:把占用位数短的数据依照长数据的位数转化,转化采用右对齐原则。

7. 位段结构

以"位"为单位来指定其成员所占内存长度的结构类型称位段结构。这种以位为单位的成员称为"位段"或"位域"(bit field)。位段结构实现了利用位段能够用较少的位数存储数据。

1) 位段结构的定义

(1) 一般形式

```
struct    位段结构名
{   数据类型[位段名]:位数;
      ...
      数据类型[位段名]:位数;
}位段结构变量;
```

其中:

① 数据类型必须是 int。其中,除了成员长度为 1 时只能是 unsigned 类型,其余可以定义为 unsigned,也可以定义为 signed。

② 位段名可选。无名位段只起到填充或调整位置的作用,不能被访问。

③ 位数即位段的长度,必须是非负的整数,其长度值可以超过一个字节,但不能超过一个字(VC++ 6.0 的字边界在 4 倍字节处,故其位段位数的取值应在 1～32 范围内)。

④ 指定某一位段从另一个字处开始存放,可在该位段前定义一个长度为 0 的位段。

(2) 几点说明

① 一个位段不能跨两个存储单元存放。如果其单元空间不够,则剩余空间不用,系统自动从下一个单元起分配该位段空间。

② 位段结构中也可以包含整型的变量、数组成员或其他结构成员,但变量、数组名或其他结构成员名后不能跟冒号和位数,系统自动为它们从新的存储单元(即字)开始分配空间。

③ 如果位段结构的总长度不足 n 个计算机字长,余下的位也可以定义一个不使用的位段或无名位段。

④ 位段结构中的成员不能使用数组和指针,但位段结构变量可以是数组和指针。如果是指针,其成员访问方式同结构指针。

⑤ 位段结构中的所有成员按先后次序存放,但存储单元中位段的空间分配方向因机器而异。在微机使用的 C 系统中,一般是由右到左进行顺序分配的,当然,用户可以不必关心这些细节。但需注意的是,位段结构的程序会因字长及空间分配方向的不同,而影响程序的可移植性。

2) 位段的引用

(1) 一般形式

位段变量名.位段名　　或　　位段指针->位段

(2) 几点说明

① 位段数据的引用,同结构类型中的数据引用一样,但应注意位段的最大取值范围,不要超出二进制位数确定的范围,否则超出部分会溢出。

② 每个位段结构变量有自己的起始地址,其每一个整型变量或数组成员也都有各自的地址,但位段成员没有自己的地址,不能对位段成员进行取地址运算。不过,位段允许用各种格式输出,如以%d,%o,%x,%u 格式输出均可。

③ 位段可以用整型格式符输出也可以在数值表达式中引用,此时它会被系统自动地转换成整型数。

8. 枚举类型

枚举类型是专为需要限定取值范围的一类变量而设计的一种数据类型。该类型的定义只须将变量允许取的值一一列举出来。

1) 枚举类型定义

一般形式:

enum　　枚举名{ 枚举值列表};

说明:

枚举值列表中列出了该种枚举类型对应的取值有哪些。其中,各枚举值之间用","间隔而不能使用";",且最后一个成员后面的","可以省略。

如"enum weekdays{Sun，Mon，Tue，Wed，Thur，Fri，Sat}；"。

2）枚举变量定义

有三种形式：

（1）先定义枚举类型，而后定义枚举变量。

```
enum    枚举名 { 枚举值列表};
enum    枚举名    枚举变量;
```

（2）定义枚举类型同时定义枚举变量。

```
enum    枚举名{ 枚举值列表}枚举变量;
```

（3）定义无名枚举类型的同时定义枚举变量。

```
enum    { 枚举值列表}枚举变量;
```

如"enum weekdays {Sunday，Monday，Tuesday，Wednesday，Thursday，Friday，Saturday } workday；"。

3）注意事项

（1）枚举类型仅适用于取值有限的数据。

（2）Sunday，Monday，…，Saturday 称为枚举元素。它们是用户自定义标识符，其字面词义并不能决定其程序运行中的含义，程序中的对应代码才真正决定了每个枚举元素的意义。如，枚举元素 Sunday，在程序中并不会自动代表"星期天"。事实上，对应"星期天"的枚举元素用什么表示都可以，但为起到"见名识意"的效果，枚举元素取名时应尽可能使其字面词义与程序中含义一致。

（3）每个枚举元素本身都是一个整型常量，又称为枚举常量。编译时，由系统为每个枚举常量定义一个表示序号的数值，从 0 开始顺序定义为 0,1,2,…。

（4）可以通过"printf("%d"，MONDAY)；"输出枚举元素 Monday 的取值，但不能在定义该类型时写成"enum   weekday{0,1,2,3,4,5,6}；"，而必须通过标识符来定义。

（5）由于枚举元素是常量，故在程序中不允许对其赋值。

（6）可以在定义类型时，对枚举常量指定一个整型值：标识符[＝整型常数]，标识符[＝整型常数]，…，标识符[＝整型常数]。

（7）按照枚举元素所代表的整数可以进行判断比较，也可以把枚举变量用做循环变量，并且可以对枚举循环变量进行自增和自减运算。

（8）枚举变量只能取枚举说明结构中的某个标识符常量（枚举元素），而不能将一个整数直接赋值给一个枚举变量。因为它们属于不同的类型，需要在进行强制类型转换后方能对其赋值。于是，语句"workday＝(enum weekday)(2＋3)；"是正确的。需注意的是，C 语言处理枚举类型值和处理其他整数一样，不提供边界检查来确定存储在枚举类型变量中值的有效性。

9. 类型定义

所谓类型定义，简单说就是用户自定义名字为已有数据类型命名。自定义的名字与原类型标识符具有相同功能。

1) 类型定义一般形式

```
typedef    type    name;
```

其中，

typedef 为类型定义语句的关键字。

type 为已有数据类型名。

name 为用户定义类型名(别名)。

2) 几点说明

(1) typedef 没有创造新数据类型。

(2) typedef 是定义类型，不能定义变量。

(3) typedef 与 define 不同(表 7.7)。

表 7.7　typedef 与 define 的不同

define	typedef	define	typedef
预编译时处理	编译时处理	简单字符置换	为已有类型命名

(4) 使用 typedef 有利于程序的通用与移植。当不同源文件中用到同一类型数据时，常用 typedef 声明一些数据类型，把它们单独放在一个文件中，然后在需要用到它们的文件中用 ♯ include 命令把它们包含进来。

7.2　难点分析

1. 用指针访问嵌套结构成员

前面提到引用成员时，其运算符的选取视访问对象的类型而定。应用到嵌套结构成员的访问，实际上是一个逐层分析、逐级访问的过程。简单说就是从最外层的结构变量开始一层一层分析对下一级进行访问的对象类型，从而确定当前应使用的访问运算符。例如：

```
struct   student
    { char    name[20],sex, * addr;      //姓名,性别,家庭住址
      int     tel;                        //联系电话
      float   score[3];                   //3 门课程的成绩: score[0],score[1],score[2]
      struct  date
      { int   year,month,day;
      }birthday;                          //出生日期
    }stu, * p;
    p = &stu;
```

访问学生 stu 的出生年可写为 stu. birthday. year 或 p—＞birthday. year。

此时，不管是通过变量 stu 还是通过指针 p 访问，当访问到中间访问对象 birthday 成员时，由于 birthday 本身是变量形式并非通过地址访问，故当 birthday 成员作为访问对象继续向低一级成员 year 访问时，应使用"."运算符。

综上所述，对嵌套结构成员访问的分析核心在于逐层确定"中间访问对象"类型。这里

说的"中间访问对象"是指那些既是上一级访问过程中的被访问对象,又将作为下一级成员的访问对象的那些临时对象。由于这些"中间访问对象"直接决定了对其下一级成员进行访问应选用的运算符,因此正确分析中间访问对象的类型尤为重要。

此外,当中间访问对象为一数组成员时,还应注意,只能访问各个数组元素的下一级成员。例如:

```
struct   student
    {  char     name[20],sex, * addr;      //姓名,性别,家庭住址
       int      tel;                        //联系电话
       struct   course
       {   char cname[20];
           float score;
       }cscore[3];                          //3 门课程的名称及对应成绩
       struct   date
       {  int  year,month,day;
       }birthday;                           //出生日期
    }stu , * p;
```

输出学生 stu 的各门课程的名称及成绩的语句可写为:

```
for(i = 0;i < 3;i ++ )
    printf("课程: % s,成绩: % f\n",stu. cscore[i]. cname,stu. cscore[i]. score);
```

这里,由于 cscore[i]为数组元素亦非通过地址访问,故在对低一级成员 name 或者 score 进行访问时使用的运算符是"."。

显然,上面语句可等价为:

```
for(i = 0;i < 3;i ++ )
    printf("课程: % s,成绩: % f\n",p -> cscore[i]. cname, p -> cscore[i]. score);
```

当然,也可以在取到 cscore[i]成员后,调整其访问对象类型,改为通过元素地址来进行访问,则上述语句可改为(注意成员 cscore[i]的地址提取方法):

```
for(i = 0;i < 3;i ++ )
    printf("课程: % s,成绩: % f\n",(&(p -> cscore[i])) -> cname,(& (p -> cscore[i])) -> 
score);
```

这里,由于 cscore[i]本身并不是独立的变量,而是作为 p 所指向变量 stu 的成员,因此对该成员取地址,必须先引用到该成员,即"p—>cscore[i]",而后再对该成员取地址:"&(p—>cscore[i])"。

如此可以想到上面语句可等价为:

```
for(i = 0;i < 3;i ++ )
    printf("课程: % s,成绩: % f\n",(&(stu. cscore[i])) -> cname,(& (stu. cscore[i])) -> 
score);
```

尤其当访问过程中涉及" * ","&"和"[]"运算符时,还要注意分析它们与"." 运算符及"—>"运算符的优先级和结合性。

2. 结构在函数间的传递

1) 结构类型变量作为函数参数

在函数(有参)调用过程中会发生参数传递,要求实参的类型、值要与函数定义的形参要求一致。若函数参数为结构类型,则形参与实参的搭配关系如表 7.8 所示。

表 7.8　形参与实参的搭配关系

形　参	实　　参	形　参	实　　参
变量	结构成员	结构数组	结构数组
结构变量	结构变量	结构指针	结构指针、结构变量地址、结构数组名

结构的传递按结果成员分别传递。若结构成员是变量,则采用传值方式;若结构成员是指针,则采用传址方式。例如下面的程序:

```
#include<stdio.h>
#include<string.h>
struct st
{ int a, b;
  char c[4];
};
void fun(struct st p);
void main()
{ struct st x;
  x.a = 10;
  x.b = 20;
  strcpy(x.c,"abc");          //x.c = "abc";
  fun(x);
  printf("%d, %s\n", x.a, x.c);
}
void fun(struct st p)
{ p.a += p.b;
 p.c[2] = 'a';
printf("%d, %s\n", p.a, p.c);
}
```

结构成员 a 和 b 是变量,采用传值方式,数据单向传递;成员 c 是指针,采用传址方式,数据双向传递,程序输出结果为:

```
30,aba
10,abc
```

2) 函数返回值为结构类型

当一个函数的返回值是一个结构时,将它称之为"结构型函数",当一个函数的返回值是一个结构指针时,将它称之为"结构指针型函数"。

结构型函数的定义形式为:

struct 结构名 函数名(形参表){ }

结构指针型函数定义形式为：

struct 结构名　* 函数名(形参表){ }

3. 用结构处理单向链表

单向链表是一种常用的数据结构。它由若干个结点首尾相连而成，每个结点包括两个域：数据域(存放数据)，指针域(存放连接的后一个结点的首地址)。

结点是一个递归结构类型，允许自定义的结构类型中含有指向本类型的指针变量。改变链表中的数据关系实际上就是修改相关结点指针域的指向。当该指针域为空时，则表示当前结点无下一个结点，或称表尾，即链表中的最后一个结点。随时定义的结点，被编译器分配到的地址很可能是分散的，将这些散落在内存中的结点有序地组织起来就成了一个问题。可以设想通过在记录结点数据的同时记录下一个结点的方法把本不连续的结点串接起来以使其有序。这样"随用－>随定义－>随链接"的好处是既可以不必像数组那样需要估计数据量大小来预先定义连续的空间，同时又避免了占而未用的资源浪费。

链表的主要操作包括链表的建立、插入、删除和输出。

```c
/ ***** 建立链表 ***** /
# include < stdlib. h >
# include < stdio. h >
struct node
{ int data;
  struct node * next;
};
struct node * creatlist()
{ struct node * h, * p, * q;
  int x;
  h = (struct node * )malloc(sizeof(struct node));
  p = q = h;
  scanf(" % d",&x);
  while(x! = 0)
  { p = (struct node * )malloc(sizeof(struct node));
   p -> data = x;
   q -> next = p;
   q = p;
   scanf(" % d",&x);
  }
  p -> next = NULL;
  return h;
}
/ * 删除结点前先判断链表是否为空,被删除结点是否为该链表的结点,find()函数返回被删除结点
的前一结点,若链表中有多个结点值相同,则删除第一次出现的结点 * /
struct node * find(struct node * h, int x)
{ struct node * p, * q;
  p = h -> next;
  q = h;
  while(p -> next! = NULL && p -> data! = x)
  { q = p;
```

```
      p = p - > next;
    }
    if(p - > data! = x) return NULL;
    else return q;
}
/ ***** 删除结点 ***** /
int del(struct node * h, int x)
{ struct node * p, * q;
  if(h - > next == NULL)
    { printf("List is null.\n");
    return 0;
   }
  q = find(h,x);
  if(q! = NULL)
    { p = q - > next;
    q - > next = p - > next;
    free(p);
    printf("删除 % d\n",x);
    return 1;
  }
return 0;
  }
/ ***** 插入结点 ***** /
void insert (struct node * h, int x)
{ struct node * p, * q, * s;
  s = (struct node * )malloc(sizeof(struct node));
  s - > data = x;
  q = h;
  p = h - > next;
while(p! = NULL &&x > p - data) //若为一个已排序的升序链表,将 x 插入适当位置
  { q = p;
   p = p - > next;
   }
  s - > next = p;
  q - > next = s;
}
/ ***** 输出链表 ***** /
void printlist(struct node * h)
{ struct node * p;
  p = h - > next;
  while(p! .= NULL)
  { printf(" % d ", p - > data);
    p = p - > next;
  }
}
```

最后,须强调的是在进行链表操作特别是对指针域的修改时一定要慎重,要在确保原指针域中记录的值(即当前结点的下一个结点地址)已保存的情况下,再修改当前结点的指针域,以防"链断"、找不到后继元素或内存泄漏等现象的发生。

4. 复杂类型的类型定义步骤

对于类型定义首先应明确其本质是取别名而并没有产生新的类型。编译器之所以允许为各种数据类型取别名的很重要的一个因素是为了简化变量定义的形式。简化体现在两方面。

第一方面,简化已有数据类型标识符的写法,这方面的内容是同学们比较容易接受和掌握的。

第二方面,简化变量定义的形式,这方面的简化方法常常是学生不容易理解的,接下来重点讨论。

简化变量定义的形式,只是针对数组和指针的定义形式简化,或者可以看做是对已有数据类型的别名进行限定。

以教材例 7.13 为例。

含有 10 个元素的字符数组类型的别名可定义为:

```
typedef   char   STRING[10];
```

则 STRING 作为别名,专用于定义包含 10 个元素的一维字符数组,如:

```
STRING s;                    //s 为含有 10 个元素的一维字符数组.
```

但如果该定义改为:

```
typedef   char   STRING;
```

则 STRING 同样作为 char 的别名可以定义任意类型的变量,如:

```
STRING s;                 //s 为普通变量
STRING s[10];             //s 为含有 10 个元素的一维字符数组
STRING * s;               //s 为指向字符型变量的指针
```

由此可见,"[ ]"运算符限定了类型别名的定义范围只能定义数组,且数组的大小以定义时中括号内限定的元素个数为准。

又如教材例 7.14。

定义指向结构类型的指针类型的别名可以表示为:

```
typedef   struct   student   * STUDENT;
```

则 STUDENT 作为别名,专用于定义指向 struct student 类型数据的指针,如:

```
STUDENT  p;                  //p 为指向 struct student 结构类型数据的指针
```

但如果该定义改为:

```
typedef   struct   student   STUDENT;
```

则 STUDENT 同样作为 struct student 类型的别名可以定义任意类型的变量,如:

```
STUDENT p;                   //p 为 struct  student 类型的变量
```

```
STUDENT p[6];              //p 为含有 6 个元素的一维 struct student 类型数组
STUDENT * p;               //p 为指向 struct student 类型数据的指针
```

综上所述,运算符"[ ]"和运算符" * "在类型定义中,可用于限定已有数据类型别名的使用范围。如限定别名只用于定义该类型的指针,则只需在原类型定义基础上,在对应别名的左侧加" * "运算符即可。同理,如限定别名只用于定义该类型的数组,则须在原类型定义的基础上,在对应的别名的右侧加运算符"[ ]"且运算符中须注明允许定义的数组大小(包含元素个数)。

7.3　疑难问题解析

一、选择题

1. 以下 scanf 函数调用语句中对结构体变量成员的引用不正确的是_____。

```
struct student {char name[20];
                int age;
                int sex;
                }stu[3], * stup = stu;
```

  A) scanf("%d", &stu[0].age);

  B) scanf("%d", &(stup−>sex));

  C) scanf("%d", stup−>age);

  D) scanf("%s", stu[0].name);

解析:stu[3]是 student 类型的结构数组,数组成员均为该类型的结构体变量。stup 结构指针变量指向 stu[3]数组,即 stup 指向 stu[0]的首地址。stu[0]结构体成员的三种引用方法:stu[0].age,stup−>age 或(* stup).age。stup−>age 表示 stu[0]变量的 age 成员,类型为 int,应加取地址运算符 &,使用 &(stup−>age),因此本题正确答案是 C。

2. 以下程序的输出结果是_____。

```
# include<stdio.h>
struct student
{ int num;
  char name[20];
  int age;
};
void fun(struct student * p)
{ printf("%s\n", ( * p).name);}
void main()
{ struct student stu[3] = {{1001,"Lily", 18},{1002,"Mary", 19},{1003, "Lucy", 18}};
fun(stu + 2);
}
```

  A) Lily　　　　　B) Mary　　　　　C) Lucy　　　　　D) 18

解析:被调用函数 fun 的形参 p 是 student 类型的结构指针。程序执行时,它接收从 main 函数传递过来的地址 stu+2,表示 stu 数组的 stu[2]元素的首地址,即输出 stu[2].name,结果为"Lucy"。因此本题正确答案是 C。

3. 以下程序的运行结果为_____。

```
# include < stdio. h>
struct st
{ int x, * y;} * p;
int a[4] = {1,2,3,4};
struct st b[4] = {5,&a[0],6,&a[1],7,&a[2],8,&a[3]};
void main( )
{ p = b;
  printf("% d  ", ++p-> x);
  printf("% d  ", ( ++ p) -> x);
  printf("% d  ", ++ ( * p-> y));
}
```

　　A) 1 2 2　　　　　B) 5 6 3　　　　　C) 6 6 3　　　　　D) 6 7 4

解析：运算符->的优先级高于++。第一条 printf 语句将 b[0]中成员 x 的值加 1，输出 6；第二条 printf 语句中先将 p 指针指向 b[1]，再输出其 x 成员的值为 6；第三条 printf 语句中先取出 p 所指向的 b[1]的 y 成员（a[2]的值为 2），再加 1，输出 3。因此本题正确答案是 C。

4. 若有以下定义

```
struct link
{ int data;
  struct link * next;
}a,b,c,d,e,f,g;
```

且变量 a,…,e,f 为图 7.1 所示单向链表结构：

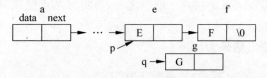

图 7.1　单向链表结构

其中,指针 p 和 q 分别指向图 7.1 所示结点,则不能将 q 所指结点插入到链表末尾构成单向链表的语句是_____。

　　A) p＝p->next; q->next＝p; p->next＝q;

　　B) p＝p->next; q->next＝p->next; p->next＝q;

　　C) q->next＝NULL; p＝p->next; p->next＝q;

　　D) p＝(* p). next; (* q). next＝(* p). next; (* p). next＝q;

解析：选项 A 先移动指针 p 指向结点 f,"q->net＝p"使 q 结点插入结点 f 之前,"q->net＝p"将 q 结点放入结点 f 之后,使得链表断链;选项 B 先移动指针 p 指向结点 f,再将"\0"赋给 q->net,使 q 结点成为链表末结点,选项 D 与 B 相同;选项 C 先将 q 结点的指针域置空,移动指针 p 指向结点 f,再将结点 q 连接到结点 f 的后面,成为链表末结点。因此本题正确答案是 A。

5. 同第 4 题单向链表,能够将 q 所指结点插入结点 e 和 f 之间形成新链表的语句是_____。

    A) e. next=g; g. next=f;

    B) p. next=q; q. next=p. next;

    C) p—>next=&g; q—>next=p—>next;

    D) (* p). next=q; (* q). next=&f;

解析:选项 A 将结构变量名赋给结构变量的指针成员,数据类型不匹配;选项 B 用指针引用结构成员时错误地使用了".."运算符;选项 C 使 e 链接了 g,而 g 又链接了本身;选项同 D 使 e 链接了 g,g 链接了 f,因此本题正确答案是 D。

6. 有以下结构说明和变量定义,指针 p、q、r 分别指向一个链表中的三个连续结点,如图 7.2 所示:

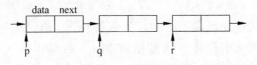

图 7.2　p、q、r 的结构说明

现要求将 q 和 r 所指向的结点先后位置交换,同时要保持链表连续,以下程序段错误的是_____。

    A) r—>next=q; q—>next=r—>next; p—>next=r;

    B) q—>next=r—>next; p—>next=r; r—>next=q;

    C) p—>next=r; q—>next=r—>next; r—>next=q;

    D) q—>next=r—>next; r—>next=q; p—>next=r;

解析:选项 A,先将 q 结点链接在 r 结点之后,再将 q 结点链接到 q 结点之后,这是错误的。因此本题正确答案是 A。

7. 以下程序段的输出结果为_____。

```
type union{long x[2]; int y[4]; char z[8];} MYTYPE;
MYTYPE un;
printf(" % d", sizeof(un));
```

    A) 32   B) 8   C) 24   D) 16

解析:MYTYPE 是自定义的 union 联合类型名,un 是该联合体类型的变量,其三个成员占内存的字节数均为 8 字节,因此本题正确答案是 B。

8. 以下对枚举类型名的定义中正确的是_____。

    A) enum x={one, two, three};

    B) enum x={one=3, two=1, three};

    C) enum x={"one", "two", "three"};

    D) enum x{one, two, three};

解析:枚举类型名后面直接跟花括号,花括号内列举各元素,各枚举元素也可以单独设置初值。A 选项中类型名后多了一个"=";B 选项中类型名后多了一个"=";C 选项中类型名后多了一个"=",枚举元素多加了双引号;因此本题正确答案是 D。

9. 以下定义的位段数据的引用中不能得到正确数值的是_____。

```
struct bitfield
{ unsigned one:1;
  unsigned two:2;
  unsigned three:3;
  unsigned four:4;
}bfdata;
```

    A) bfdata. one＝4　　　　　　　B) bfdata. two＝3

    C) bfdata. three＝2　　　　　　D) bfdata. four＝1

解析：bfdata. one 只占 1 位(bit)，无法存放整数 4(二进制为 100，占 3bit)。因此本题正确答案是 A。

10. 以下选项中正确说明一种新的类型名的是_____。

    A) typedef v1 int;　　　　　　B) typedef v2＝int;

    C) typedef int v3;　　　　　　D) typedef v4：int;

解析：typedef 的语法格式为

typedef 原类型名　新类型名;

其中，原类型名为已存在的类型名。选项 A 中原类型名不存在，新类型名已存在；选项 B 错误同 A，还多加了一个"＝"；选项 D 错误同 A，还多了一个"："。因此本题正确答案是 C。

二、填空题

1. 以下程序段的输出结果是_____。

```
int a = -1,b = 1,c = 0x35;
printf("%d, %d, %d\n", a|037, ~b,(c&0xf)<< 4);
```

解析：printf 语句输出三个位运算表达式，计算前要先将它们转换为二进制，再根据输出格式确定输出显示的方式，本题的三个表达式均以十进制输出。第一个表达式中−1(十进制)的二进制补码表示为全 1(VC++ 6.0 为 32 位)，任何数据与它相"或"，均得到全 1(32位)，再转换为十进制数输出，所以第一个表达式值为−1；第二个表达式中"～"运算符表示将十进制 1 转换为二进制为 0…01(前 31 位为 0)再按位取反，得到 1…10(前 31 位为 1)，再将其转换为原码十进制，结果为−2；第三个表达式 c 为一个十六进制数，它先与 0xf 进行&(按位与)运算，得到 101(二进制，前 29 位为 0)，再向左移 4 位，1010000(前 25 位为 0)，转换为十进制数 80。因此程序段输出结果为−1，−2，80。

2. 以下程序的运行结果为_____。

```
# include < stdio. h>
union un
{ short int i;
  char c[2];
};
void main()
{ union un x;
  x.c[0] = 10;
```

```
    x.c[1] = 1;
    printf("%d\n", x.i);
}
```

解析：联合体变量 x 有两个成员,分别为 i 和 c,它们均占 2 个字节,所以 x 占两字节。其中 c[0] 对应 i 的低字节,c[1] 对应 i 的高字节,所以 x.i 的值为 1(256＋10＝266)。

3. 在 printf 语句的_____处填写能够正确输出变量及相应的格式说明。

```
union { int x; double y;}n;
n.x = 1; n.y = 1.5; printf("____【1】____", ____【2】____);
```

解析：因先后分别对 n.x 和 n.y 赋值,所以 n.x 被覆盖,结果应为 n.y 的值。n.y 是 double 类型,【1】处应填%f 或%lf,【2】处应填 n.y。

4. 以下程序的功能是建立一个带头结点的单向链表,结点的值域通过键盘输入,当输入 0 时,表示输入结束。将程序空白处填写完整。

```
# include < stdlib.h >
# include < stdio.h >
struct node
{ int data;
  struct node * next;
};
    ____【1】____ creatlist()
{ struct node * h, * p, * q;
  int x;
  h = (struct node * )malloc(sizeof(struct node));
  p = q = h;
  scanf("%d",&x);
  while(x! = 0)
  { p = (struct node * )malloc(sizeof(struct node));
    p -> data = x;
    q -> next = p;
    ____【2】____ = p;
    scanf("%d",&x);
  }
  p -> next = NULL;
  return h;
}
void main( )
{ struct node * head, * p;
  head = creatlist();
}
```

解析：建立单向链表的过程是:先申请 h 结点(既是头结点,当前结点,也是尾结点),其首地址存入指针 h 中,如果继续建立新结点,再申请下一个结点 p,该结点的数据域存放从键盘输入的 x 值(不为 0),该结点的首地址存入尾结点的指针域,成为新的尾结点,指针域存入结束标志,形成链表。若要再建立结点,就通过指针 q 将刚存入值的结点变成尾结点,使 q 指向当前结点的首地址。当无数据存放时,当前结点的 next 域置为空(0,'\0',NULL)作为链表结束标志,并将头结点的地址作为函数值返回。根据上述过程,【1】处用来定义 creatlist 函数的数据类型,且函数返回值为地址类型,应填 struct node * ;【2】处用来将当前结点变成新的尾结点,应填 q。

7.4 测 试 题

一、选择题

1. 设有定义"struct {char mark[12];int num1;double num2;} t1,t2;",若变量均已正确赋初值,则以下语句中错误的是_____。

A) t1=t2; B) t2.num1=t1.num1;

C) t2.mark=t1.mark; D) t2.num2=t1.num2;

2. 以下程序运行后的输出结果是_____。

```
# include < stdio.h >
struct S
{ int a,b;}data[2] = {10,100,20,200};
void main()
{ struct S p = data[1];
  printf(" % d\n", ++ (p.a));
}
```

A) 10 B) 11 C) 20 D) 21

3. 以下程序运行后的输出结果是_____。

```
# include < stdio.h >
struct ord
{ int x,y;}dt[2] = {1,2,3,4};
void main()
{
    struct ord * p = dt;
    printf(" % d,", ++ (p->x)); printf(" % d\n", ++ (p->y));
}
```

A) 1,2 B) 4,1 C) 3,4 D) 2,3

4. 有以下程序

```
# include < stdio.h >
struct Stu
{ char name[10]; int num;};
void f1(struct Stu c)
{ struct Stu b = {"Lily", 1002};
  c = b;
}
void f2(struct Stu * c)
{ struct Stu b = {"Lucy",1004};
    * c = b;
}
void main()
{ struct Stu a = {"Mary", 1001}, b = {"Eric", 1003};
```

```
    f1(a);
    f2(&b);
    printf("%d  %d\n", a.num, b.num);
}
```

程序的输出结果为_____。

A) 1001 1004　　　B) 1001 1003　　　C) 1002 1004　　　D) 1002 1003

5. 以下程序段的输出结果为_____。

```
union un{short a; char c[2];}x;
x.c[0] = 'A'; x.c[1] = 'a';
printf("%x\n",x.a);
```

A) 65　　　　　　　B) 41　　　　　　　C) 4161　　　　　　D) 6141

6. 以下四种运算符<<、sizeof、∧、&=,按优先级由高到低排序正确的是_____。

A) <<,∧,&=,sizeof　　　　　　　B) ∧,<<,sizeof,&=

C) sizeof,<<,∧,&=　　　　　　　D) sizeof,&=,<<,∧

7. 以下程序的功能是：建立一个带有头结点的单向链表,并将存储在数组中的字符依次转存到链表的各结点中,为程序中空白处选择正确选项。

```
#include<stdlib.h>
#include<stdio.h>
struct node
{ int data;
  struct node * next;
};
_____【1】_____ creatlist()
{ struct node  * h,  * p,  * q;
  int x;
  h = (struct node * )malloc(sizeof(struct node));
  p = q = h;
  scanf("%d",&x);
  while(x! = 0)
  { p = (struct node * )malloc(sizeof(struct node));
   p -> data = ____【2】____;
   q -> next = p;
   q = ____【3】____;
   scanf("%d",&x);
  }
  p -> next = NULL;
  return h;
}
void main( )
{ char str[] = "abcd"
  struct node  * head;
  head = creatlist();
}
```

【1】A) char *　　　　　　　　　　　B) struct node *
　　 C) struct node　　　　　　　　　D) char

【2】A) * s
   C) s

B) * s++
D) (* s)++

【3】A) p—>next
   C) p

B) s
D) s—>next

8. 有以下语句

```
typedef struct S
{int g; char h;} T;
```

以下叙述中正确的是_____。

    A) 可用 S 定义结构体变量
    C) S 是 struct 类型的变量

B)可用 T 定义结构体变量
D)T 是 struct 类型的变量

二、填空题

1. 以下程序的运行结果为_____。

```
# include < stdio. h>
# include < string. h>
struct A
{int a;   char b [10]; double c;};
void f(struct A * t);
void main()
{struct A a = {1001,"ZhangDa",1098.0};
f(&a);
printf(" % d, % s, % 6.1f\n",a.a, a.b, a.c);
}
void f(struct A * t)
{ strcpy(t -> b,"ChangRong"); }
```

2. 以下程序把三个 NODETYPE 型的变量链接成一个简单的链表,并在 while 循环中输出链表结点数据域中的数据。请填空。

```
# include < stdio. h>
struct   node
{int data;struct node * next;};
typedef struct node NODETYPE;
void main()
{NODETYPE a, b, c, * h, * p;
a. data = 10;b. data = 20; c. data = 30; h = &a;
a. next = &b; b. next = &c; c. next = '\0';
p = h;
while(p) {printf(" % d, ", p -> data);_____;}
printf("\n");
}
```

3. 以下程序中函数 fun 的功能是:统计 person 所指结构体数组中所有性别(sex)为 M 的记录的个数,存入变量 n 中,并作为函数值返回。请填空。

```
# include< stdio. h>
# define N 3
```

```
typedef struct
{int num;char nam[10]; char sex;}SS;
int fun(SS person[])
{int i,n = 0;
for(i = 0;i < N;i ++)
if(_____) n ++ ;
return n;
}
void main()
{SS W[N] = {{1,"AA",'F'},{2,"BB",'M'},{3,"CC",'M'}}; int n;
n = fun(W); printf("n = % d\n",n);
}
```

4. 以下程序的运行结果是_____。

```
# include < stdio. h>
struct complex{int a, b;};
void fun(struct complex * p)
{ p->b = -p->b;}
void main( )
{ struct complex x = {3, 5};
  printf("% d   % d\n", x.a, x.b);
  fun(&x);
  printf("% d   % d\n", x.a, x.b);
}
```

5. 输入若干人员的姓名和电话号码,以字符'#'表示输入结束；输入姓名,查找该人的电话号码。将程序填写完整。

```
# include < stdio. h>
# include < string. h>
# define MAX 100
void search(struct tel t[],char * x, int n);
struct tel
{char name[20],telno[20];};
void main( )
{struct tel nt[MAX];
int i = 0;
char n[20], t[20];
while(1)
{ printf("输入姓名: \n");
gets(n);
if(strcmp(____【1】____, "#") == 0)
break;
printf("输入电话号码: \n");
gets(t);
strcpy(nt[i].name,n);
strcpy(____【2】____);
i ++ ;
}
printf("查找的姓名: \n");
```

```
gets(n);
search(    【3】    );
}
void search(struct tel t[], char * x, int n)
{ int i = 0;
  while(strcmp(t[i].name, x)! = 0 && i < n)
      i ++ ;
  if(i < n)
    printf("电话号码是: % s\n", t[i].telno);
  else
    printf("没有找到\n");
}
```

6. 以下程序的输出结果是_____。

```
# include < stdio. h>
union un
{ struct
    { int x, y;}u;
 int z;}a;
 void main()
{ a. u. x = 3; a. u. y = 4; a. z = 5;
  printf(" % d\n", a. u. x);
}
```

7. 已知"char x＝5，y＝31；int i＝2，j＝1，k＝3；"，则表达式 x & ＝ y ∧ 28 的值是
_____【1】_____。表达式 i & & (i＋j) & k|i＋j 的值是 ___【2】___。

8. 以下程序的运行结果为_____。

```
# include < stdio. h>
void main(){
enum body
{ a,b,c,d }week[7],j;
  int i;
  j = a;
  for(i = 1;i < = 7;i ++ ){
   week[i] = j;
   j = (enum body)(j + 1);
   if (j > d) j = a;
  }
for(i = 1;i < = 7;i ++ ){
  switch(week[i])
{
  case a:printf(" % 2d % c\t",i,'a'); break;
  case b:printf(" % 2d % c\t",i,'b'); break;
  case c:printf(" % 2d % c\t",i,'c'); break;
  case d:printf(" % 2d % c\t",i,'d');break;
  default:break;
}
}
printf("\n");
}
```

7.5　测试题答案

一、选择题

1.	2.	3.	4.	5.	6.	7.【1】	7.【2】	7.【3】	8.
C	D	D	A	D	C	B	A	C	A

二、填空题

1.	1001,ChangRong,1098.0	2.	p＝p－＞next
3.	person[i].sex ＝＝ 'M'	4.	3　　　5 3　　－5
5.	【1】n 【2】nt[i].telno,t 【3】nt,n,i	6.	5
7.	【1】1 【2】1	8.	1a 2b 3c 4d 5a 6b 7c

第8章

文 件

8.1 主要知识点

1. 文件的概念

文件是以一定格式存放在外部存储介质上的一组相关数据的集合,是操作系统管理数据信息的基本单位。

文件的逻辑结构是指按什么形式将一批数据组织成文件。

(1) 按数据的组织方式,文件可以分为有结构文件和无结构文件两类,它们的区别如表 8.1 所示。

表 8.1　有结构文件和无结构文件比较

	有结构文件	无结构文件
别名	记录式文件	流式文件
数据单位	记录	字符流或二进制位流
特点	每个记录由若干个数据项(字段)组成,每个数据项都规定其固定的长度	按"数据流"的形式输入输出数据,整个文件就是一个字符流或二进制流

(2) 按数据的存储形式,文件可以分为文本文件和二进制文件两类,它们的区别如表 8.2 所示。

表 8.2　文本文件和二进制文件比较

	文 本 文 件	二 进 制 文 件
别名	ASCII 文件	流式文件
存放内容	字符的 ASCII 码	数据在内存中的存储形式
优点	可以直接阅读,而且 ASCII 代码标准统一,使文件易于移植	可以保存数据处理的中间结果
缺点	输入输出都要进行转换,效率低	只能供机器阅读,人无法阅读,不能打印,可移植性差

（3）按数据存取方式的不同,文件可以分为顺序文件和随机文件两类。

C语言支持的文件存取方式有两种：顺序存取和随机存取,它们的区别如表8.3所示。

表8.3　顺序存取和随机存取比较

	顺序存取	随机存取
存取方式	只能依先后次序存取文件中的数据	可以直接存取文件中指定的数据
特点	记录可不等长 记录的逻辑顺序和物理顺序相同 可以无记录号 不能直接对文件进行修改 适宜于对文件顺序批量处理	每条记录等长,数据项长度固定 记录的逻辑顺序和物理顺序可不相同 记录有唯一的记录号 按记录号可直接读写指定的记录 适宜于随机读写某条记录的操作

2. 文件操作的过程

文件指针：指向文件的 FILE 结构的指针变量。

文件指针的一般形式为：

FILE * 指针变量名；

文件的创建和使用一般要经过以下三个步骤。

1）打开文件

用 fopen()函数打开文件,获得被打开文件的文件指针。其一般形式为：

文件指针变量 = fopen(文件名, 打开方式)；

文件的打开方式如表8.4所示。

表8.4　文件打开方式

文件打开方式	含　义
rt 或 r	打开一个文本文件,只允许读数据
wt 或 w	打开或建立一个文本文件,只允许写数据
at 或 a	打开一个文本文件,允许在文件尾写数据
rb	打开一个二进制文件,只允许读数据
wb	打开或建立一个二进制文件,只允许写数据
ab	打开一个二进制文件,允许在文件末尾写数据
rt＋或 r＋	打开一个文本文件,允许读和写
wt＋或 w＋	打开或建立一个文本文件,允许读写
at＋或 a＋	打开一个文本文件,允许读,或在文件末追加数据
rb＋	打开一个二进制文件,允许读和写
wb＋	打开或建立一个二进制文件,允许读和写
ab＋	打开一个二进制文件,允许读,或在文件尾追加数据

2）读写文件

用文件输入输出函数对文件进行读写。如表8.5所示。

表 8.5 文件的输入输出函数

函 数 名	调 用 格 式	功 能
fgetc()	字符变量＝fgetc(文件指针)	从指定文件中读取一个字符
getc()	字符变量＝getc(文件指针)	从指定文件中读取一个字符
fputc()	fputc(字符变量,文件指针)	向指定文件写入一个字符
putc()	putc(字符变量,文件指针)	向指定文件写入一个字符
fgets()	fgets(字符数组,数组大小,文件指针)	从指定文件中读取长度为"数组大小－1"的字符串存放到字符数组中
fputs()	fputs(字符数组,文件指针)	向文件中写入字符数组中的字符串
fscanf()	fscanf(文件指针,格式字符串,输入表列)	从指定文件格式化输入
fprintf()	fprintf(文件指针,格式字符串,输出表列)	向指定文件格式化输出
fread()	fread(数据缓冲区, 数据块字节数, 数据块个数, 文件指针)	从指定的文件读出指定个数的数据块放入数据缓冲区
fwtrite()	fwrite(数据缓冲区, 数据块字节数, 数据块个数, 文件指针)	向指定的文件写入数据缓冲区中的指定个数的数据块

3) 关闭文件

文件读写完毕,用 fclose 函数将文件关闭,其一般形式为:

fclose (文件指针);

3. 标准输入输出文件指针

标准输入输出文件指针有 stdin,stdout 和 stderr 三个,它们的含义如表 8.6 所示。

表 8.6 标准输入输出文件指针

指 针 名	含 义
stdin	标准输入(键盘)
stdout	标准输出(终端屏幕)
stderr	标准错误输出

4. 文件的顺序存取和随机存取

顺序存取:必须按顺序写入和读出,文件的记录长度可以相等,也可以不等。
随机存取:可以按任意顺序写入和读出,文件的记录的长度必须相等。
文件的顺序存取是将数据按先后次序依次写入文件或从文件中读出。因此,在存取文件时,只需知道文件的位置指针是在文件头还是在文件尾,一般不用知道位置指针的确切位置,进行读写时位置指针会自动移动。
文件的随机存取应能随机地将数据写入文件的指定位置或从指定位置读出数据。因此,在存取文件时,首先需要确切知道文件的位置指针当前位于何处,或者将位置指针定位到希望的位置,然后再进行读写。

5. 文件检测函数

文件检测函数有 feof()、ferror()和 clearerr(),其调用格式和功能如表 8.7 所示。

表 8.7　文件检测函数

函　数　名	调用格式	功　　能
feof()	feof（文件指针）	文件结束检测函数 返回非 0 值：已到文件尾 返回 0 值：未到文件尾
ferror()	ferror（文件指针）	检测读写文件时是否出现错误 返回非 0 值：出现错误 返回 0 值：没有错误
clearerr()	clearerr（文件指针）	清除指定文件的错误标志和文件结束标志

8.2　难点分析

1. 文件位置指针的定位

为了记录文件的读写位置，每个文件都对应有一个位置指针（表 8.8），它指向文件当前读写字节的位置。应特别注意的是：

（1）文件的位置指针和文件指针是不同的两个指针，位置指针指向文件当前读写的位置，而文件指针指向文件的 FILE 结构。

（2）文件指针是用 fopen()函数打开文件后返回的显式的值，而文件位置指针是隐式的，随着文件读写的进行而自动改变。

（3）如果文件以追加方式打开（含有"a"），则文件位置指针指向文件尾，即文件最后一个字节的后面。如果以其他方式打开，位置指针总是指向文件首，即文件的第一个字节。

（4）对文件的任何读写都是在位置指针当前所指的位置上进行的，移动了位置指针直接影响到文件读写的位置。

表 8.8　位置指针起始点的含义

常　　量	数　　值	含　　义
SEEK_SET	0	文件首
SEEK_CUR	1	当前位置
SEEK_END	2	文件末尾

表 8.9 对文件位置指针的三个定位函数进行了总结。

表 8.9　文件位置指针定位函数

函　数　名	调用格式	功　　能
rewind()	rewind(文件指针)	把文件的位置指针移动到文件开头
fseek()	fseek(文件指针，偏移量，起始点)	移动文件的位置指针到指定位置
ftell()	长整型变量＝ftell(文件指针)	返回文件位置指针距离文件首的字节数

2. C 语言文件 I/O 的工作原理

在传统的 C 语言中，有两种对文件的处理方法：一种是缓冲文件系统，一种是非缓冲文件系统。

所谓缓冲文件系统是指,系统为每一个正在使用的文件在内存中自动开辟一个缓冲区(缓冲区的大小各 C 版本不一样,一般为 512 字节)。当用户程序从外存文件读入数据时,系统会一次读入一批数据将缓冲区填满,然后再从缓冲区取得数据送给用户程序中的接收变量;在向文件写数据时,用户程序实际上是将数据先写入了缓冲区,待缓冲区写满后系统再将这些数据一次性写入外存文件。使用缓冲区实现了数据的批量读写,减少了对外存的实际访问次数,提高了读写效率,因为每一次访问外存都要花费一定的时间。

所谓非缓冲文件系统是指,系统并不自动开辟缓冲区,而是直接使用操作系统提供的功能对文件进行读写,这是一种系统级的输入输出。例如,在传统的 UNIX 系统中,就是使用非缓冲文件系统处理文件。如果需要在非缓冲文件系统中使用缓冲区,则要由用户自己根据需要在程序中进行设置和管理。

ANSI C 标准规定不采用非缓冲文件系统,只使用缓冲文件系统处理文件。一般把缓冲文件系统的输入输出称为标准输入输出(标准 I/O),非缓冲文件系统的输入输出称为系统输入输出(系统 I/O)。在 C 语言中,没有直接用于输入输出的语句,对文件的读写都是通过标准输入输出库函数来实现的。这些库函数包括文件的打开关闭、读写、定位和检测等。这些函数的声明都在头文件 stdio.h 中,因此在使用这些函数时需要包含 stdio.h。

通常对文件进行操作的第一步就是用 fopen 函数打开一个文件,这里需要注意的是,标准输入 stdin,标准输出 stdout 和标准出错 stderr 这三个文件是在程序运行时系统自动打开的。

fopen 函数在打开一个文件时,为该文件建立读写缓冲区,缓冲区的个数由打开方式决定(读和写各对应一个缓冲区),缓冲区的大小依赖于 C 的具体实现,通常为 512 字节或是它的整数倍,例如 1024 或 4096(随着硬盘和内存的增大,缓冲区大小的选择范围也在扩大)。此外,fopen 还创建了一个包含文件和缓冲区相关信息的 FILE 结构,并将指向该结构的指针返回,即所谓的文件指针。FILE 结构中记录的信息中通常包含以下一些内容。

- 一个文件的位置指针,用于确定当前文件读写的位置。
- 错误标志和文件结束标志,用于指明读写是否发生错误以及是否已经读到文件尾。
- 指向读写缓冲区起始处的指针和一个记录实际复制到缓冲区中的字节数的计数器,这两项内容被系统用于读写缓冲区。

打开文件后,通常就是调用 stdio.h 头文件中声明的某个文件输入操作函数对文件进行读操作,例如 fgetc,fgets,fscanf 或 fread。这些函数在执行时都会把一块数据从文件复制到输入缓冲区中。除了填充缓冲区之外,初次调用这些函数,它们还会设置被打开文件 FILE 结构中的一些信息,例如设置文件的位置指针的当前位置和已经复制到缓冲区中的字节数。通常位置指针都是从 0 字节开始。

此后,输入函数会从缓冲区中取走所需数据,假设数据内容包含 n 个字节,则文件的位置指针也会向后移动 n 个字节。当输入函数检测到已取走缓冲区中的全部数据时,就会请求系统将下一块数据填入缓冲区。如此,输入函数就可以从文件中读入请求的所有内容。当输入函数从缓冲区中读入文件的最后一个字节后,文件的结束标志将被置位。当再有输入函数被调用时则返回 EOF,即已读到文件尾。

与输入函数类似,输出函数先将数据写入缓冲区。当缓冲区满后,再将数据复制到指定的文件中。

8.3　疑难问题解析

一、选择题

1. 要打开一个已存在的非空文件"example"用于修改,正确的语句是_____。

　A) fp＝fopen("example","w");　　　　B) fp＝fopen ("example","r");

　C) fp＝fopen("example","r＋");　　　　D) fp＝fopen("example","a＋");

解析:函数 fopen 中的第二个参数是打开模式,"w"模式是写方式,允许按照用户的要求将数据写入文件的指定位置,但打开文件后,首先要将文件的内容清空;"r"模式是只读方式,不能写文件;"a＋"模式是读/追加方式,允许从文件中读出数据,但所有写入的数据均自动加在文件的末尾;"r＋"模式是读/写方式,不但允许读文件,而且允许按照用户的要求将数据写入文件的指定位置,且在打开文件后,不会将文件的内容清空。本题的要求是"修改"文件的内容,因此只能选择答案 C。

2. 当顺利执行了文件关闭操作时,fclose 函数的返回值是_____。

　A) －1　　　　B) TRUE　　　　C) 0　　　　D) 1

解析:当顺利执行了文件关闭操作时,fclose 函数的返回值是 0,用其返回值可判断关闭文件是否成功。因此,本题答案应选 C。

3. 若使用 fgetc 函数,则打开文件的方式必须是_____。

　A) "a"　　　　B) "w"　　　　C) "r"或"r＋"　　　D)答案 B 和 C 都正确

解析:函数 fgetc 的功能是从指定文件中读一个字符,因此应以读的方式打开文件,故选 C。

4. 若调用 fputc 函数输出字符成功,则其返回值是_____。

　A) 0　　　　B) 1　　　　C) EOF　　　　D) 输出的字符

解析:若调用 fputc 函数输出字符成功,则其返回值是输出的字符,故选 D。

5. 函数 fgets(str, n, file)的功能是_____。

　A) 从文件 file 中读取长度为 n 的字符串存入指针 str 所指的内存

　B) 从文件 file 中读取长度不超过 n－1 的字符串存入指针 str 所指的内存

　C) 从文件 file 中读取长度为 n－1 的字符串存入指针 str 所指的内存

　D) 从文件 file 中读取 n 个字符串存入指针 str 所指的内存

解析:当 fgets()函数遇到以下几种情况时,就会停止读入字符。

• 已读入了 n－1 个字符。

• 读到了换行符。

• 已经读到了文件尾。

之所以读进 n－1 个字符就停止读入,是因为 fgets()会在读入字符串的后面添加一个'\0'字符,表示字符串的结束。故本题答案为 B。

6. 有以下定义和说明:

```
# include <stdio.h>
struct student
{   char id[10];
```

```
    char name[16];
    float score[10];
}s[15];
FILE * fp;
```

若文件中以二进制形式存有 5 个班的学生数据,且已正确打开,文件指针定位于文件开头。若要从文件中读出 15 个学生的数据放入 s 数组中,以下不能实现此功能的语句是_____。

    A) for(i=0; i<15; i++)

        fread(&s[i], sizeof(struct student), 1L, fp);

    B) for(i=0; i<15; i++)

        fread (s+i, sizeof(struct student), 1L, fp);

    C) fread(s, sizeof(struct student), 15L, fp);

    D) for(i=0; i<15; i++)

        fread(s[i], sizeof(struct student), 1L, fp);

解析:选项 C 是将 15 个数据作为一个整体,通过调用一次函数 fread 可以实现读入 15 个数据的要求。选项 D 中的 fread 第一个参数不是指向存储区的指针,因此不能实现数据的正确读入。

7. 函数调用语句"fseek(fp, -20L, 1);"的含义是_____。

    A) 将文件位置指针移到距离文件头 20 个字节处

    B) 将文件位置指针从当前位置向前移动 20 个字节

    C) 将文件位置指针从文件末尾处后退 20 个字节

    D) 将文件位置指针移到离当前位置 20 个字节处

解析:fseek()函数有三个参数,第一个是文件指针,第三个是文件位置指针的起始点,其参数含义见表 8.8,第二个是偏移量,表示从起始点开始移动的字节数,该偏移量可以为负数,表示指针回头向前移动。因此,本例中 fseek(fp, -20L, 1)的第三个参数是 1,表示移动是从当前位置(SEEK_CUR)开始,第二个参数是 -20L,表示向前移动 20 个字节。所以答案选 B。

8. 若 fp 是指向某文件的文件指针,且已读到文件尾,则函数 feof(fp)的返回值是_____。

    A) EOF   B) -1   C) 非 0 值   D) 0

解析:如果在读文件操作时到达了文件尾,则文件的结束标志被置位,这时如果调用 feof()函数,它会检测文件结束标志是否已被置位,若是则返回一个非 0 值,否则返回 0 值。因此,该题选 C。

9. 以下程序的功能是_____。

```
void main ()
{   FILE * fp1, * fp2;
    fp1 = fopen("file1","r");
    fp2 = fopen("file2","w");
    while (!feof(fp1))
        fputc(fgetc(fp1),fp2);
```

```
    fclose(fp1);
    fclose(fp2);
}
```

　　A) 将文件的内容显示在屏幕上　　　B) 将两个文件合为一个

　　C) 将一个文件复制到另一个文件中　D) 将两个文件合并后送屏幕

　　解析：程序首先打开了两个文件，然后在一个 while 循环中使用了语句"fputc（fgetc（fp1），fp2）；"该语句的功能是先用 fgetc(fp1) 从 fp1 所指的文件中读出一个字符，然后再用 fputc 写到 fp2 所指的文件中，外层 while 循环中的 feof 函数判断是否读到了文件尾。因此，整个程序的含义是将一个文件复制到另一个文件中。本题答案为 C。

　　10. 有以下程序

```
void main()
{   FILE * fp;
    int i, m, n;
    fp = fopen("data.dat", "w + ");
    for(i = 1; i < 6; i + + ){
        fprintf(fp, "% d ", i);
        if(i % 3 == 0)
            fprintf(fp, "\n");
    }
    rewind(fp);
    fscanf(fp, "% d % d", &m, &n);
    printf("% d % d\n", m, n);
    fclose(fp);
}
```

　　程序运行后的输出结果是_____。

　　A) 0 0　　　　　B) 123 45　　　　　C) 1 4　　　　　D) 1 2

　　解析：该程序首先用一个 for 循环和 fprintf 格式化输出函数，向打开的文件中写入 1 到 5 五个数字。在输出过程中若输出的数的个数为 3 的倍数则多输出一个换行，即每输出三个数就输出一个换行符号。程序接下来用 rewind 函数将已到达文件尾的位置指针调回文件头，然后再用 fscanf 格式化输入函数从文件中开头读取两个数分别给变量 m 和 n，根据前面输出的数字，可以判断 m＝1，n＝2，因此运行的结果是 D。

　　11. 有如下程序

```
void main()
{   FILE * fp;
    fp = fopen("tmp.txt", "w");
    fprintf(fp, "abc");
    fclose(fp);
}
```

若文本文件 tmp. txt 中原有内容为：good，则运行以上程序后文件 f1. txt 中的内容为_____。

　　A) goodabc　　　B) abcd　　　　　C) abc　　　　　D) abcgood

　　解析：注意，fopen 函数打开文件的方式是"w"，即若打开的文件已经存在，则清除原文件内容。因此,tmp. txt 的内容被清除,重新写入 abc 三个字符。所以,本题的答案是 C。

12. 有以下程序

```
void main( )
{   FILE * fp;
    int i,a[4] = {1,2,3,4},b;
    fp = fopen("data.dat","wb");
    for(i = 0;i < 4;i ++ )
        fwrite(&a[i],sizeof(int),1,fp);
    fclose(fp);
    fp = fopen("data.dat","rb");
    fseek(fp, - 2L * sizeof(int),SEEK_END);
    fread(&b,sizeof(int),1,fp);
    fclose(fp);
    printf(" % d\n",b) ;
}
```

执行后输出结果是_____。

    A) 2   B) 1   C) 4   D) 3

解析:该程序首先以二进制方式打开了 data. dat 文件,然后用 fwrite 向文件中写入 1 到 4 四个二进制整数。然后又通过 fseek 函数从文件尾向前移动 2 个整数的位置,再读出一个整数,由前面写进的数可知,读出的应该是倒数第二个整数 3,所以该题答案为 D。

二、填空题

1. 以下程序可以统计文件 tmp. dat 中字符的个数。请填空。

```
void main()
{   FILE   * fp;
    char * name = "tmp.dat";
    long   cnt = 0L;
    if((fp = fopen(name,"r")) == NULL)
    {   printf("Error opening file % s!\n",name);
        exit(1);
    }
    while( 【1】  )
    {   fgetc(fp);
        【2】 ;
    }
    printf("cnt = % 1d\n",cnt - 1);
    fclose(fp);
}
```

答案:【1】! feof(fp) 【2】cnt＋＋

解析:程序的目的是通过一个循环逐个字符读取 tmp. dat 文件的内容,用 cnt 统计文件的字节数,因此【1】处应判断文件是否结束,【2】处应通过 cnt 计数。

2. 下面程序把读入的 10 个浮点数以二进制方式写到一个名为 bi. dat 的新文件中,请填空。

```
void main()
```

```
{    FILE * fp;
     float i,j;
     char * name = "bi.dat";
     fp = fopen(name, 【1】   );
     for(i = 0; i < 10; i ++ )
     {   scanf(" % d",&j);
         fwrite(&j, 【2】  ,1, fp);
     }
     fclose(fp);
}
```

答案：【1】"wb"　【2】sizeof(float)

解析：因为是以二进制方式打开新文件，所以打开方式应为"wb"。for循环中每次写入一个float类型的数，其占用的字节数应为sizeof(float)。

3. 设有如下程序

```
void fc(FILE * );
void main( int argc, char * argv[ ])
{    FILE * fp;
     int i = 1;
     while( -- argc > 0)
         if((fp = fopen(argv[ i ++ ],"r")) == NULL)
         {   printf("Error opening file % s!\n", argv[ i - 1]);
             exit(1);
         }
         else
         {   fc(fp);
             fclose(fp);
         }
}
void fc(FILE * ifp)
{    char c;
     while((c = fgetc(ifp))! = '#')
         putchar(c - 32);
}
```

上述程序经编译、链接后生成可执行文件名为cpy.exe。

假定磁盘上有三个文本文件，其文件名和内容分别为：

文件名　内容
    a   aaaa#
    b   bbbb#
    c   cccc#

如果在DOS下输入

cpy a b c

则程序输出_____。

答案：AAAABBBBCCCC

解析：程序从命令行中读取若干文件名参数，并依次将它们打开，每打开一个文件就以

"#"号作为文件结尾判断标志,用 fgetc 逐个字符地读出文件的内容,然后再用 putchar 输出到屏幕上。这里的 c－32 是指将 c 中的 ASCII 码由小写转换成大写。

4. 以下函数计算 fp 指向的文件的长度。请填空。

```
long filesize(FILE * fp)
{  long curpos, length;
   curpos = ftell(fp);
   fseek(fp, 0L,  【1】  );
   length = ftell(fp);
   fseek(fp, curpos,  【2】  );
   return length;
}
```

答案:【1】SEEK_END   【2】SEEK_SET

解析:该程序的实现思路是,先记录文件位置指针当前的位置,再将其移动到文件尾,然后用 ftell 函数读出此时位置指针距离文件首的字节数,即为文件的长度,再用 fseek 恢复原来的位置指针。因此,第一个 fseek 中应是 SEEK_END,即移动到文件尾,第二个 fseek 中是 SEEK_SET,即从文件首开始移动 curpos 个字节恢复原来位置指针的位置。

5. 以下程序显示指定文件的内容,在显示文件内容的同时加上行号。请填空

```
void main()
{  char s[20],filename[20];
   int flag = 1, i = 0;
   FILE * fp;
   printf("Enter filename:");
   gets(filename);
   if((fp = fopen(filename,"r")) == NULL){
       printf("File open error !\n");
       exit(0);
   }

   while(fgets(  【1】  ) 【2】  )
   {   if(  【3】  )printf("% 3d: % s", ++ i,s);
       else printf("% s", s);
       if(s[strlen(s) - 1] == '\n')   flag = 1;
       else   flag = 0;
   }
   fclose(fp);
}
```

答案:【1】s,20,fp   【2】!=NULL   【3】flag==1

解析:程序的基本思想是利用一个较小的数组 s[20] 来处理较长的文件行。程序的关键是充分利用函数 fgets。fgets 函数的基本调用格式是"fgets(字符数组,数组大小,文件指针)",因此第【1】空是 s,20,fp。如果 fgets() 函数调用成功,则返回字符数组的首地址,否则 fgets() 返回 NULL,因此第【2】空是!=NULL,即函数调用成功。程序用一个标志变量 flag 来判断是否输出行号,若读出的 s 中最后一个字符是'\n'的话,则 flag=1,下次循环时应输出行号,因此第【3】空是 flag==1。

8.4 测 试 题

一、选择题

1. C语言中对文件操作的一般步骤是_____。
   - A) 读文件,写文件,关闭文件
   - B) 操作文件,修改文件,关闭文件
   - C) 读写文件,打开文件,关闭文件
   - D) 打开文件,读写文件,关闭文件

2. C语言中,若从内存中将数据写入文件,这一过程称为_____。
   - A) 输入数据
   - B) 输出数据
   - C) 修改数据
   - D) 删除数据

3. C语言能够处理的文件类型有_____。
   - A) 文本文件和数据文件
   - B) 数据文件和二进制文件
   - C) 文本文件和二进制文件
   - D) 以上答案都不完全

4. 如果执行 fopen 函数时发生错误,则该函数的返回值是_____。
   - A) EOF
   - B) 文件地址
   - C) 1
   - D) 0

5. 如果要打开已存在的非空文件"tmp"用于修改,使用的语句是_____。
   - A) fopen("tmp","r");
   - B) fopen("tmp","a+");
   - C) fopen ("tmp","w");
   - D) fopen("tmp","r+");

6. 下面几项可以作为 fopen 函数的第一个参数的是_____。
   - A) c:\abc\def. dat
   - B) c:abc\def. dat
   - C) "c:\\abc\\def. dat"
   - D) "c:\abc\def. dat"

7. 如果用 fopen 函数打开一个新的二进制文件进行读写,打开方式应是_____。
   - A) "wb+"
   - B) "ab"
   - C) "rb+"
   - D) "ab+"

8. 用于显示文本文件内容的程序,在打开文件时,打开方式应是_____。
   - A) "ab+"
   - B) "w+"
   - C) "r+"
   - D) "wb+"

9. 若 fopen 函数成功执行,则该函数的返回值是_____。
   - A) 地址值
   - B) 0
   - C) 1
   - D) EOF

10. 下列叙述中正确的是_____。
    - A) 对文件的操作顺序没有统一规定
    - B) 对文件的操作必须先关闭文件
    - C) 对文件操作必须先打开文件
    - D) 以上三种答案全是错误的

11. 若要以"a+"方式打开一个已存在的文件,则下面叙述正确的是_____。
    - A) 打开文件时,文件内容不被删除,位置指针移动到文件开头,可以读写
    - B) 打开文件时,文件内容不被删除,位置指针移动到文件末尾,可以追加和读
    - C) 打开文件时,文件内容被删除,只可写
    - D) 以上都不正确

12. 当 fclose 函数执行成功后,其返回值是_____。
    - A) 0
    - B) TRUE
    - C) 0
    - D) 1

13. fscanf 函数的正确调用形式是_____。
    - A) fscanf(文件指针,格式字符串,输出列表);
    - B) fscanf(格式字符串,输出列表,文件指针);

C) fscanf(格式字符串,文件指针,输出列表);

D) fscanf(文件指针,格式字符串,输入列表);

14. 函数 fgets(str, n, file)的功能是_____。

A) 从文件 file 中读取长度为 n 的字符串存入指针 str 所指的内存

B) 从文件 file 中读取长度不超过 n−1 的字符串存入指针 str 所指的内存

C) 从文件 file 中读取长度为 n−1 的字符串存入指针 str 所指的内存

D) 从文件 file 中读取 n 个字符串存入指针 str 所指的内存

15. 函数 fread(buffer,size,count,fp),其中 buffer 代表的是_____。

A) 整数,要读入的数据项的总数

B) 文件指针,指向要读入的文件

C) 数据指针,指向要存放读入数据的地址

D) 整数,要读入的数据项的大小

16. fwirte 函数的一般调用形式是_____。

A) fwrite (buffer, count, size, fp);　　B) fwrite (fp, size, count, buffer);

C) fwrite (fp, count, size, buffer);　　D) fwrite (buffer, size, count, fp);

17. 有以下定义和说明:

```
# include < stdio. h>
struct stuff
{   char id[10];
    char name[16];
    float salary;
}stf[50];
FILE * fp;
```

若程序以"rb"方式成功打开了一个文件,其中有 50 个员工的二进制数据。若要从文件中读出这 50 个员工的数据放入数组 stf 中,则下面语句不能完成这个功能的是_____。

A) for(i=0; i<50; i++)

　　fread(&stf [i], sizeof(struct stuff), 1L, fp);

B) for(i=0; i<50; i++)

　　fread (stf +i, sizeof(struct stuff), 1L, fp);

C) fread(stf, sizeof(struct stuff), 30L, fp);

D) for(i=0; i<50; i++)

　　fread(stf [i], sizeof(struct stuff), 1L, fp);

18. 设有以下结构类型:

```
struct   student
{   char name[16];
    int   num;
    float mark[4];
} a[50];
```

数组 a 中的元素都已有值,若要将 a 的内容写到文件 fp 中,以下语句不能完成该功能的是_____。

A) fwrite(a, sizeof(struct student)，50，fp)；

B) fwrite(a, 50 * sizeof (struct student)，1，fp)；

C) fwrite(a, 25 * sizeof(struct student)，25，fp)；

D) for(i＝0；i＜50；i＋＋)

　　　fwrite(a, sizeof (struct student)，1，fp)；

19. fseek 函数的正确调用形式是_____。

A) fseek(文件指针，位移量，起始点)；

B) fseek(文件指针，起始点，位移量)；

C) fseek(起始点，位移量，文件指针)；

D) fseek (位移量，起始点，文件指针)；

20. fseek 函数的功能是_____。

A) 改变文件的位置指针　　　　　B) 实现文件的顺序读写

C) 实现文件的随机读写　　　　　D) 以上答案均正确

21. feek(fp，－35L，1)的含义是_____。

A) 将文件位置指针从文件头向后移动 35 个字节

B) 将文件位置指针从当前位置向后移动 35 个字节

C) 将文件位置指针从文件末尾向前移动 35 个字节

D) 将文件位置指针从当前位置向前移动 35 个字节

22. rewind 函数的功能是_____。

A) 将文件位置指针移向文件头

B) 将文件位置指针移向指定位置

C) 将文件位置指针移向文件尾

D) 将文件位置指针自动移向下一个字符位置

23. ftell 函数的功能是_____。

A) 初始化文件的位置指针　　　　B) 得到文件位置指针当前的位置

C) 移动文件的位置指针　　　　　D) 以上答案均正确

24. 如果执行 fopen 函数后马上调用 ferror 函数,则其返回值是_____。

A) TRUE　　　　　B) －1　　　　　C) 1　　　　　D) 0

25. 有如下程序

```
void main()
{   FILE   * fp;
    fp1 = fopen("tmp.txt","a");
    fprintf(fp,"456");
    fclose(fp);
}
```

若文本文件 tmp.txt 中原有内容为：123,则运行以上程序后文件 f1.txt 中的内容为_____。

A) 123456　　　　B) 123　　　　C) 456　　　　D) 654321

二、填空题

1. 下面的程序是从标准输入上读入 5 个整数,然后以二进制方式写入"binary. dat"的新文件中,请填空。

```c
#include<stdio.h>
void main()
{   FILE * fp;
    int i,j;
    if((fp = fopen( 【1】  , "wb")) == NULL)
        exit(0);
    for(i = 0; i < 10; i++){
        scanf("%d",&j);
        fwrite( 【2】 _ ,sizeof(int),1, 【3】  );
    }
    fclose(fp);
}
```

2. 下面程序的功能是:从键盘上输入一个字符串,把该字符串中的小写字母转换为大写字母,再输出到文件 test. txt 中,然后从该文件读出字符串并显示出来。请填空。

```c
void main( )
{   FILE  * fp;
    char  str[100];
    int  i = 0;
    if((fp = fopen("text. txt", 【1】 )) == NULL)
    {   printf("can't open this file.\n");
        exit(0);
    }
    printf("input astring:\n");
    gest(str);
    while (str[i])
    {   if(str[i]> = 'a'&&str[i]< = 'z')
            str[i] = 【2】  ;
        fputc(str[i],fp);
        i++ ;
    }
    fclose(fp);
    fp = fopen("test. txt", 【3】  );
    fgets(str,100,fp);
    printf("%s\n",str);
    fclose(fp);
}
```

3. 下面的程序实现了对一个文本文件内容的反向显示,请填空。

```c
#include<stdio.h>
void main()
{   char c;
    FILE * fp;
    if((fp = fopen("test", "r")) == NULL){
        printf("Can't open file.\n");
```

```
            exit(1);
        }
        fseek(fp,0L,  【1】  );
        while((fseek(fp, -1L,  【2】  ))!= -1){
            c = fgetc(fp);
            putchar(c);
            if(c == '\n')  fseek(fp,  【3】  _,1);
            else      fseek(fp, -1L, 1);
        }
        fclose(fp);
    }
```

4. 下面程序的功能是：打开文件 data.txt,输出文件位置指针的当前的位置,将字符串 "Sample data"存入文件中,再输出文件指针的位置,请填空。

```
# include < stdio. h >
void main()
{   FILE * fp, long position;
    fp = fopen("data.txt", "w");
    position =  【1】  ;
    printf("position = % ld\n",position);
     【2】  (fp,"Sample data\n");
    position =     【3】  ;
    printf("position = % ld\n",position);
    fclose(fp);
}
```

5. 下面的程序实现将文本文件 file2.txt 内容追加到文本文件 file1.txt 的末尾。请填空。

```
# include < stdio. h >
void main()
{   FILE * fp1, * fp2;
    int c;
    if((  【1】  ) == NULL){
        printf("Cannot open file2!\n");
        exit(1);
    }
    if((fp2 = fopen("file1.txt", "a")) == NULL){
        printf("Cannot open file1!\n");
        exit(1);
    }
    c = fseek(  【2】  );
    while((c = fgetc(fp1))!= EOF)
        fputc(  【3】  );
    fclose(fp1);
    fclose(fp2);
}
```

8.5 测试题答案

一、选择题

1.	2.	3.	4.	5.	6.	7.	8.	9.	10.	11.	12.	13.
D	B	C	D	D	C	A	C	A	C	B	A	D

14.	15.	16.	17.	18.	19.	20.	21.	22.	23.	24.	25.	
B	C	D	D	C	A	D	D	A	B	D	A	

二、填空题

1.	【1】"binary. dat"	【2】&j	【3】fp
2.	【1】"w"	【2】str[i]-32	【3】"r"
3.	【1】2	【2】1	【3】-2L
4.	【1】ftell(fp)	【2】fprintf	【3】ftell(fp)
5.	【1】fp1＝fopen("file1. txt", "r")	【2】fp2,0L,2	【3】c,fp2

第9章

编译预处理

9.1 主要知识点

1. 编译预处理

编译预处理是指在编译之前,先对源程序进行一些预加工。

编译预处理命令主要有三种,即宏定义、文件包含和条件编译。

2. 宏定义

"宏":指用一个指定的标识符来代替一个字符串,这个标识符叫"宏名"。

"宏替换"("宏展开"):把源代码中出现的"宏名"替换成它所代表的字符串的过程。

1) 不带参数的宏定义

格式:

#define 宏名 字符串

注意:

- "宏名"和"字符串"之间用空格分开。
- 宏名一般用大写字母表示。
- "宏展开"就是字符串替换,不做语法检查。
- 宏定义可以嵌套。
- 若宏名被引号括起来,则不对其做任何替换。

2) 带参数的宏定义

格式:

#define 宏名(参数表) 宏体

注意:

- 宏名和左括号之间不能有空格。
- 为避免宏替换后计算优先级的问题,可在宏体中加上圆括号。
- 可代替函数实现一些简单运算。

- 宏替换中不做计算,无实-形参传值问题。
- 若宏体中的形参在双引号内,则不进行替换。

3）取消宏定义命令

格式:

#undef 宏名

注意:

- 宏名被定义后,在取消其定义之前,不能再被重新定义,其作用域是从宏定义命令起到源程序结束。

3．文件包含

文件包含是指一个源文件可以将其他源文件中的内容全部包含到自己的文件中(表9.1)。

表9.1 文件包含格式的区别和用途

	#include "文件名"	#include <文件名>
区别	先在当前目录中查找,若没找到再到系统目录中查找	直接在系统目录中查找文件
用途	一般用于包含用户自己定义的头文件	一般用于包含 C 提供的头文件

4．条件编译

条件编译使源程序中的某些内容只在满足一定条件下才参与编译,如果条件不满足就不参与编译(表9.2)。

表9.2 条件编译的几种形式

形 式	含 义	用 途
#ifdef 标识符 程序段1 #else 程序段2 #endif	若标识符已经被定义过,则程序段1参与编译,否则程序段2参与编译	控制程序的功能
#ifdef 标识符 程序段 #endif	若标识符已经被定义过,则程序段参与编译,否则跳过程序段直接编译#endif后面的内容	控制调试语句是否参与编译
#ifndef 标识符 程序段1 #else 程序段2 #endif	如果标识符未被定义,则对程序段1进行编译,否则对程序段2进行编译	控制程序的功能
#ifndef 标识符 程序段 #endif	若标识符未被定义,则程序段参与编译,否则跳过程序段直接编译#endif后面的内容	与文件包含联合使用,防止多次引用同一个头文件

形　式	含　义	用　途
＃if　常量表达式 1 　　程序段 1 ＃elif 常量表达式 2 　　程序段 2 ＃elif 常量表达式 3 　　程序段 3 … ＃else 　　程序段 n＋1 ＃endif	若量表达式 1 的值为真(非 0),则对程序段 1 进行编译,否则判断常量表达式 2 的值是否为真,若为真则对程序段 2 进行编译,否则判断常量表达式 3 的值是否为真,……,如果所有常量表达式的值都不为真,则编译程序段 n＋1	控制程序的功能

9.2　难　点　解　析

1. 不带参数的宏定义与 const 定义的区别

1) 不带参数的宏定义

格式:

＃define　宏名　字符串

2) const 定义

const 是 C 语言的一个关键字,用来定义常量,其定义的格式为:

const　数据类型　常量名 = 常量值;

例如:

const　float　PAI = 3.1415926;

这里,const 的作用是指明 PAI 是一个常量。

注意:用 const 定义常量必须一开始就指定一个值,并且在以后的代码中,不允许改变此常量的值。

3) const 定义和不带参数的宏定义的区别

const 和不带参数的宏都可以定义常量,但两者有着本质的区别。

对不带参数的宏定义的处理,在编译过程中称为"预处理",即在正式编译前,编译器先将代码中出现的宏,用其对应的宏体进行替换,这一过程和文字处理软件中的查找替换操作类似,替换之后再进行编译链接。所以,宏的处理实际上就是简单的字符串替换过程,在这一过程中,不会做任何对替换内容的合法性的检查。因此,使用宏很容易产生诸如优先级、数据类型和语法错误等问题。可以使用另一种更加稳妥的方法来代替宏,即 const 定义。

和不带参数的宏定义不同,const 定义的常量具有数据类型,这样就可以让编译器进行数据检查,排查程序可能出现的错误。

此外,对不带参数的宏定义编译器不会给它分配任何内存空间。而对 const 定义的常量,编译器会在内存的堆栈内分配空间将常量的值放入其中。因此,可以把 const 定义的常量看成是一个只读变量,即只能使用但不能修改其值。表 9.3 总结了两者之间的区别。

表 9.3 不带参数的宏定义与 const 定义的区别

	const 定义常量	不带参数的宏定义
定义格式	const 数据类型 常量名 = 常量值;	#define 宏名 宏值
是否 C 语言的语句	是 C 语言的语句,需用分号结束	不是 C 语言的语句,不用分号结束
常量是否带有数据类型	带有数据类型	不带数据类型
编译时是否进行类型检查	进行类型检查	不进行类型检查,只是单纯的字符串替换
是否进行计算	进行必要的计算	不进行计算,只是单纯的字符串替换
对常量是否分配内存空间	在内存的堆栈内分配空间	不分配任何内存空间,只是字符串替换
使用时机	在程序运行时使用	在编译程序前预处理

下面举一个例子说明 const 与 #define 定义常量的区别。

例:请写出下面程序的执行结果。

```
#define X 5 + 5
#define Y X * 2
void main( )
{
    printf("result = ", Y);
}
```

其中,Y 经宏展开后为 5+5 * 2 得 15,因此输出结果为 result=15。如果不注意,会给出"20"这个错误答案。那是因为 #define 宏定义只是字符串替换,不涉及任何计算和数据类型的检查。因此,这种处理方式显然存在不安全性。

如果使用 const 定义,则程序如下。

```
const int X = 5 + 5;
const int Y = X * 2;
void main()
{
    printf("result = % d\n",Y);
}
```

这里,结果为 20。原因是用 const 定义常量时直接进行了计算并做了类型检查,因此 X 的值为 10,Y 的值为 10 * 2=20。

2. 带参数的宏和函数的区别

(1) 带参数的宏只是做字符串的简单替换,其参数没有数据类型,替换时也不做类型检查;而函数的参数是有数据类型的,在实参向形参传值时需要进行类型检查。

(2) 宏的参数不占用内存空间,因为只是做字符串的简单替换;而函数调用时是实参向形参变量传递数据,形参作为函数的局部变量,是占用内存空间的。

(3) 宏的参数替换是不经过计算而直接处理的;而在函数调用时,是先将实参的值计算出来再传递给形参。

(4) 宏的替换在编译之前进行,即先用宏体替换宏名(包括参数),然后再进行编译;而函数调用是编译之后,在程序执行时才进行。因此,宏占用的是编译时间,而函数占用的是执行时间。

(5) 函数的调用要付出一定的时空开销,因为系统在调用函数时要首先保留现场,然后转入被调用函数去执行,调用完再返回主调函数,此时再恢复现场;这些过程,在宏中是没有的。

3. 文件包含的实用价值

在实际的程序设计当中,编写一个大程序往往需要许多程序员,每个程序员负责编写这个大程序中的一个模块。他们在编写程序时,通常需要定义许多带参数和不带参数的宏,这些由每个程序员各自定义的宏,非常容易重复,而且在使用时容易出错。所以,应将这些宏定义写成一个独立的头文件,所有程序员共用该头文件。编程时只需在源文件的开头将该头文件包含进来即可。

如果程序要做一些修改,涉及修改这些宏定义,则只需将头文件中的宏定义进行修改即可。而包含该头文件的源文件都不用改动。这样一来,既避免了重复劳动又减少了错误的发生,而且规范了代码,提高了程序的可维护性。

需要注意是,如果修改了头文件中的内容,凡是包含该头文件的源文件都要重新编译、修改才会生效。

9.3　疑难问题解析

一、选择题

1. 下面程序段的执行结果为_____。

```
#define  PLUS(X,Y)  X+Y
#include <stdio.h>
void main()
{   int a=2, b=1, c=4. sum;
    sum = PLUS(a++, b++)/c;
    printf("Sum = %d", sum);
}
```

　　A) Sum=1　　　　　B) Sum=0　　　　　C) Sum=2　　　　　D) Sum=4

解析:本题通过带参数的宏定义,定义 PLUS(X,Y)为 X+Y,经宏替换变成 a+++b++/c,因 a,b 两个变量都是后++,所以值仍为初始值,所以是 2+1/4 的结果转为整数为 2。所以本题的正确答案应该是 C。

2. 下面程序段的执行结果为_____。

```
#define PRINT(X)   printf("X = %d\t", X)
#include <stdio.h>
void main()
{   int a,b;
```

```
        a = 2;
        b = 3;
        PRINT (a);
        PRINT (a + b);
}
```

A) a=3 a+b=5   B) a=2 a+b=5
C) X=2 X=5   D) X=2 X=3

解析：这段程序中的 PRINT 是一个宏名，宏名后的括号中是参数。在进行宏定义展开时，要进行参数替换。当宏名或者参数出现在双引号中时将不进行替换操作。所以本题的正确答案应该是 C。

3. 执行下面的程序后，a 的值是_____。

```
#define  SQR(x)  X * X
# include < stdio. h >
void main()
{   int  a = 10, k = 2, m = 1;
    a/ = SQR(k + m)/SQR(k + m);
    printf(" % d\n", a);
}
```

A) 9   B) 1   C) 10   D) 0

解析：经过宏展开后得 a/=k+m*k+m/k+m*k+m。根据"先乘除后加减"的优先级得 a/=2+2+1/2+2+1，又因 a 为整型变量，因此，最后算得 a 的值为 1。因此，本题答案为 B。

4. 以下程序中 for 循环执行的次数是_____。

```
#define B  2
#define A    B + 1
#define FUN (A + 1) * A/2
# include < stdio. h >
void main()
{   int i;
    for(i = 1; i < = FUN; i ++ )
        printf(" % d\n", i);
}
```

A) 6   B) 7   C) 8   D) 9

解析：将 B 和 A 的宏定义逐层代入到 FUN 中，得到 FUN 实际为 (2+1+1)*2+1/2，计算后得 8.5，又因为循环从 1 开始，所以一共循环 8 次。故本题答案为 C。

5. 以下程序的输出结果是_____。

```
#define   PR(X)   printf(#X" = % d  ", X);
# include < stdio. h >
void main()
{   int j, a[] = {1,3,5,7,9,11,13,15}, * p = a + 5;
    for(j = 3; j; j-- )
    switch(j){
        case 1:
```

```
            case 2: PR( * p++ );break;
            case 3: PR( * ( --p));
        }
    }
```

    A) X＝9　　X＝9　　X＝11

    B) * (－－p)＝9　 * p++＝11　 * p++＝11

    C) * (－－p)＝9　 * p++＝9　 * p++＝11

    D) X＝9　　X＝11　　X＝11

解析：本题考查"#"号运算符的使用,在宏定义中,"#"号运算符会把跟在其后面的宏参数转换成一个字符串。for 循环从 3 开始一直到 1,每次输出一到两个数。第 1 次循环,"PR(* (－－p));"宏展开后为"printf(" * (－－p)＝%d", * (－－p)); ",其中 p 为指向数组 a 中第 5 个元素的指针,－－p 将 p 的值减 1,因此 * (－－p)的值应为 a 中第 4 个元素 9。第 2 次循环,"PR(* p++);"展开后为"printf(" * p++＝%d", * p++); ",此时 p 还是指向 a 中第 4 个元素 9。最后一次循环再次执行"PR(* p++);",此时 p 的值已经加 1,指向 a 中第 5 个元素 11。因此,答案是 C。

二、填空题

1. 以下程序的输出结果是_____。

```
#define  ADD(y)  3.54 + y
#define  PR(a)  printf("%d",(int)(a))
#define  PR1(a)  PR(a);putchar('\n')
# include < stdio. h >
void main()
{   int i = 4;
    PR1(ADD(5) * i);
}
```

解析：本题答案为 23。该题定义了三个宏,是嵌套定义。最终"PR1(ADD(5) * i);"展开的结果应是"printf("%d",(int)(3.54＋5 * i));putchar('\n');"这里 i＝4 因此,输出的结果为 23。

2. 以下程序的输出结果是_____。

```
# include < stdio. h >
void main()
{   int b = 5;
#define  b  2
#define  f(x)  b * (x)
    int y = 3;
    printf("%d ",f(y + 1));
#undef  b
    printf("%d ",f(y + 1));
#define  b  3
    printf("%d\n",f(y + 1));
}
```

解析：本题答案为 8 2012。该题首先定义了宏 b 和 f(x),之前定义的变量 b 被隐藏,因此第一个 printf 语句经宏展开后为"pirntf("%d"2 * (y+1));"输出为 8；之后用 #undef 命令将 b 的定义取消。

3. 以下程序的输出结果是_____。

```
#define   DEBUG  1
# include < stdio. h >
void main()
{   int a = 20, b = 3, c;
    c = a/b;
# ifdef DEBUG
    printf("a = % d,b = % d,",a,b);
# endif
    printf("c = % d\n",c);
}
```

解析：本题答案为 a=20,b=3。该题考查 #ifdef 的使用。如果 DEBUG 有定义则编译语句"printf("a=%d,b=%d,",a,b);"，否则编译语句"printf("c=%d\n",c);"。本题的 DEBUG 被定义为 1，因此，答案是 a=20,b=3。

4. 以下程序的输出结果是_____。

```
#define   N   1
#define   PR(X)   printf( #X" =  % d",X)
# include < stdio. h >
void main()
{   int a = 20, b = 5, c;
# if N
    c = a/b;
# else
    c = a * b;
# endif
    PR(c);
}
```

解析：本题答案为 X=4。该题考察 #if 条件编译以及 #号在宏定义中的使用,注意这里的 #if 和上题中的 #ifdef 命令的区别。如果 N 不为 0,则编译语句"c=a/b;"，否则编译语句"c=a * b;"。本题的 N 被定义为 1，因此,编译语句"c=a/b;"程序执行后 c 的值为 4。PR(c)经宏替换后为 printf("c= %d",c)。因此输出的结果为 X=4。

5. 以下程序的输出结果是_____。

```
#define  f(x)  x * x
# include < stdio. h >
void main()
{   int a = 6, b = 2, c;
    c = f(a)/f(b);
    printf(" % d \n", c);
}
```

解析：本题答案为 36。该题定义了一个带参数的宏 f(x),语句"c=f(a)/f(b);"经宏展开后为"c=a * a/b * b",经计算得 36。

9.4　测　试　题

一、选择题

1. 下面不是 C 语言所提供的预处理功能的是_____。

  A) 宏定义   B) 文件包含 C) 字符预处理 D) 条件编译

2. 以下叙述中正确的是_____。

  A) 宏命令行可以看成一行 C 语句

  B) 若一些源程序中包含某个头文件；当该头文件有错时，只需对该头文件进行修改，包含此头文件的所有源程序不必重新进行编译

  C) 用♯include 包含的头文件的后缀不可以是".b"

  D) C 语言中的预处理是在编译之前进行的

3. 以下说法正确的是_____。

  A) 宏定义不能层层置换

  B) 对程序中用双引号括起来的字符串内的字符，与宏名相同的要进行置换

  C) 宏定义是 C 语句，所以要在行末加分号

  D) 可以使用♯undef 命令终止宏定义的作用域

4. 以下程序段的执行结果为_____。

```
♯define  PLUS(A, B)  A + B
♯ include < stdio. h>
void main()
{   int a = 1, b = 2, c = 3, sum;
    sum = PLUS(a + b, c) * PLUS(b,c);
    printf("Sum = % d", sum);
}
```

  A) Sum＝19 B) Sum＝30 C) Sum＝12 D) Sum＝18

5. 下列定义中不正确的是_____。

  A) ♯define　SUM(x,y)　x＋y B) int max(float a, float b);

  C) ♯define　N　232; D) static int i;

6. C 语言的编译系统对宏命令_____。

  A) 是在程序运行时进行代换处理的

  B) 是在程序链接时进行处理的

  C) 是和源程序中其他 C 语句同时进行编译的

  D) 是在对源程序中其他成分正式编译之前进行处理的

7. 下面程序的执行结果为_____。

```
♯define  MIN(x,y)  (x)<(y)?(x):(y)
♯ include < stdio. h>
void main()
{   int i,j,k;
    i = 3;j = 2;k = 20 * MIN(i,j);
```

```
    printf("%d\n",k);
}
```

    A) 10   B) 3   C) 2   D) 40

8. 有宏定义 #define   MOD(x,y)   x%y，则执行以下语句后的输出为_____。

```
int z,a = 15,b = 100;
z = MOD(b,a);
printf ("%d",z++);
```

    A) 11   B) 10   C) 6   D) 宏定义不合法

9. 下面程序的执行结果是_____。

```
#define  FUN(X) X * X
#include <stdio.h>
void main()
{   int x = 10, k = 2, m = 1;
    x/= FUN(k + m)/FUN(k + m);
    printf("%d\n",x);
}
```

    A) 2   B) 1   C) 9   D) 0

10. 执行以下程序后的结果为_____。

```
#define  MAX(A,B)  (A)>(B)?(A):(B)
#define  PRINT(Y)  printf("Y = %d", Y);
#include <stdio.h>
void main()
{   int a,b,c,d,t;
    a = 10;b = 9;c = 7;d = 8;
    t = MAX(a + b,c + d);
    PRINT(t);
}
```

    A) Y=15   B) 16   C) Y=19   D) Y=10

11. 以下正确的描述为_____。

    A) 每个C语言程序必须在开头用预处理命令：#include<stdio.h>

    B) 预处理命令必须位于C程序的首部

    C) C语言的预处理命令中能实现宏定义和条件编译的功能

    D) 在C语言中，预处理命令都以#开头

12. 有以下宏定义：

```
#define  N  2
#define  Y(n)    ((N + 1) * n)
```

则执行语句"z=2*(N+Y(5));"后的结果为_____。

    A) 语句有错误   B) z=34   C) z=70   D) z 无定值

13. 下面程序的执行结果为_____。

```
#define  NUMBER  15 + 10
```

```
#include <stdio.h>
void main()
{   printf("NUMBER * 10 = % D", NUMBER * 20);
}
```

  A) NUMBER * 10＝215　　　　　　B) NUMBER * 10＝500

  C) NUMBER * 10＝400　　　　　　D) 以上都不对

14. 有以下宏定义：

```
#define  X   5
#define  Y   (X+1)
#define  Z   Y * X/2
```

则执行下面语句后,输出结果是_____。

```
int a;
a = X;
printf(" % d\n", Z);
printf(" % d",a);
```

  A) 7　6　　　　　B) 12　6　　　　　C) 12　5　　　　　D) 15　5

15. 下面程序的输出结果是_____。

```
#define  X   0
#define  P(S)  printf(#S" = % d",S)
#include <stdio.h>
void main()
{   int a = 2,b = 3;
#ifdef X
    P(a);
#else
    P(b);
#endif
}
```

  A) S＝2　　　　　B) b＝3　　　　　C) a＝2　　　　　D) S＝3

二、填空题

1. 以下程序的输出结果是_____。

```
#define  MINUS(x)  9.8 - x
#define  PRINT(y)  printf(" % d", int(y))
#define  PRINTADD(a,b)  PRINT(a + b)
#include <stdio.h>
void main()
{   int a = 4;
    PRINTADD(MINUS(2) * a,a);
}
```

2. 下面是将大写字母转换为小写字母的宏定义,请补全。

```
#define  UP2LOW(ch)  ((ch>= 'A') && (ch<= 'Z') ?_____ : (ch))
```

3. 以下程序的输出结果是_____。

```c
# include < stdio. h >
void main()
{   int x = 6;
# define   x   3
# define   f(x)   x * (x)
    printf(" % d ",f(x - 1));
# undef   x
    printf(" % d ",f(x - 1));
}
```

4. 以下程序的输出结果是_____。

```c
# define   MA(x)   x * (x - 1)
# include < stdio. h >
void main()
{   int a = 1,b = 2;
    printf(" % d \n",MA(1 + a + b));
}
```

5. 以下程序的输出结果是_____。

```c
# define   f(y)   y * y
# include < stdio. h >
void main()
{   int w = 10, v = 2, x;
    x = f(w)/f(v);
    printf(" % d \n", x);
}
```

6. 以下程序段实现变量 a、b 内容交换,请填空。

```c
# define   MYSWAP(z,x,y)   {  【1】  }
# include < stdio. h >
void main()
{   int a = 5,b = 16,c;
    MYSWAP(  【2】  );
    printf(" % d, % d",a,b);
}
```

7. 将宏定义 EVEN(x, y)补全。

```c
# define   EVEN(x, y)   _____
```

该宏在 x 为偶数并且大于 y 时,得到 1 值,否则为 0 值。
例如以下程序

```c
# include < stdio. h >
void main()
{   int a = 6, b = 1,z;
    z = EVEN(a,b);
    printf("z = % d",z);
}
```

其输出结果为：

z = 1

8. 补全如下宏定义

#define　PR_EXP(x,y)　_____

该宏用于打印两个表达式及其值，
例如以下程序

```
#include <stdio.h>
void main()
{   PR_EXP(3+4,4*12);
}
```

其输出结果为：

3+4 is 7 and 4*12 is 48

9. 补全如下宏定义

#define　PR(X)　_____

该宏用于打印一个变量的名字、值及其地址，例如以下程序

```
#include <stdio.h>
void main()
{    int a = 5;
    PR(a);
}
```

其输出结果为：

```
name:a
value:5
address: ff556600
```

10. 以下程序的输出结果是_____。

```
#define  DEBUG   0
#define  MA(x)   x*(x-1)
#define  P(S)  printf(#S" = %d", MA(S))
#include <stdio.h>
void main()
{   int x = 2,y = 3;
#ifndef  DEBUG
    P(x);
#else
    P(y);
#endif
}
```

9.5　测试题答案

一、选择题

1.	2.	3.	4.	5.	6.	7.	8.	9.	10.	11.	12.	13.	14.	15.
C	D	B	C	C	D	C	B	B	C	D	B	D	D	C

二、填空题

1.	5	2.	(ch)＋'a'－'A'
3.	1 1	4.	8
5.	100	6.	【1】z＝x；x＝y；y＝z； 【2】c,a,b
7.	(! (x％2)＆＆x＞y)? 1:0	8.	printf(♯x" is ％d and "♯y" is ％d",x,y)
9.	printf (" name:" ♯ X" \ nvalue:％ d \ naddress:％d\n",X,＆X)	10.	b＝6

参 考 文 献

[1] 郭俊凤,朱景福等.C程序设计案例教程.北京:清华大学出版社,2009.

[2] 高福成.C程序设计教程实习指导与模拟试题.第2版.天津:天津大学出版社,2011.

[3] 谭浩强等.C语言习题集与上机指导.北京:高等教育出版社,2007.

[4] 科汉,张小潘.C语言编程:一本全面的C语言入门教程.北京:电子工业出版社,2006.

[5] 布莱恩,克劳福德.C语言核心技术.北京:机械工业出版社,2007.

[6] 北大青鸟技术组.程序逻辑与C语言实现.北京:科学技术文献出版社,2006.

[7] 李玲等.C语言程序设计教程.北京:人民邮电出版社,2005.

[8] Bjarn e Stroustrup.C++程序设计.北京:机械工业出版社,2002.

[9] (美)霍顿著.C语言入门经典.杨浩译.北京:清华大学出版社,2008.

[10] 侯金,唐瑞华,丁为民.C语言习题与解析.北京:科学出版社,2008.

[11] 崔武子,李青,李红豫.C程序设计辅导与实训.北京:清华大学出版社,2004.